U0547735

时 间 文 丛

骆一禾诗文选

春之祭

骆一禾诗文选

骆一禾 著　陈东东 编

广西师范大学出版社
·桂林·

春之祭：骆一禾诗文选
CHUN ZHI JI: LUO YIHE SHIWEN XUAN

图书在版编目（CIP）数据

春之祭：骆一禾诗文选 / 骆一禾著；陈东东编. -- 桂林：广西师范大学出版社，2020.12
（时间文丛）
ISBN 978-7-5598-3339-6

Ⅰ. ①春… Ⅱ. ①骆…②陈… Ⅲ. ①诗集－中国－当代②诗歌评论－中国－当代③书信集－中国－现代 Ⅳ. ①I217.2

中国版本图书馆 CIP 数据核字（2020）第 203261 号

广西师范大学出版社出版发行

（广西桂林市五里店路 9 号　邮政编码：541004）
网址：http://www.bbtpress.com
出版人：黄轩庄
全国新华书店经销
北京博海升彩色印刷有限公司印刷
（北京市通州区中关村科技园通州园金桥科技产业基地环宇路 6 号
邮政编码：100076）
开本：920 mm × 1 194 mm　1/32
印张：18.25　　字数：302 千
2020 年 12 月第 1 版　　2020 年 12 月第 1 次印刷
印数：0 001~8 000 册　　定价：88.00 元
如发现印装质量问题，影响阅读，请与出版社发行部门联系调换。

编者弁言

几乎从写作之初,骆一禾就把自己的诗歌志业和使命,跟以诗歌去处理循环涌动在时间里的文明主题关联在一起。在他看来,诗歌与文明互为因果,文明之生即诗歌之生,反之亦然。他参照斯宾格勒和汤因比的观点,认为我们正身处某个旧文明的末端那种"挽歌、诸神的黄昏、死亡的时间",但这也让我们身处一种新文明起始的"新诗、朝霞和生机的时间"。他因而迈向史诗性写作。

对自己写作性质和道路的确认,使得骆一禾跟二十世纪八十年代唯恐不够实验性、不够先锋派、不够现代主义和后现代主义的诗歌时尚拉开距离,建立了自己的大诗歌构想。在给朋友的一封信里,骆一禾说:"我感到必须在整个诗歌布局的高度上,坚持做一个独立诗人……"他写于1987年5月的《美神》,提出"情感本体论的生命哲学"诗观,强调诗"是生命在说话",而"生命是一个大于'我'的存在……整体生命中的个人是无可替换的……在一个生命实体中,可以看见的是这种全体意识……"对"整体生命"或"博大生命"的看待,成为骆一禾的诗学基础:"语言中生命的自明性的获得,也就是语言的创造。"

骆一禾留存最早的诗作写于1979年。1987年开始,他的写作高速进展且不断加速，直到1989年5月突然中止……他离世时年仅28岁，没有来得及完成其宏伟的写作规划。最后两年多时间，他把主要精力用于长诗《世界的血》和《大海》（未完成），两部诗加起来竟达七千多行。这两件大体量的作品，把骆一禾的全部写作集合为整体；尤其他长诗中的许多行、许多片段和章节，正是从自己历来写下的短诗、中型诗和系列诗采摘整合而来，就更不妨将它们视为同一写作在各个枝干上贡献的花叶和果实——的确，骆一禾的全部写作正可以比喻为一株巨树，其根本来自大地，呈现着千姿百态。

这本诗文选编为七辑：第一辑选取骆一禾的59首短诗；第二辑选取14首中等幅度的诗（或谓"中型诗"）。骆一禾在其十年诗歌写作期里一直在推进的几种系列诗，是比较特别的类型，它们或许已经算是另一种长诗——第三辑是他用力颇多的"祭祀"系列诗，由9首中型诗构成；第四辑则是分为六章的长诗《世界的血》；第五辑的六篇文章，为骆一禾历年撰写的诗论和创作论；第六辑展示其作为诗歌评论家的一面，选取骆一禾论昌耀的一篇长文和关于海子的四篇文章；第七辑收集了骆一禾的一些书信，包括他的情书、作为《十月》杂志的诗歌编辑写给作者的信和跟朋友谈诗论道等的信，足可体味其《修远》诗所谓"从一个诗人/变成一个人"和他曾在大庭广众高诵的圣琼·佩斯的一句诗："诗人，就是那些不能还原为人的人。"

骆一禾看到"中国文明在寻找新的合金，意图焕发新的精神活火",并以其写作加入进去。编选和阅读骆一禾,也是为了像他一样加入进去。

陈东东

2019年1月25日

目 录

第一辑

一度相逢 3

桨，有一个圣者 4

赠 别 5

先 锋 7

春之祭 8

河的旷观 9

翼之上 11

白 马 14

歌 手 15

雪 18

雨　后　20

断　歌　22

迎接九月　23

闪电（一）

　　——写给自己　25

灵　魂　27

恐　惧　29

青　草　30

大　河　32

黑　影　34

夏　天　35

雨　阵　37

雪　山　38

云　岭　40

六月之歌　42

危　蹙　45

洁白盐场　47

乡村大道　49

麦地之门　52

断　章　54

辽阔胸怀　55

滚 石 56

葵 花
　　——纪念凡·高 58

光 明 60

诗 歌 63

凉 爽 66

大 浪 67

青年歌手 69

薄 荷 71

秋 水 72

尘 暴 73

日出时分 74

夜宿高山 78

为美而想 81

黑 豹 82

跪上马头的平原 84

眺望，深入平原 86

桥 88

法罗斯杆上看潮汐的脑袋 89

泥 土 91

旧 历 92

漫游时代 93

渡　河 95

下雪和下雪 97

观　海 99

为了但丁 101

白　虎 103

壮烈风景 104

五月的鲜花 105

巴赫的十二圣咏 107

第二辑

土　地 111

河　湾 115

丝　绸 119

头 123

新　月 128

落　日 134

短途列车 140

云　层 148

天　明 152

首遇唐诗

　　——纪念我的启蒙老师和一位老女人 157

汉诗一束 162

塔 167

太　阳 171

修　远 178

第三辑

沙漠：芬芳馥郁的祭祀 185

乔松：力的祭祀 188

闪电（二）：刹那的祭祀 191

零雨其濛：船的祭祀

　　（纪念两个故人） 195

鸟瞰：幸福的祭祀 202

诗人之梦：人类的祭祀 206

乱：美的祭祀 213

贫穷的女王：女神现象的祭祀 216

身体：生存之祭

（来自大敦煌的幻象） 230

第四辑

世界的血 239

 第一章 飞 行 239

 第二章 以手扶额 255

  第一歌 春天：绿眼睛的纪念 255

  第二歌 北方的海 258

  第三歌 狂飙为我从天落 263

 第三章 世界之一：缘生生命 266

  第一歌 大黄昏 266

  第二歌 雪景：写给世代相失的农民和他们的女儿 269

  第三歌 玫瑰的中心 278

  第四歌 黑 暗 281

  第五歌 生存之地 284

  第六歌 舞 族 289

 第四章 曙光三女神 298

  第一歌 女 神 298

第二歌　蜜——献给太阳和灿烂的液体　304

第三歌　大地的力量　313

第五章　世界之二：本生生命　315

第一歌　天　路　315

第二歌　太阳日记　317

第三歌　航海纪：俄底修斯与珀涅罗珀　320

第四歌　世界的血　328

第五歌　梦　幻　334

第六歌　日和夜　338

第六章　屋宇——给人的儿子和女儿　345

第五辑

春　天　373

水上的弦子　377

为《十月》诗歌版的引言（一份短提纲）　382

美　神　383

艺术思维中的惯性　401

火　光　405

第六辑

论昌耀 417

读诗笔记一则 471

冲击极限
　　——我心中的海子 474

我考虑真正的史诗
　　（海子《土地》代序）480

海子生涯
　　（1964—1989）490

第七辑

致张玞 497

致潞潞 529

致伊甸 541

致袁安 547

致万夏 554

致闫月君 558

致陈东东 563

第一辑

一度相逢 ①

帕斯卡尔：人是思想的芦苇

沉默着
在听觉的树梢上
倾听着心灵觉悟的乐曲
我隔着
　月光中的水面
　秋天的雨
遥远地注视你

我抿紧了嘴唇
安详地和你相逢在记忆
像独木桥边
　友好的陌生人
像暴雨后的两支芦苇
　若有所思地吹着风笛

　　　　　　　　　1981

---

① 又名《纯》。

桨,有一个圣者

有一个神圣的人

用一只桨

拨动了海洋

蒙昧的美景

就充满了灵光

天明的退潮遗下了彩霞

夜里闪光的菌类、贝壳、石英

宛如醒来时旋流的思想

成串的追忆

和细碎而坚硬的希望

那位灯塔一样

神圣的人

鼓起我张满的帆

引导我认识并且启示海洋

像他手中的船桨

1981.10.8

赠 别

远行万里
我不会为你穿上
一件风雨衣
你有秋风也拉不断的
古铜色笑意

北方的秋天
是一声静静的哑语
毛毛草上
很早就晃动着
一个潇潇的冬季

我不信
篝火不能把晴空回忆
我爱白马长鬃的北方
为你追回一个
阳光下的山河壮丽

遥远的当然是遥远

失去的常会有

不该失去

那时候想我们

飒飒的挥手

海天下有的是

星和心的聚集

　　　　　　　　　　1982

先　锋

世界说需要燃烧

他燃烧着

像导火的绒绳

生命属于人只有一次

当然不会有

凤凰的再生……

在春天到来的时候

他就是长空下

最后一场雪……

明日里

就有那大树的常青

母亲般夏日的雨声

我们一定要安详地

对心爱的谈起爱

我们一定要从容地

向光荣者说到光荣

1982

春之祭

冲破剑拔弩张的密林

群星已经聚集

是时候了

歇一歇你撕成碎片的躯体

我们的队长

在蓝天下

美丽地乌黑了

再也看不到

男子汉额角上

朗朗的泪滴

地球吹响绿色的树叶

原野蔚蓝

春天洁白如玉

1983

河的旷观

虽然
倒下的风
还在森林里
黝黑地做着苔藓般的
青色梦

大河今日
到底像祖国一样
奔流了……

曾经作为碑座的云石
苏生着
雨水和春雪的纹理
不必在一个
被指定的义务里
尽自己的义务

高天上

万只白鹰

抖动着银色的羽毛

雪在春天

痛楚地酿成了

坚持不懈的生命

具有了

被白天和黑夜承认的

极地的弧光

虽然活着

并不成为一个形状

却没有

不成形状地

活着……

大河

扬起了莽莽的波浪

1983.5.7

翼之上

快飞吧

在起飞的时候

你们每一个人

都觉得自己生来就是

为了飞行

现在你们问我

真理在哪儿

又宁可认为

回答就是谎言

我只不过是以飞行为生

带你们横过风向

不是为了

成为风

我渴望家园

渴望她的葡萄架

也许这一次
我还能找到沙地
认出棕榈　得到太阳的浆汁
但英雄离真理都是很远的
为了成为天体
有多少信天翁
失去了天性

并不是所有的心
都能以翅膀的旅程来丈量

我宁愿自鸟群中迸裂
红水晶如雨一样洒落
那是剧动不已的心灵
它沾满尘土
它失去身体还在悸动
它忽然想到
曾有一树莓子
鲜红地爱了它

只有它不能掩埋
只有它

滋润了空气的呼吸

寂静无声

告诉你们……

第一辑

白 马

白马伫立在洼地里

抬起头

一眼看到了北方平原

滚滚蓝天

从多雪的脊背上滑过

然后它践入多水的草滩

影子映成了

不能进入的

碧绿

只有一团不能排解的颤抖

在心底错动着

即使它之所恶

也随它灿烂

然后灭亡

1985.1.30

歌　手

入夜了
真正的歌手都在这时穿过大街
瞭望天空
并且想念朋友
明亮的嗓子沉默了
使他的心也变得沉静

白雪如灰鹳一样降落
埋住了天空的身影
我独自走动
双手沉甸甸的
万岁　我亲爱的朋友们

我怀着容易激动的血液和想法
安静地走过整座城市
心里没有仇恨
我知道
当我歌唱起来

这街道就是属于我的

我把它称作六弦琴

我歌唱一条宽阔的街道

积雪上驶过朋友们的载重卡车

拖着六根原木

沿路敞开森林的气息

那奔放的纹理从伤口朝向人们

以它巨大的智慧

让芳香去说话

使那些健康的人们

想起太阳

看见自己在种土

田埂旁的陶罐上

有一朵紫云英花枯萎了

还举着她的香味

我知道

当这支歌子响着的时候

有无数少年

在沉眠中

让自己的梦背起沉重的骨骼

越过窗口

跌倒在一片月光里

缓慢地

他们在一夜之间长成

春天充满了他们水一样的身体

       1985.2

雪

谁说我不会

被晴朗的天空击倒

不会连影子也埋在地下呢

大雪是被天空放逐的

鼓荡着温暖的岸

只有小雪

是我的岸　是我的回声

雪　长久地

蒙盖了腹地

声音传得很遥远

以我的惊涛

站立在大地上

并且以惊涛思想

你可要蜷曲得暖和些

轻轻地睡去吧

属于你的就会是

第二天

1985.6

雨　后

正当雨水奔腾

大铁桥上一片苍响

载重卡车堵塞了

最后的闪电　白亮地

映出一队队巨兽

月亮如一团霜

一块瓦片

那抹橘色的云很快消逝

平原是如此辽阔

无数黝黑的枝条披离

在燃着的烟草之外

弥漫着雨湿后树皮的香味

在寂静中你知道

自己是明亮的

你知道家园不可能随着灯光

延伸到旷野上

但还会想到一扇窗户

与那河流般跳动的胸口

1985.7.14

断　歌

好树木开辟的平原哪
林涛已经稀少

那长歌当哭的　流血的
云彩呵　为什么那么美
那电光劈开的大树呢
还有另一半

那累死在早霞里的耕牛么
犄角抵在了土里头

那——
一曲九折的——大河呵
流在心里头
那隔断了乡关的——大河呵
湿透了月亮
和玉米

1985

迎接九月

动身迎接九月
祈愿大地的丰厚
贮满宁静
并且记住水两面的平原
和那撞断激流的大鱼
擦亮四周空气
勿使心口的利刃生锈

雨中的城市
便会迎来最后一场潮湿

雾沿着矮墙和松林移动
留下屋顶发亮的痕迹
果实在继来的干燥中
结下甜味
成群的鸟儿
必以疏朗的黑翅
鼓动那河上的薄风

飘扬着

带来月亮式微的潮声

1986.6

闪电（一）

——写给自己

大地昏沉
注视着城市在脚下飞去
我斜跨着播种者的步子
当然
我杰出的思想旋转着
向四周抛撒出
热情　雨水和冰凉的葡萄
是不可能看不出的
——一大团酷似我的黑暗
　　无声无息
只有在它即将进入我的时候
它突然明亮
在我的旋涡中消失了

在我的心地里
躺着一排修长的银钥匙
感觉到此刻透穿我的那种超绝和完美

并知道我身边那些人

那满头的黑发和感情

都不是过眼云烟

我无法替代

于是

一场大雨在我的背后轰然坠下

巨鸟冲天而起

红太阳在我的心口滚烫翻腾

1986.8.9—10

灵　魂

在古城上空

青天巨蓝　丰硕

像是一种神明　一种切开的肉体

一种平静的门

蕴含着我眺望它时所寄寓的痛苦

我所敬爱的人们在劳作　在婚娶

在溺水　在创作中

埋入温热的灰烬

只需一场暴雨

他们的遥远的路程就消失了

谁若计数活人　并体会盛开的性命

谁就像我一样

躺在干涸而宽广的黄泥之上

车辙的故迹来来去去

四周没有青草

底下没有青草　没有脉动的声音

只有自己的心脏捶打着地面

感觉到自己在跳动

一阵狂风吹走四壁　吹走屋顶

在心脏连成的弦索上飘舞着

于是我垂直击穿百代

于是我彻底燃烧了

我看到

正是在那片雪亮晶莹的大天空里

那寥廓而稀薄的蓝色长天

斜对着太阳

有一群黑白相间的物体宽敞地飞过

挥舞着翅膀　连翩地升高

1986.8.16

恐 惧

白天写下的第一本书

夜晚便被焚毁

一汪鲜红的湿纸如鱼

鸟群拍动着翅膀

在裸体美人的上空麇集

渐渐我们都不回来

而这个世界上

最后的一对恋人

守护着成行的固体

1986.10.15

附：这首诗确实很恐惧，文明无存，而一个无助的女人被鸟窥伺着，爱情面对着冰冷坚硬的固体，我们中最有情的被抛弃了。无论如何，诗歌应当如千条火焰照亮人类的爱。

——骆一禾

青　草

那诱发我的
是青草
是新生时候的香味

那些又名山板栗和山白果的草木
那些榛实可以入药的草木
那抱茎而生的游冬
那可以通血的药材　明目益精的贞蔚草
年轻的红
那些济贫救饥的老苦菜
　　夏天的时候金黄的花朵飘洒了一地

我们完全是旧人
我们每年的冬末都要死去一次
渐渐地变红
听季节在泥土中鸣叫

而我们年复一年领略着女子的美

花萼四裂

花冠像漏斗一样四裂

开裂的花片反卷

白色微黄　有着漆黑的种子

子房和花柱遍布着年轻的茸毛

因为青草

我们当中的人得以不被饿死

妻子在苎苢的筐子里度过了难产

她们的胶质

使丝织品泛映光泽

我该爱这青草

我该看望这大地

当我在山冈上眺望她时

她正穿上新布衣裳

　　　　　　　　1986.12.1

大 河

在那个时候我们架着大船驶过河流

在清晨

在那个时候我们的衣领陈旧而干净

那个时候我们不知疲倦

那是我们年轻的时候

我们只身一人

我们也不要工钱

喝河里的水

迎着天上的太阳

蓝色的门廊不住开合

涂满红漆的轮片在身后挥动

甲板上拥挤不堪

陌不相识的人们倒在一起沉睡

那时候我们没有家

只有一扇窗户

我们没有经验

我们还远远没有懂得它

生着老锈的锋利的船头漂着水沫

风吹得面颊生疼

在天篷上入睡的时候眼帘像燃烧一样

我们一动不动地

看着在白天的绿荫下发黑的河湾

浓烈的薄荷一闪而过

划开肉体

积雪在大路上一下子就黑了

我们仰首喝水

饮着大河的光泽

1987.3.7

黑　影

沿着那条暗红的走廊
走下去
暗红色炭火焚烧一幅鲜红的绸子

世界这么大
世界飞转着
疾病给人留下深刻的印象
肉体衰老了
墙皮剥落了
这条路的尽头亮着一盏红玻璃的灯

回头关紧铁门
风不再作响
钢把手向前谛视
这时候前方站着一条黑影

呵　五洲中部的高山和平野
兴库都什　耶路撒冷和北京

1987.3.7

夏 天

脱离花朵

春天已经来过了

当凝望果实的时候

过程像是回忆

是睡莲覆盖着蓬松的叶子

火焰在青萍凫鸟中衔着

这时候动力在休歇

日光在笼罩

劳动者的草帽遮盖着面颊

只有金属露天

矿山和源头

生活在对岸震响

一张弓划开了月亮和它的影子

蝉声不断地咬着玻璃

已经完成的

疲倦地握着双手
坐在谷子上

而液体在薄绸下拍动翅膀
一种甜的元素慢慢回风
洪炉熄灭了
无形的波动捧着果实

手指无措
编织的习惯仍在进行
昏昏欲睡

这时候
那个铁匠打造了精细的银碗
在空气混浊的屋角闪烁
太阳大块地压着他的棚子

1987.3.10

雨　阵

雨刚刚停过

拍着玻璃

暗色的窗棂清晰

那是轮廓

是我的双手轻快地开启

这时候拥抱者的双手使空气清新

这时候午夜在草中流血

眺望明月

一大块灰色的云急速旋转

我笔直地通往世界

　　　　　　　1987.3.22

雪　山

你不能冒失地进入雪山
谁也不能不背着重重的粮食
进入雪山
在山上站住的是粮食
而不是你

看夜色旋转于高原之上
寒空不见天日
一盘生铁在怀中缠绕
这时候
浓黑的血块掉在积雪上
如同胶稠的生漆
你能不叹服雪山吗
让它扭弯你胸口坚韧的纤维

这时候
灵魂必须是干净的
崇高的古风要深厚

站起来　站在面前的是雪山

倒下去

不倒的心魂是雪山

自我身上发出的温暖

照耀我的身体

褐红色的高原土磺露出来

亮着碗大的花

山坡上

流布着一百公尺长的树根

一个人的思想

应该像他看到的雪山

一个人的胸怀

应该像他面前的雪山

1986.2—1987.6 月底

云 岭

高空的尖喙①

金光灿烂。云顶通红。河流急驰的古城。

屋顶的披挂上接孤峰

莲花耸动

青隐隐的莲实化作云朵。光轮射出

四瓣的花粉晶莹开裂

如金、如纯、如星辰

背阴地长渡着飓风②

有云岭的暮霭

滚滚而下

寺墙如山削　如怒海的一体

巨大的石础高踞在悬崖千仞　狂风卷席

抓走紫厚的泥土

---

① 又作"高空在弥漫"。
② 又作"飒飒的血滴飞入我的体内,划去土质／光轮射出／银河陶冶在归人的背上／古老蓝湖于远处结冰"。

于是　危寺塔顶的旌旗长在我的心头

大如磐石的意志

点亮我的行踪

1987.7.22

六月之歌

你看那些大飞翔里的鸟群
它们低旋的翅膀
在长空中转动着蓝天的车轮
我停留在伐木场上
翘首南面　迎接纯然的海风

原木破裂开来的巨响
好像一个黑人
　当原木轰然作响　鸟群们
在海水上扑动翅膀
白浪因此而更加饱满
我被成块地切开
掉落着尖利的　芳香的粉末
　　粗糙的茬口
　　被一阵风急速地抹净

我爱那些起伏的鸟儿们
在海面上鸣叫

好像炎热的夏天里的玉米

我被晶莹地切开，金黄的松脂

一块块地洒落四周

　　　一面飘扬的

在风中撕碎的旗子

翻动着那些永远的鸟儿

它们歌声敏锐　好像敏锐的海洋上

一队狭长的唱针

拨着烈火的弦子　骄阳的弦子

风和我的弦子

光线静默地渡过海面

我们如同明亮的涡轮，大树的

叶片　依次上升

从茂林的冠顶

眺望着水边的墓园：它

就像母亲们擦拭过眼泪的手巾

伐木场上　我们的生活

像这个世界，像飞转的锯齿

不断斫削着宝贵的青春

让我们爱六月，让时间在浓荫里

发出流逝的光芒

在晚霞如锦的时候

我洗净双手,走上濒水的大山

看松林在海风的扑袭中高高翻动

海面的响声如同沉重的水银

那是因为

六月在暗处,在天堂里

回想起古时候广大的帝国战争

1987.8.14

危　蹑①

将疏松的土质刨去
砸进镐钎然后上升
古老蓝湖在远处结冰

成锯状皎洁的野花　千层雪
冰碗如斗
银河陶冶在行人的背上
万林波动　群鸟屏张
映衬你的只有霹雳
泥石流滚滚而下
传告运粮的车队无影无踪
日光和古堞
剑峰如口。
高山一夜扭造
震撼中的孤城四闭

---

① 又名《危蹑：或行路难》。

大自然。电光行地

于惊涛之中垂下我的金头

1987.7.22—8.16

洁白盐场

洁白盐场
稍纵即逝的渴望
我疾风的驿站　海水之园
口含着锋面闪光的利剑
睡在惊雷的北面

众鸟回旋的翅膀高响
精神的情深日远
大海翻卷着泡沫
逆风而归
倾斜在我的胸墙
洁白盐场　我的伤口
使我不能疲倦

洁白盐场
春天的移动
吹过干燥的衣襟
洁白盐场

劈开黑暗

火的灵怅然若失

使我的双手暗自感动

蓝锦的四肢在星辰间远扬着桡片

独自划行

洁白盐场

大海之外夏日的雷鸣

垂直笼罩我的头顶

上方是大海的嘴唇对面歌咏

1987.10.1

乡村大道

那喜悦的翅膀就在我的头上高高轮过
比我屏张的大气还要轻微地扑击着
并且吹动着
白花吞吐于连袂如云的黑土上
漆黑的　黎明的枝条
倾斜于皎洁的廊宇那诗性的长拱

幸福——这呼声
中阻在我胸腔里洞开的窍孔
如十只紧握水流的手心

拉平我的翅膀　使我的高粱尽洒
使我如钉穿在大海上那磷光闪烁的悬崖
然后割断我的青春
我只能拥有它的意志　它的力量
和它裂响着的高扬与鼓舞
它尘埃的四射　打在白石上和打在颤抖的布匹上的
乡村

我倒在哪一种土上
我的头颅砍失在哪一种生命
断首的长虹贯耳　大地之薄釉与大地之泥土

倾听着
蚱蜢在秋天里燃烧
倾听着尘土低垂的消磨麦地的碾盘
倾听着辘辘转动的大地之门
　　　　　以及
　　　　　　　　发光的日轮

大地之门在我们的发梢间轰鸣着合上
大地之门就这样收容我们的视线
　　　　　　　　　　我旋流于土地上时
那朝阳的晨色　轰鸣着
轰鸣的大地之门

它是怎样碾压着大路上的手指的呢
它是怎样碾压着来自空地上的呼吸的呢
大地之门不可摧毁

薰语如风　自东南而来

鼓动着妹妹红艳的胸膛

如灿烂的阴影

我的两耳拖曳着高轮如日的车子　响声陷于大地

如灿烂的阴影

车载冬天以北的气候　名城之下的　拜

大地之门不可摧毁

移动在石头上方

把我们砂土制造的声音擦净

　　　　　　　　1987.10.4

麦地之门

走向麦地之门

鲜血泼在捅破的谷仓

短暂的茬口照亮乌云

那长风吹袭的诗篇　　今日你搬动什么矸石

穿过怎样的双手和晴朗的日子

装满马车的麦穗

收割了多少灵魂

意愿向生命的方向活着

生命之畔的庄稼、甘草和鬼魅

瑞雪上的亮迹也一起成活

天运的记忆这样惊人

一切都保存着　　死也一样完整

我就这样深入光明

道是一种冥思

如牛群昼夜行犁

你知它多少次雷霆滚过

而路程仍是跋涉

空气稀薄的地方埋着明亮

我的两耳粗糙　双腿粗糙　白日粗糙

如大风飘过

而麦地之门自然关上

而植禾之人席地而坐　另一个人站立

手扶锋利的长刃刈刀

麦地之门日夜矗立

门前遗失兄弟们的金头

1987.10.6

断　章

在大路上眺望

我生之飙风

水生的野菖蒲葱茏于闪光的河面

我自与那背面之人相遇

而我们两人不解相遇

相遇时　唯有语言高悬

两坛上好的石子黑白分明

我今年是秋风一度

他却是死死生生　寒风凛冽

1987.10.10

辽阔胸怀

人生　雷刑击打的山阳，那途程上
一个人成长
　　　　另一个人退下如消逝的光芒
人生有许多事情妨碍人之博大
又使人对生活感恩。
在阴暗里计算的力量来到光明，多么恼恨。
谁不能长驻辽阔胸怀
如黄钟大吕，巍峨的塔顶
火光终将熄灭，只剩下洞中毒气
使穷兄弟发疯

在林中眺望河口与河面
一条鱼，一群裸身渡河的人，一匹矫健的
无鞍马，正在阳光下闪烁
并不在心中阴暗

　　　　　　　　　　1987.10.10

滚 石

旷日持久,那种碰撞就多了
裂痕使人毫无办法
像金属,像父亲被儿子偷盗
呵,滚石
微妙的语言
在明了一切后的暗地里升起
探出它锐利而纤细的触丝
产生得越多

在空中像游蝗一样的流言就越多
离开伊甸园,收起修枝的剪刀
一辈子不再使用
不能再于尘世的园子里
带着刀,并听到钿片在枝条里
绞得噼啪作响

游戏使生活有毒,声音破坏劳动果实
人在生活中死去

四围的大城都在夜空中消失
劳动如墨绿的黑麦
也会被谎言收割

秸秆冰凉寒冷,绽开的果粒掉落
无声无息,是那么尊严
它赤裸地放在那里,每一个过路人
只是拿走它的一份儿
使劳动者两手空空

你看那些吹落的叶子
短暂地滚过一辆破车,树立
然后红了
而一块大石头就在这时
拼命滚来。

1987

葵 花

——纪念凡·高

雨后的葵花,静观的

葵花。喷薄的花瓣在雨里

一寸心口藏在四滴水下

静观的葵花看凡·高死去

葵花,本是他遗失的耳朵

他的头堵在葵花花园,在太阳正中

在光线垂直的土上,凡·高

你也是一片葵花

葵花。新雨如初。凡·高

流着他金黄的火苗

金黄的血。也是凡·高的血

两手揉入葵花的四野

就像烈日在天上白白地燃烧

雨在水面上燃烧

凡·高葬入地下,我在地上

感到凡·高：水洼子已经干涸

葵花朵朵

心神的怒放，如燃烧的蝴蝶

开放在钴蓝色的瓦钵上

向日葵：语言的复出是为祈祷

向日葵，平民的花朵

覆盖着我的眼帘四闭

如四扇关上的木门

在内燃烧。未开的葵花

你又如何？

向日葵，你使我的大地如此不安

像神秘的星辰战乱

上有鲜黄的火球笼盖

丝柏倾斜着，在大地的

乳汁里

默默无闻，烧倒了向日葵

1987.12.12—16

光　明

光明不可变乱　不可以云白的俊塔

在一生中抵达

大地和崇山峻岭、蓝布上的麦子

多少面褴褛的旗帜

斜倒在上百个年头

苍空如浪、如磐石积累的石堆

打在行人的脸上、打进大寺和城墙

为我留下鲜红的图案

上有猛禽凿击的盾牌、有鲜红在飒飒飞行

一百首头部未全的大塔

年复一年，向上匍匐、向上蹀行

而长年累月

带着干粮的首创者

覆盖着砖瓦、地衣和青苔

坚实的锤子和清爽的头顶，他们

长年累月，劳动在那里

一次次远过地面、一次次

合龙、一次次完形这个世界

口含着一把形同苦胆的钉子

在善恶之间、在威力和幸福之间
如一架长虹
飘举过沸腾的深渊　而他们是
大地上的理想
是高塔上的献牲，是悲剧所派出的
最好的建筑师和工人
大塔里安葬了多少运粮的巨人！
在震裂的虎口和海眼上
深渊为塔所镇压、所实有：
悠长的塔身隆造
都将我向下囚禁　我如黑色甲板
未完成的顶楼在人体上浮动
挥动着斧子、手扶着皎洁的光线
喝着砍下的一袋清水

光明是疑问？还是冲动？
多少感奋的人们在流域里
知难而返、痛哭而退
遍地有很多理由，欲使天地怆然
多少荒崧的塔顶

也把归人废弃　　青草为证

诉说着年月的永垂

生锈的斧背上鬼魂骑虎而沐发

幽灵妖异地唱歌

小歌谣心音即兴，曲子诗词功成而退。

那光明是一具炎热笼罩

长诗于人间并不亲切，却是

精神所有、命运所占据

光明是塔首人身，是一轮首创的性格

在太阳里睁开鹰头上的眼睛

冒犯美丽和威慑

而每一个未来之前、那宏大的失败者的奇迹

也都建造了男人们的双眼

光明倾注、不许睡眠

1988.1

诗　歌

那些人　变成了职业的人
那些会走动的职业
那些印刷字母
仇恨诗歌

我已渐渐老去

诗歌照出了那些被遗忘的人们
那些被挑剔的人们
那些营地　和月亮
那片青花累累的稻麦

湿润的青苔　即大地的雨衣
诗歌照出了白昼
照出了那些被压倒在空气下面的
疲累的人　那些
因劳顿而面色如韭的人
种油棕的人　采油的人

披挂着白色胶片的人

刀　钻头　乳房和剑麻

骷髅的痛苦和漂泊的椰子

那些野惯了的人

肮脏山梁上的人　海边闪光的

乌黑的镇子

那些被忽视在河床下

如卵石一样沉没的人

在灾荒中养活了别人的人

以混浊的双手把人抱大的人

照出了雨林　熏黑的塔楼

飞过了苍蝇的古老水瓶

从风雪中归来的人　放羊的人

以及在黑夜中发亮的水井

意在改变命运的人

和无力改变命运的人

是这些粗人背着生存的基础

有人生活，就有人纪念他们

活过、爱过、死过　一去不回头

而诗歌

被另一种血色苍白的人

深深地嫉恨

他们从来也没有想过

写下这样的诗歌

为此　带着因低能而无名的火舌

向诗歌深深地复仇

1988.3.16

凉　爽

秋天我又来到海边

蓝色波涛起伏，沿海平静

沿海的高坡明亮

炎热垂直升起

而我沿着凉爽下来

通过一所被遗忘的土红房子

冰凉的沙粒坚硬

盐分在步伐里磨出响声

这时海风吹来，太阳西去

堤岸一览无余

岛云红闪闪地独自变黑

一个人在那里成为无限

而道路布满阴影

在海浪浇湿的地方高崖耸峙

极顶有黄色石块

1988.4.4

大　浪

钢蓝色波涛从变化中

直接站起

越来越高，从原地掀开

从不断掀开的怀中向外拔出自己

速度无声无息

滑下来，进入准确的位置

波涛的宁静就可怕了

浪峰打开

极点翻过骨骼

泡沫里鱼腹滚上水面

在沙子里更白，叉住极光

大浪连续变短

这时候谁有自己，谁能猜透

刚才是什么力量

在茫茫人海里，我听见它滚滚流来

终于使我脱离人海中细密的钩子

无数的钩齿滚过

一片刀伤使我的心放出光芒

当自然超过中心的时候
人只是一句废话

1988.4.5

青年歌手

每一个男子都会唱歌
独自歌唱,远行万里,万里宽广
这时候我就是远在他乡
车站上孤零零的一位歌王

每一个女孩都会唱歌
独自歌唱,四处瞭望,可爱芳香
这时候她就是贫穷女王
双眼无比清新而神情高昂

一旦我们失去歌声不再歌唱
一旦我们失去歌声不再歌唱
就让你到处都是荒凉
就让你到处都是荒凉

每一个男子都会唱歌
五音不全,脚踩大地,欢乐疯狂
不论我一个人只身走到哪里

太阳都映照出自在的歌王

每一个女孩都会唱歌
唱劈嗓音,张开翅膀,任意飞翔
不论她有没有漂亮衣服
张开双手就是两只大大月亮

一旦我放声歌唱放声歌唱
一旦我声音沙哑还在活着
就没有人能把我夺走
没有人能不让我歌唱

薄 荷

早上起来,一匹烈马火红

烧开了我的心田

一匹火红的烈马在夜里

烧红了我的心田

那一天早晨春天浩浩荡荡

却只有一张马皮倒挂,垂下屋顶

那一天早晨春天浩浩荡荡

喂马的美丽女孩儿

也在不知不觉死去

美丽的嘴唇还含着一片翠绿薄荷

那一天早晨春天浩浩荡荡

她死亡是因为她是那样美丽

那一天早晨春天浩浩荡荡

翠绿薄荷刺痛了我们黑色眼睛

翠绿薄荷在这个世界太过美丽

秋　水

秋水之畔，高崖下有人迷途而返

有人瞭望太阳

长坐山崖　英雄故去

一点滴流的白河在高阳的台下

流水平了秋天

愿麦地有神，麦地有神

大地上的风寒

你又如何吹我

让我忘在心头似流水长明

太阳是我心头的古歌

堆满了石块

而百草辛辣而来

我已走遍平原

一盏碧绿的旗幡是为我招魂

蓝天游走

万里平原已是一片祷歌

1988.4.10

尘 暴

即旋风起而尘暴下来

黄色天空　结满原子

水锈画出城市

吸附着尘埃和面容

对于良知，这个纪元偏于掠夺

黄色天空一旦消失

重量就四面逼近

皎洁近于邪恶

1988.4.10

日出时分

日出时分
大地黑暗的头颅白花开放
大地生命花谷,劲风一阵大过一阵
鹿母在洼地转动耳朵
我的绿色

有一种流水的面孔在我的面孔下闪亮
有一种流水的脸
长在我的脸下面放光
决定着岩石的图相
渐渐时光过去,记忆空回
在一定的背景上
我看见不同的面具戴上了它,好像是它
流水失去声音
我把流水叫作逝川

我们眼看着日夜不能舍弃
枕着自己的手

日夜形变,比往日更加强大

有一轮太阳在水面滚动

人眼耀世间,而我涉过逝水

蓝波在地上拖着背影

生命是流水最短的步伐

因神秘而静静放光

而万有引力在阴影干燥的高崖上如风吹来

滚过眼睛

从背面背面射入水上

有一种流水在太阳里闪光

越过石榴美貌,梦中的脸,石上的果实

在蔚蓝的美发里披下光芒

升上我久唱其中的山崖

日出时分

流水冲刷世界的脸

我被尘埃所吸附,沉睡在火焰中

梦见众人的脸,璎珞

和残酷的肉,以及世界的血

日出时分我听见火焰在上面凝固

地球吹着云母和树叶

我要跨过漫长的桥　青石柱
跨过我对面的南风山脉
和声已经渐渐博大
日益敏感
它的声音已渐渐可以看到

来自太阳，在日出时间
再给我一些日子吧
我们无非是起落在太阳当中

或静静地奔向那里
看到诗章焚化
看到那火光在脸上扫过的时候

日出时分，烛火吹灭
一股白蜡的气味投向水底
我听见一声虎啸
感叹着流水的闪光、面颊的神
虎在上面不由自主地穿过青草
站在我的面前
从所有的诗章里面认出人

无论从日出里认得太阳

还是从太阳里

认出时间

他们在那里默默地吹着石头

流水静穆地吹过河面

1988.4.15

夜宿高山

在高山夜宿感到孤独
一捆镰刀砍上肝胆
在高山夜宿感到寂寥
一束火光砸中头颅

在高山夜宿
怀抱整个世界
我并没有改变我的初衷
长飙的力量如初

在高山夜宿手摸灵魂
渐渐走进高山内部
旋梯和神明通往野外
夜宿高山生下风景家族
生下血泪和耻辱
夜宿高山怀抱血染泥土
塔和星群
坐落在许多伤口上

火光比我的头颅还要完整

而肝胆遗落麦田

镰刀在丰收里震颤

九万里长风

在宿命里吐纳

而死亡在苦役场外观海

等待着又一位奴隶或青铜壁画

看万物互为建造

这垒石通过结构本身

夜宿高山是多么幸福

而我夜宿高山内部

感到无比沉重　并无光线或春阴

并无隐秘的岩层露出流水

而我夜宿高山内部

我必须从这里带来起源

使岩石透明

我正与这世界逆行而去

而所有转动

都把岩石搬进这个世界

我背着世界来到世界

而永远不为人知

他们是旧世界的生命或新世界的主宰

而我与他们相去遥远

走在雨中,被雨水打湿

或在气体里触摸树根

我正夜宿在高山内部

我爱那些盲眼睛的石匠刻着眼睛

把世界变得炯炯有神

在山巅上移动

只有痛苦万里无云

1988.5.21

为美而想

在五月里一块大岩石旁边

我想到美

河流不远,靠在一块紫色的大岩石旁边

我想到美　雷电闪在这离寂静不远的

地方

有一片晒烫的地衣

闪烁着翅膀

在暴力中吸上岩层

那只在深红色五月的青苔上

孜孜不倦的工蜂

是背着美的呀

在五月里一块大岩石的旁边

我感到岩石下面的目的。

有一层沉思在为美而冥想

1988.5.23

黑 豹

风中,我看见一副爪子
站在土中,是
黑豹。摁着飞走的泥土,是树根
是黑豹。泥土湿润
是最后一种触觉
是潜在乌木上的黑豹,是
一路平安的弦子
捆绑在暴力身上
是它的眼睛谛视着晶莹的武器
邪恶的反光
将它暴露在中心地带
无数装备的目的在于黑豹

我们无辜的平安,没有根据
是黑豹,是真空里的
煤矿,是凛冽,是背上插满寒光
是四只爪子留在地上
绕着黑豹的影子　然后影子

绕着影子

天空是一座苦役场
四个方向
里,我撞入雷霆

咽下真空,吞噬着真空
是晒干的阳光,是晒透了的太阳
是大地的复仇
一条张开的影子
像野兽一样动人,是黑豹

是我堆满粮食血泊的豹子内部
是我寂静的
肺腑

1988.6.8—20

跪上马头的平原

感谢农业平原
这跪上马头的平原

在事实的号角声里
生活滚过泥土
我听到鬼魂的叫声凛冽
烟云四起
鬼魂坐在木门旁边,油漆剥落
把他们的面具举向人间
在鬼魂的面具上
我看到打碎的镜子:人间
我平静地看见鬼魂的额发
从一地薄荷中穿过

吃马的鬼魂,一直吃到马头
马儿湿润的舌头让飞马的血迹甘甜
无比甘甜
那毙命的农人卧在那里

卧在剥开的马皮边

跪上马头的平原　挣扎翅膀

被暴力吸上岩层

在我受伤的人体上迫降

嗨呀，在这跪上马头的平原

沉着的骨头没法收割

它没法收割

在这跪上马头的平原

　　　　　　　1988.6.22

眺望,深入平原

在天空中金头叼斗鹰肉
我看到了现在
闪电伸出的两支箭头
相反地飞去,在天空中叼斗
火色盖满我的喉咙,一道光线

勒住过去的砂红马头,我看到
血泊清凉的锋面
一捆闪电射开鹰肉
这是命中注定,早在命中,勒住马头
光芒闪烁
鹰肉在天空叼斗。静听无数金头
移向黑影
蓝宝石的死神注视着马头
不可知的世界毕竟阴沉
未来的马头是变暗的马头,一道光线

头骨是多么镇定,危蹙的生涯无边

一道光线。在马头后面

我看到明晃晃的绿荫仿佛秋天

金色田垄凸出地面

褐色的步行人又热、又长、又平淡。一道

光线

深入平原,那杀我的平原

马头上的平原刀光飞快

我爱的平原,了不起的平原

马头划破的平原忽明忽暗

1988.6.22

桥

在黑白铁器中
两只翅膀闪耀在受伤人体

桥,人类工具
在我受伤的人体上迫降

运载工具的工具
迫降,把我的伤口挖得更深

桥下是土红的空间
暗影里阴凉的沙子与盒子,暧昧不明

这就是语言,它们一同迫降
而诗人走过了很多桥梁

1988.6.13—9.13

法罗斯杆上看潮汐的脑袋

在大陆仰望潮汐
月球在大陆尽头吸引着水
火红的盔甲
从明亮酒杯上卸下,在阴暗
闪光的
头发里,曝晒着男子和腿

大地的阴暗,种子和烈火
在黄金的影子里出没
那抽动
使成人死亡
以此贡献生殖的崇拜
女子的肉,跪在月亮上方
绿莹莹的大腿在夜中飞舞

砍下巨龙的首级,砸下城市
本世纪的人们
孑遗着法罗斯杆上的脑袋

被潮汐带住沙子和蛇

什么时候男子和女子还没有光着
还是果树
和上帝的寂寞
是石像于大陆尽头望含盐的水

那闪光的
长在猛兽群中的含盐的双眼
生在洪水前的石像
而语言把人生在了地球
人类悲哀的盐在奔向空虚

1988.10.4

泥　土

倾听着蚱蜢在秋天里燃烧
倾听着灰尘低垂的碾盘
以及发光的太阳
我归为泥土
大地碾压着我的手指

这刺痛使我善待亲人
并在谈起我自己的时候
言语普普通通

打在白石上和颤抖的布匹上
在失败的生活下面
滚动着急流

而生活掠过泥土，变作同情
使我们彼此冷漠

1988.11.1

旧 历

在最严重的时刻

最简单的压力重新出现,重新为我们了解

不再记得的噩耗,仅有的沉寂

这时又与我们为伴

在最简单的日子里活过很久

没有复杂地活过

变得易于摒弃

简单的重复　自作的委蛇

庸碌和匆忙

不加思量地倒下

以无知找到最坚实的生活

以一点忍受

在嘴的四周把一生继续下去

花生田里发热的圆形黄花低矮

却高过了墓碑

1989

漫游时代

愿尽知世界
我只有扶额远游
对一生的虚掷无法考虑
故我离我远去
背着斧头:这开采工具的工具
提炼和拓展的工具
因我在漫游中不能避讳遗失或首恶
在血泊里我只是一道漫游的影子

我能,我做,我熔炼
这是我所行的
为我成为一个赤子
也是一个与我无关的人

漫游者深入麦浪
不可知的荫凉,我自身的影子
深入青花、盐的遗骨
王国和铜

在沉入浓荫的深夜里睡于杀气

而漫游者啊

骨髓为累累的青花和雨王所侵略
鲜红的花冠
这不问方向的天敌的花
葵花　母羊和时间
其大红、剧烈和披靡
引我尽知世界
祝我成为那与我无关的人、那赤子
使无人更显得华丽

1989.1.4

渡　河

当年我只身一人跋涉

我只身一人渡河

石头飘过面颊

向天空挥出水滴，有一些面颊

在空中默不作声

时远时近

我头戴醴酒渡河

而今我又是

只身一人

在青翠山梁上我看见净土和影子

请容我在此坐下

怀念一会儿

激流变得更深

我已渐渐肃穆

听水声在石器外面激溅辗转

白色羊皮淙淙滚动

一只背粮的蚂蚁

与我相识

放下身上的米粒

问我背着大地是否还感到平安

……嗬　我感到热风吹过面颊

烈日晒着平伏的伤口

在温暖无边的大地上回忆是这么苛刻

1989.1.6

下雪和下雪

在血液里

骨肉不远,隆冬不远

仍有微风吹动

这时候身外仍在下雪

我们降生的日子和血迹未干

我想到一月的海面,浮鸥

正在海峡上飞过

那是什么人?或是我

刚刚收尽视线,走进什么样的生活

准备经受自己的心

温暖使来到世间的人们

感到了下雪

我的心中感叹

天生我又是一年。雪下着

我站在海岸线上

发烫的头颅接近于盐和白茫茫的走兽

在尽头

　　　　望见荒凉赤子的海

去冬的噩耗和灯笼发出细小的声音
在把我们征服
雪落到脚下
照亮白铜、门窗和绿锈
木栅上的叶子，呼吸的美
和雪一道进来

雪下着。是在下雪
身上盖满浑浊的火星
大理石深处的幽暗手臂
在睡眠中向我述梦
离开艺术，向我出现
在人间的黑卵石堤岸上
黑卵石的墙壁
黑大陆和黑甲板
雪的阴影在不停地滑落，这下雪
和下雪，正与我的文字相反

　　　　　　　　　　1989.1.6

观 海

从翻滚的海洋上,人们取走了多少内涵
它生活起落,反复无常
肉体从那里取得了光和热
用于人心的向背

这不能了解的海洋还在响动
世人是怎样的
我是大地之子又是骨肉之子
充满矛盾,虚心妄想
在大地上骨肉相残,我是否大地的骨肉
或大地在流血
在我的一只手和一只手上
我是否在写诗,我是否活着
不是前人的,也不是后人的

我的双手在渐渐经历性格和事物
心情从刀里把它收割
我回到秋之鹿苑,我经过

煤和月亮,经过海上风暴和海上落叶
一头仔鹿洒满阳光
那和煦的舌头
让我回到心灵,再回到物质
一阵鼓声从语言中渐渐打开
不是前人,也不是后人

浑浊的、粗糙的、彻底的
它的亲切让我惧怕
它和我一样简单,听我的胸口
哦,不要懂得我吧
诗中的骨肉只在手上永存
其他的都是粮食、死亡和饥饿
划破我的眼珠
不需要死去,活着这仅仅是逼真的
没有人能够再去睡了

不让别人,以自己的双手把我在寂静中安放
我祈求我不是真的

1989.2.5

为了但丁

这是不可篡夺的但丁

但丁不为真实所限,他永远青翠

不是真实,但丁的密林是真实的极限

比黑暗更黑暗

但丁指出了面目可憎

但丁从未说完

但丁使孤独达到了万般俱在

在其中占据的,必为他所拥有

在但丁之外长期分裂

但丁遭遇孤独,其他孤独成为可造

他只被发现,不被瓦解

在但丁的三书里

那些精英只一歌便已锋芒顿挫

被书抛弃

但丁之书不被经过

它充满光明,它的光线不是道路

但丁醒来,它的光线不是道路

但丁醒来

而沉睡中的人们仍是一群凶手
天堂的但丁
而不是文学的但丁
这永远是但丁和但丁的诗篇

为了但丁
未来垂直腾起,绵延而去的只是时间
在时间里我们写下渊薮
为了但丁
死亡也不能阻止,死亡是在到达的下面
和死亡我们只能谈论骨头
为了但丁
倾听风暴,然后熄灭
走自己的路,然后在那里焚毁,大火连篇

1989.2.20

白　虎

白虎停止了，白虎飞回去了
白虎的声音飞过北方，飞过冬日和典籍
浸入黄麻多刺的血迹
飞回去了

这是漫长和悠久
大地上成活的人们灾难而美
绿色血液随风起伏
灯和亚洲在劫
装满了白虎的车子
印度河上呜咽着黄麻和红麻
耶路撒冷的使者终生战败

这一年的春天雨水不祥，日日甘美。
家乡的头颅远行万里
白昼分外夺目
冬天所结束的典籍盛大笔直

1989.5.10

壮烈风景

星座闪闪发光

棋局和长空在苍天底下放慢

只见心脏，只见青花

稻麦。这是使我们消失的事物

书在北方写满事物

写满旋风内外

从北极星辰的台阶而下

到天文馆，直下人间

这壮烈风景的四周是天体

图本和阴暗的人皮

而太阳上升

太阳作巨大的搬运

最后来临的晨曦让我们看不见了

让我们进入滚滚的火海

1989.5.11

五月的鲜花

亚洲的灯笼,亚洲苦难的灯笼

亚洲宝石的灯笼

原始的声音

让亚洲提着脑袋

日夜作为掌灯人,听原始声音

也听黑铁时代

听见深邃湖泊上

划船而来的收尸人和掘墓人

亚洲的灯笼、亚洲苦难的灯笼

亚洲小麦的灯笼

不死的脑袋放在胸前

歌唱青春

不死的脑袋强盗守灵

亚洲的灯笼还有什么

亚洲小麦的灯笼

在这围猎之日和守灵之日一尘不染

还有五月的鲜花

还有亚洲的诗人平伏在五月的鲜花

开遍了原野

巴赫的十二圣咏

最少听见声音的人被声音感动
最少听见声音的人成了声音
头上是巴赫的十二圣咏
是头和数学
沿着黄金风管满身流血

巴赫的十二圣咏
拔下雷霆的塞子，这星座的音乐给生命倒酒
放干了呼吸，在。

在谁的肋骨里倾注了基础的声音
在晨曦的景色里
这是谁的灵魂？在谁的
最少听见声音的耳鼓里
敲响的火在倒下来

巴赫的十二圣咏遇见了金子
谁的手斧第一安睡

空荡荡的房中只有远处的十二只耳朵

在火之后万里雷鸣

我对巴赫的十二圣咏说

从此再不过昌平

巴赫的十二圣咏从王的手上

拿下了十二支雷管

1989.5.11

第二辑

土　地

题词：有时候我很想质问土地……

到了春天
我们总是要歌唱的
虽然幸福
并没有因为欢乐
失去了带雪的边缘

我的母亲
在高冈上站着
我的爱人
在大地上走着
土地是没有声音的时间
人长不出
脱离它飞去的翅膀

因为久已褪去了羽毛
人忘不了夹沙的河流上

席卷而过的星雨
和他们无意造成的痛苦
人也忘不了
铃兰花间没有实现的
情意

土地曾经在
中伤的野鹿脚下退缩
听着它合上眼睛的声音
但相信我
自由怎么会因此中断
停滞又岂能带来不朽

呵，我的土地　我的土地
你为了公正
就该永远沉默吗？

无穷志士
陷落荒山　流散平原
也曾埋入滔滔鲜血
百代和一代的权衡
从未如此沉重

而你又为有翅的星

无翅的人和长腿的鹿

证明了什么　土地呵

我将站在你的面前

诚恳地

用火炬照亮前胸

在无数没有说出的梦境前

感到灿烂的忧伤

也为梦的创造者们惋惜

一切

不应该用灰色的碑石

加以解释

历史并不能回答

假如林木不为活着的星儿

高举起叶片

就没有童谣　没有山谷

和明亮的雨

土地

告诉我吧

不要老是用颤抖的马鞭和驼铃回答

也不要用蒲公英

和那飘逝的鸽铃哨

告诉我吧

因为到了春天

我们都要为母亲和爱人

唱一首歌呢

我不知道

为什么

只向你倾吐

只觉得心灵

像白色的海一样

澎湃着　澎湃着

不是为马兰花开的昨天

1983.3.10

河 湾

那些凉爽的居民

在发黑的石头桥上看什么

姑娘曳着人类的鞋子

走很远的路

照样洒满尘埃

边缘磨损　拖着回家的步子

也许是这淤苔的河湾

黑泥像壳一样张在日光下

使流水凹凸不平

吸引了一个固执的渔夫

穿着人类的衣服

帆布上结满锈红的河流

一片一片的

不知是织品还是晒干的浆灰

挣歪了防雨的麻衣

只露出短了的黑头和汗碱

露出我们的眼睛

铁桶般的裤腿蘸在那有回光的泥水中

那是怎样的水啊

从湿冷的袖中伸出钩拘的手

两臂像春雨打湿的断枝

铁一样地乌黑

架开一张压弯了纲子的网

每一个绳结都没有鳞片闪烁

却淋漓着泥水

这是一双好长的手呵

打经验之鱼

这鱼类必得游过大片泥沼

或穿过呲白的草木根须

或拍击在污水之中

奋力跳跃

将一尾白光投注泽中

将苇叶打得噼啪作响

这不是鱼群的王国

也不是渔夫的王国

网前是鱼的黑暗

网后是渔夫的黑暗

只有网张大着空空的眼棱

你和我

都无法在这目光中自如很久

而渔人的眼睛久盯着那轮农民的太阳

残荷干鸟的长梗缀满金斑

在他灼焦的眼球里

留下一团麻丝似的断线

留下专注

这渔夫子

该被打进铁画

静寂地守着雪白的墙上

最终他将一无所获

或是拾起一尾腮部灰白的鱼

人们将会失望

不管他怎样拾回屋去

独自在燃酒的盏中摇晃

生存如山

需要杂乱而众多

旷观被外力所压碎

1986.3.14

丝　绸

每一个人都因此而伫立
绒圈锦显花的重组织
使你显得厚重
丝绸是一种长纤维
不像棉麻和羊毛那样需要捻纺

这纯黄而暖热的纹理
隐约在幽暗中的丝绸上
似乎如注的青草含着四月的奶水
而你的特别快车
靠着天河停下

我一阵阵的红马向你扑去
当你召唤我时
高扬的腋下有一阵阵披离的黑雨
暗色的花纹明晰而美丽

我为什么又想起你

铁锤在复线上砸着轨道　　砸着枕木
辨认着冒出蒿子的砂碛地
辨认着寒风中清冽的葡萄
青翠而颀长
饱满得不会遗落

即使光轮不在
你不想再得到什么
你于命运无求
困扰的一体
也会怒放如花

成群的鲸鱼
正在一扇玻璃的后面
扬起白色的躯体
默然地注视
然后如旗的脊背远去

没有谁描写死亡
不用肯定的语气
除去那些唱死的诗人
没有一句话死去过

一千五百年的滩声　似乎旧时

不要以为这是思想

它只是没有死净的话语

成了知识

那美丽的答案开满花朵

问题反复出现

所以永恒

实际上没有一句颂扬死亡的诗创造

只是注释

只是将活恐龙猎获

世间的月亮在丝绸上照看芒种

一阵阵的红马向你扑来

你将渡河

你将创造大地的艺术

沿海岸铺满丝绸

锦绣河山

这是美丽罗敷的祝愿

桑叶沃若

一万一千公里的海岸线

伴随我的是半岛　是港湾

是轮机长驾驶的

大陆的碎片

你心爱的船是要回来的

梅雨春黄地敲击着你的窗子

丝绸是我在远处时

你所留下的

小小的衣裳

走出来

靠在门槛上

你用水沾湿了你的门框

                                    1986.3.30

头

激撞的声音回荡

我投往群山

声音沉闷　结实　钝重

难于相信

一双人类的耳朵展翅高飞

松树撞击着巨石

巨石撞击着巨石

松树撞击着松树

这时候躯体的感触是真实的

这时候不可回避

双手紧紧环抱灵魂

并且由衷地触到了那种美妙的器皿

风

急速地吹卷着一本白纸

翻开你光明的身体

扑落在干草与沼泽枯涸后松软的开阔地上

阿兹拉——

大地发出这样奇异的声响

流淌着千脉清水　沉默的清水

向我扑来

大地是一种速度　一团枯瘦的水墨

迅速地扩大在瞳孔里

果树林鲜红地摇晃着　颤抖着

穿透我急剧铺平的黑暗

起伏的大海

整幅地抖动着骄傲的美色

高高地越过头顶　令视线瞻望着

一望无际

轻盈得无声无息

沉降的浪谷又发出浩叹的声音

我可靠的头颅

斜倚在岩上　古怪地倾斜着

看自己支离的躯体

在崖谷和深涧中弹射而去

像一只中毒的幼鹰灰扑扑地滚落

跌撞着

翎毛在疾风中沿山口流逝

好似一叶飞渡的快舟

哦　你这美妙的人类

你这年轻的　被雨水浇淋的胸脯

好似无霜的天气

春荫如煦

真的　命运这古老的研钵

在它漆黑的底盘上

研磨了多少灿烂而苦难的种子

我曾长久地飞行着　环绕着

并按捺我狂跳的心口

遵循着我的诚实

我们的青春消逝了

我们的青春涌起了

青春的年代纯净而无辜

于是我呼吸到研钵里甘香的药末

犹如人类在并蒂开放时

点燃在窗台的

一束驱除邪恶的苦艾

飘移于万物的叹息中

承受着晨风　并迎来早晨

它们洁净如初

是的　我不知命运的突然

不知道死亡怎样来临

生时的高傲者

其死是被追逐的

就像那割草的刈刀

最后不握在农夫勤劳的双手上

你这人生的迅暂与真如

而今断首离异在秋黄的山冈

神明此时也顿然荒僻

这是一种失落吗　这该不是一种失落

若不是失落我竟如此惘然

你皎洁的天空成片飘舞

那灵魂与躯壳何时完美

你要终生相爱

痛饮流畅的水果

依循渴慕的人性

1986.4.24

新 月

1

我躺着,河流盛开在耳边
聪慧的头枕在河上
我的两耳各是一朵白花
这时天空很低

2

新月光明灿烂
它晶莹干燥
远远高悬在滂沱的雨声上面

3

大鹿们格斗
在月光下蹬踏起大片尘雾
丛林哑哑低鸣
汗淋淋的背脊光芒闪烁

4

一头格杀的大鹿有一百个身体
在繁育之前的格斗辉煌美丽
事关生死

5

一百个身体晃动在一轮新月下面

6

硝烟过后　枪声熄灭了
在两头大鹿交织着的身体里
一团炎热
情欲的血喷满了树枝

7

太阳高高升起
降临在我的头顶

我听到巨轮在滚滚上升

我在天穹

8

猎人用枪叉子捅着余温的鹿尸
在消炎的时候
性命被捅得阵阵颤抖

9

这就是历史
它总是沉默　并不断受到激怒
然而它衰落了
倒在自然之间

10

只有岸
陆地　这庄严的光明与黑暗
把大块的劈柴丢进我的意识

一片暗红

11

如果我的生命和你的生命是同样的
我能够复活你吗
我可还能给予生命
当我不再能为幸福而操劳
我还算得了什么
这就是说　你的头颅是高尚的
它的产物也应当高尚

12

太阳照耀着一百万年的河流
河流广大
鹿无知地躺在被枪击的地方
这就是它们最后的地方
这种暗算和遭暗算的事情
河流已经不知看到过多少回了

13

也许你们会嘲笑鹿

14

它们按照它们丑陋或美丽的样子的存活
我们也有我们的样子
在遭到暗算的机会上我们和它们是一样的
我们是美丽的

我们都是美丽的
繁育、格斗、流血、千方百计地思索
而在付诸实施时都一样要流血的

15

头颅是太阳的冠冕

16

我头枕着河流

河流从我的头颅里奔过

    17

新月像一朵花贯穿着我的两只耳朵

闭上眼睛
然后想到新月

梦幻　是我与世界的唯一不同

1986.7.4

1988.2.9

落　日

在日落时分

那日出之时散去的又复追逐

常有人间的鬼魅

悄啮着影子

撕掳　侵袭和甜腻的狡狯

直到我扑杀在那戟立的草野

身上的器皿轰然崩坠

额角倾圮

躯体像光明的固体瓦解

像混浊的清水迅速被地面收干

我消耗在你们当中

被你们的涣散的青春　无辜地贪餍和享受

你们视为你们权利的占据

我怎能阻挡你们呢

而你们从未如此想过

你们连想也没有想过

一个人需要有那种无因之爱

那种没有其他人的宁静

幸福在天空中闪闪发光

也许一生只是为了它

只是短暂的一瞬

你们是永远不会知道的

谁又能责怪你们呢

我又能向谁提起

成千上万的人以为世界上本没有这种感情

于是一些人缩影为秘密

一些人完全空白

人生的端顶是这样锋利

使我的血淌下来

把雪山染成红色

紧紧地被落日抓住

聚集着　存在着

等于从来不曾有过

我化身为两条濡沫的青鱼

提炼为人中的人

一场枉然之雨

常有鬼魅集中在有鲜血和气息的地方

那带有花朵、摩电之光的平台

急速地旋进

粉碎在视线上

迅猛地向后倒去　流逝在望眼

是谁向我们许诺了孩子们将重新开始

开始于明天

而这种鬼魅　这种鬼魅依然如故

我们如此长久地看见灵魂

伟大的生命耗损为伟大的幽灵

我们的道路从幽灵里来

就像动物从雾里来

在晶体风化之前

水流便已注入它开裂的空壳

鸟群啄落的种子

和一只游走的扁蟹

或寄居于其他生命的甲贝

或自树洞中探出一枝乌桕

红蜂颤抖着

把后代注射在螟蛉之中

这微小的剧战　是一则寓言

摇撼着广大的世界

一种语言未及消失便被新语淹没

一种死亡未及死亡便已脱胎

在得睹天光之日

我发现死亡在延续

最可怕的乃是这个活死亡

真正牺牲　作为陪葬的

只有我的躯体

躯体的语言是人类的语言

一去不复回来

迅暂不可即离

如此之美

那火红的　浓密的　响彻了天宇的声音

那巨轮

以及熔化而穿透的火眼

没有回声　无视回声

那焰与蜜包容着的巨流

本不是诋毁　赞美　应和或议论

我注视它　烧穿了我的双眼

我的激情自它而来

在我看见它的那一日

周身的颤抖使它喷耀出珥冕

在它绚烂的呼吸中我触目地看见

赤裸的大地

和舒展着双手　汗湿两鬓

温暖行走的爱人

红艳而丰美的胸口

细腻的阴影

来与去之间的充沛

这落日光闪闪地烧灼着

淋漓着鲜血

眼睛清澈地宁静着

倾注于我的面颊

她想着　面颊新鲜　放射着空气

这落日滚滚奔驰

扫过苍茫

把万里之外的望眼映照出来

自桥洞之下俯视着

我似乎陷落在这嘹亮的巨体中

开启一幅迎风的窗子

不可关闭的窗子　把我的肢体切开

在呼吸的吹拂　大地的摇撼　河流的奔涌

与那万里长风的每一束梢末的挺进中

随落日的吹拂　摇撼和奔涌

把我辟为一片阳光照耀的欲海

一片阳光照耀的智慧的花园

吊塔上的红星

正和悬臂上的红星一同摩顶　开花　结果

这生活的迅暂与真如

我满怀着它

站立在大地的旷声中

高压变电的火花成串地掉落在宁静的四周

1986.11.23—25

短途列车

傍晚　六点十分
短途列车从山坡平缓的地方
呼叫着返回
酸枣山梁的气息弥漫
大风轰轰地隆隆扫荡
玻璃上古老的风尘飘动
在玻璃后面
每一个回家的人们脸上
都打中一束落日的光轮
他们双手提着沉重的包袱
像铁锈一样挤来挤去
金子的光环
专注地敲响他们的额头

也就是在更晚一些的时候
九点四十
短途列车依旧驶过身旁
体内的灯向外注视

没有人会迷路

当夜晚来临

每一个夜归的人都会微微发亮

沿途很少有人下车

准确地消失在黑暗里

准确地敲响门扇

在乡亲们的沟渠上

一排通红的火花后面

有人向过路人发问

似乎该问路的不是你而是他们

到哪儿去呵

人们素不相识

既然上路

便彼此依靠

交换那些永远不会有名的地点

那都是一些小地方

甚至是大河湾流上一只木船

或备有酒桶的房子

通过熟识

安全之感也会打破

因为每个常来常往的人都会知道
在那盏厢灯下抽烟的男人
是个在底层知名的骗子
然而
这并不妨碍
递过去一支烟卷
他友好地收下　并且微笑
露出整齐的白牙

十点十分
河流枯水一线
父亲们　让我祝福你们
我在这条线上
已经过往了九百个来回
当你们回家的时候
开门的钥匙还要将门锁上
拉紧的帘子后面
年少的女儿正在独自沐浴
并且漫然地沦入幻想

熄灭了厢灯
并且让脚灯成颗地燃亮

可惜短途列车从不供水

如果能开着一列装满清水的火车

在中国大地奔驰

那该是多么好呵

蓝灯在前方闪耀

汽笛长鸣

沉睡的农民突然惊醒

他已经坐过了三站

窗外的景色并不陌生

那都是亚洲的平原

瓦舍都是尖顶

只需要倒回三站

你就可以回家了

只有时间是倒不回去的

十一点五十

后排座上空无一人

年轻的姑娘红颜美貌

宛如歌声

雪片似的双脚在寻找布鞋

踢响了鞋子上的铃铛

这时候

你们刚刚经历美妙的时刻

一盏莲花穿过你的心室

梦站立在座位上

沿着车内闷热的空气

迈出走廊

正向延伸的铁梯放射的寒夜

低旋着久久不去

站立着

已是午夜时分

月台上空无一人

迎接的人们只能在站口等待

那里十分拥挤

可以第一个看见亲人

这仿佛是一场洗礼

经历了盼望

没有人不曾像影子一样踱步

在道砟上走向车站

蓝灯中央的灯丝金黄

四周弥漫着紫光

那是你们的好日子

每一天只有一次述说

时间是我们真实的手掌

在夏天

在短途列车正点到达的时刻

一下火车

你就觉得自己老了

然而并不因此怨毒

生命就是这么朴素

它所有的东西都是你们的

这就是我和你们唯一的联系

然而你们和我是亲近的

如果它产生断裂

要么是非凡的幸福已经到达

要么是灾难正在来临

我最清醒也最可靠的时候

是在第二天早上

然而我必须始终保持

清醒与可靠

心要明白　手要坚定

我不能欺骗你们

或者在一刹那中间同归于尽

短歌一样的旅程只有百年

在百年之中

我不会变得麻木

抚慰我的只有一个美丽的瞬间

对一个真正的人来说

也就足够了

那是在清晨　六点三十

短途列车启动

经过了锃亮的道口

经过了宽大的河流

经过了红石遍布的山沟

经过了一千五百米长的隧道

经过只有一匹马吃草的洼地

经过了只有一头牤牛翻过去饮水的

山坡

——一条

笔直的铁路如此欢乐

那三百里平原上的麦子

给我以酬谢

纤细

幽暗

一片绿光中的麦子

雄伟的车头

以晴天里清晰的轮廓

以白日里亮起的头灯和全车的明灯

向它逼近

1987.7.16

云 层

珠母云　平坦的丘陵外面

温柔的灰色

大块的石头在我的嗓子里滚动

雪山下面灰色

跨着平原的双脚

珠母色的云层成行地移近

迈过春天里黑暗的名城

只有一捧云层上的树林

碧绿无光

并且不在高飞前浮动

那是谁站在这树梢的下面

仰望云层

英俊的儿子从他的绿叶中起飞

迎着太阳　向着悬崖下的海洋

坠落　被太阳击中

英俊的儿子

我的一大团溶化的金蜡

跌断他的头颅　披离他的黑发

从悬崖下腾起的

一千只鹤鸟中穿过

奔向他的生命

珠母云　我弥漫的云层

急速地吹卷着一本白纸

翻开他光明的身体

扑落在松软的开阔地上

松树撞击着巨石

巨石撞击着巨石

松树撞击着松树

大地是一种速度　一团枯瘦的水墨

迅速地扩大在瞳孔里

果树林鲜红地摇晃着　颤抖着

穿透我急剧铺平的黑暗

英俊的儿子漫长

为什么这样漫长？

珠母云　我张开的云层啊

让它在你云层的屋子里说尽亮光

溅起滚烫的泡沫

畅饮它的泉水冰冷

当一柱白云陡然升起的时候

我必然有所失去

你们罗列的是诗人

我所打造的是战士

云层的阵列汹涌地掠过

泥土抟造

大地完整地举向天空

跨出永恒

迎接你的生命便会将我战胜

珠母云　温柔的灰色

绿鸟的天堂

合拢流溢的云层

这时候无可回避

双手紧紧环抱灵魂

并且由衷地感到了那种美妙的器皿

当想象睁开双眼的刹那

磕进大颗的泥土

塔楼上的钟声响起

就在英俊儿子的身后

那是一道多么短促的亮光

刺在心头的亮光

祝你长生

泼水不止的云层下

两只透彻的绿马儿欢快地滚过

并且站立

汗水淋淋

1987.7.17

天　明

青隐隐的山冈呵
青隐隐的山冈
黄昏时分的闪电撩乱空气
无衣的仙子拉长了满身的水滴
子夜时分的白云

明亮的山头苍穹一线
明亮的山头
空气寒冷
冰凉地夺去我的双手
那温热沸动在尖削的岩窝上面
海洋翻滚着白沫
激溅着松开的浪花
翠绿的耳朵在礁石上伸缩
摔碎并且使胸口颤抖

哦　亚洲

荆棘耸立在高峻的山块

没有云河的山块

短刺的锋刃灼灼闪亮

箭杆急促

流镝的飞矢射在身后

击落的却是流年的正中

舔舐着十个伤口

青山隐隐

坡冈上的紫云阴暗变幻

没有人迹的山顶平伸着宽阔的踪影

在什么地方

湾流突然转侧

湍急的手臂上面

石子滚动得一片雪白

鸟群宽阔地飞翔着　不停地周回着

迎面扑来

撞碎在我的面颊

光辉的翎羽从我的两耳掠过

万物一望无边

而浓重的云河

浮现出晴朗的银色

发出一声美丽的啼鸣

你宽阔的踪影

布满了人世的匆匆

又有谁知道你　并与你为邻

掌握着一盏明灯

叫一个人坠落就是叫一个坠落

脚印在道路上独自死去

鱼龙潜跃

原子的尘埃

一层层地栖迷于轻匀的花粉

你宽阔的踪影

在高峣的山块上

也曾刻下没有人攀登的图案吗

想起我求生的人们

一次次把原野走得很平

我不能拒绝那魅惑的影子

在明亮的山头

圆满的轮片转动着多芒的叶脉

蜡质深远　蜡质金黄　蜡质很厚

锯齿在双肩上插进

玫瑰裂着它芬芳的茬口

生存或者献祭

随时随地　遥对乌云漫卷

燃烧宁静

而且不知不觉

内心只要不再回避

青隐隐的山冈呵

青隐隐的山冈

两条赤裸的鱼苗站立　水站立

思想低沉地转动

带有浅滩的半岛巨大地铺向水面

扇形的湾流

光滑地展开

里面展现着思想的骨头

天明以后　天清气爽

阳光如注

一颗颗轻匀的尘埃徐徐升起

大地一片宁静

厚实　沉寂

涣散着峥嵘的石头

观海的人相对无言

鲜亮的少女浸湿了母土

此时此刻　云水清潦

内心有如冬天的苍穹

此时此刻

温柔的女儿们有福了

因为你将领受土地

明亮的山头上寂寞辉煌

热气吹拂着　缭绕上空

蜂蜜像悬垂的珠子

打湿了暖色的皮肤

海洋的深处云蒸霞蔚

1987.7.18

首遇唐诗

——纪念我的启蒙老师和一位老女人

我就坐在那些青年之中

遥对讲台

痛苦就在我的手里

双腿急驰于乡村

我自愿地坐在白浪般的火焰之中

倾听这个年代

对于我们的不解之词：

唐诗

人们说　他们这么回答着问话

就像晚清的秀才

只读一点徐氏志摩，然后妄谈新诗

在那个年代

我是怎样得到唐诗的呢

是在淮河两岸枯水的乡村里

一个私塾先生的宝书中

他开始说诗

他竟至不能讲完　而抚摩着
我的脑袋
娃呵　他说
在淮河边上他们都这么叫孩子和小牲口

你可记得　学诗当具斗胆
自念书空料理　万里蓝天
青天如不可出
你要出去

先生死的时候
从他的口袋里，一只很大的口袋里
掏出了一只本子
也就是一只纸碎酥黄的燕子
命我抄写他收集的
一百零一种词牌
而先生就在土炕上度着自己的几口气
低矮的椽子上生着白菌
娃儿们在蓝天上捅着纸窗
我就这样来到春晨　难忘的燕子
先生没有走出过乡村多远
先生家

先生也教书也种地　收成不好

先生不配教书

先生讲诗　一生读过的书没有几本

先生才能不大陈旧而干净

先生从未著书立说　不和秀才交往

先生佩服的是律师施洋：一个大罢工里的革命者

先生不知道刘文学

先生很少议论别人

先生只与施洋见过两面，在那些离开家乡

　投靠亲友　走州过府的工人当中

先生远远地看了两眼

就记住了一辈子

从清晨到午夜

先生没有资格教书，种地刚刚活得起

把我带大的老女人说：先生好可怜

先生对她笑笑

那是一个读书人与一个文盲和平的笑

她每天送给先生一碗红烧土豆

先生送碗回来

说她识字识得好

我坐在不时发问的人群当中

想到唐诗

我想听听

在城市里谈起唐诗的人是怎么回事

先生只让我抄写唐诗

我抄唐诗

先生从不许我带走

先生最后口述词牌　不久就病倒了

先生让我手摸唐诗

如摸先生的棺椁

先生一世只收集了五种唐诗

先生看我如看幸福

在一个风和日丽的早上　先生身体健康

摸我的脑袋　口称娃儿

"好娃儿　讲完书了……总有一天讲完

那会儿就教不着你了……

天下很大大如诗

放手去闯　莫结秀才

结识几个有本事的英雄"

先生临死的时候

吩咐唐诗一同下葬

房子扒掉　墙土下田肥肥庄稼

先生此说：我已不能再念

只有让你自抄

诵是活的　抄是死的

唯愿不要因此害了你　娃儿

野渡无人舟自横

乡村大道的两侧

栖息着黄土坟墓　堆堆上擎一只粗碗

麦田投往天边

前方是焚烧石灰的土窑

学诗的尽头是火红的窑火

而

直去东方的坡道下面

滚动着雨天之后的急流

1987.9.24

汉诗一束

1. 云南

投掷阳光的实体。
亚细亚诸神战乱在云块两旁。

2. 道路

义人们衡量心地的车轨
我此去头顶我亲手制作的醴酒和羔羊

3. 大雪

善良的女仙们持帚而哭
庄稼在山坡上大片地成熟
而我在灯中昼夜迎归

4. 西安

北方最伟大的城市
青瓦上射出了闪亮的中国历史无罪

5. 半坡

我的爱人就是在那里长成了身体
半坡是我雨水丰盈的坛子

6. 海南岛

你的哥哥是青海
你的妹妹是江南

7. 爱人

在复杂难明的道路上是我使你蒙难。
你激动我心的灿烂

8. 中国农民

你这个古老阶层—消失
最漫长的世纪改观又灾难

9. 中国文艺复兴

当脚掌证实心脏的时候
那是一条伟大的道路
一种新生。

10. 黄河

每一支秀丽的蜡烛都在河畔怀孕

11. 艺术个性

命运是一种生存,生存下去的意志
乃是一场革命。

12. 马丁·路德

喜欢语言和罪恶的木乃伊们
是他为你们倒挂起中国农民

13. 欧洲中世纪

梯子两旁星光垂落。
在黑暗中抚摸着炎热的体系产生断恋。

14. 乔托

把耶稣还给母亲的父亲
扑灭夜幕后的火光,让位于太阳。

15. 早晨

在雨中我步行去眺望大海。
看气体在四季常青的闪电中欢舞。

16. 大海

正当我一生走上歧路的时候
每日光明的水面使我不被庸人的庇主赦免。

17. 傍晚

三千里外的信天翁舒展着家乡的布匹
掠过孤海上的甲板在空中落下。

18. 粗糙感性

手扶着闪光的火成岩
在木门后的瓶画前燃烧着坐下

1987.11.23

塔

四面空旷,种下匠人的花圃

工匠们,感谢你们采自四方的祝福

荒芜的枝条已被剪过,到塔下来

请不要指责手制的人工

否则便是毫不相干

而生灵的骨头从未寝宿能安

在风露中倒在这里。他们该住在这里了

塔下的石块镇压着心潮难平

  他从未与我无关

工匠们,你们是最好的祝福

游离四乡,你们也没有家,唯你们

才能祝福

你们也正居住在手艺的锋口

在刀尖上行走坐立,或住在

身后背着的大井中央,抬头看见

一条光明,而一条光看见

手艺人的呼吸,指向一片潮湿

站在凭吊之上,站在

祝福的对面

我从不心怀恶意。

同看着一轮明镜

水银遮挡了我的眼睛

而死者以空旷袭击我们,安息之地。

一片石头砌成的打麦场

无声无息,打下石头做的麦子

怀着幸福来到这里的女孩儿

看风景的好风景,在好里生长着自己的相貌

额头已像麦地金黄

用她们美穗的手指叩响铜盘

洒出露水和汉语消失的声音

而死者以空旷袭击我们

他们生前伟大,手挽着画海的盾牌

袒露的胸膛上刻着诗

他们为我们而死,并且阻止我们

因为他们曾经战斗

而我两手空空,他们都不能抵御我

在我为他们凿下的鱼龙里

骑虎相搏

哦，那倾斜的美貌，热恋中的
葡萄。你们在俯看金石的时候
呈现了多美的果实。
鲜灵的、牺牲者的胸房
像那些黝黑的塔松，在空旷外环绕
呼吸着青铜上的冰冷
坚实的梦想，此时危险得
好像是一柄开刃的钢刺
深深地侵入新生的毒气

来吧，让我来说：生
对于死
是有毒的，因为他满身鲜花
在死亡中过于醒目
像一匹好马的亮眼
在锈绿的巨蜥眼中打颤

是呵，不是让我走开
让玻璃的窗格晃动在这海边的小小城市
博物馆的红顶

平坦地听候阳光美日的吩咐
鱼鳞混合在细密的卵石上
像一首颂歌

而我呢？塔内的人们
我对你们真正敬爱，决然离去。
给你们留下温暖的气息
十年之后，它将
引导着你们前来找我
倘若我已残缺不全，我
也不会拒绝一根铁制的箍子
那是我的工匠所做

我就在打麦场上
吹动着一片风中的麦子
它说我热爱生活

1988.1.6

太 阳

我们已没有多少逡延的领地

一种全景上的声息,峻罩而来

走在刺棘的火光之前

插满震威的车轮,轮辐披靡在

我们麦草的帽翼上,翻开

青穹深蓝的泥潭。红外和紫外的跨度。

发射它霍啦啦的响声

使大地广博、岩域雄厚,大地

倾斜,使山崖流水

泥炭和葱茎的鳞甲深深包围着大的沼泽

我们确实共存在一个球体上

星陀旋转,海地如磐,茎状硕颅的步武

伐着图案与扬尘之间的距离。心的征服。

我们这些男子的眼睛飙扬在前哨

在勇,在战争,在宏大构思与桥枢的格局

吞吐气象

而什么在衡量着我们?在日下

流火的炎夏荫凉如许,如红色藤壶

使水神的舷甲重坠,是黏土
在重坠着我们的身躯……写照。缩影。
……巨像和摹……极端翘楚着
它那美的天蛊,使我们半生枉掷
半生徒手,而一生胜美难收
只有
那角质的尾舵和头
在一片晃溢的惊波里镇峙地推进

我们手执着镶饰纯银的量杯。空间和时间。
呜呜的吹角连营。振奋
使长行的鼓府,在召唤我,在化为粉末
呈螺旋形
从我们的指间、手和范畴间落地
块根的顶部生花。
我挥霍过火种
而今我看到很多碎片。
我们与太阳踊筑在一起
与太阳岸距着八支大光
太阳是我的方向,它与群队的址迹背道而驰

正越过屋脊、螭龙和山脉 .
我该会怎样看着它在土地上划开的犁沟啊!

麦子伏动,高高的玉蜀黍
张开带着长穗的弧弓
我们的箭镞在流水间打着跟头
洞察很早就不完美
出于恐惧我们干了一切事情
有些是恶,有些是罪行

有些则全然是伟大和良心
孤零零的火球离我们很近
长久的悲痛之后,回忆让事实猛醒
寺。牢。迎风扑面的手摇琴。在长久的困顿
和斗大的气窗,在路上
一支透骨的芦管
或一支酽凉的鹰骨笛,将心理
在本土上决然地夷平
旌,在丈量者的红布上打着旋涡。
我将看到这个结果。成了或者毁了
这都是我们的事情。
对此我们不要甩曳给别人

太阳是多么磅礴。

乡畛的春畴,田和野
大地稀寥地摺着一块块绿荒
死,和疾病中的肉栗,面颊上的火灾
这是人的事迹
愿我在千支独线的弓弦上
拨出千里镗踏的声音,素怀激情。而甲、盔
和铁匠的盾。
来自黑大陆的、徜徉的投手们
穿过地平线,穿过这不断变换着支点的剪子
斜迈着走来,在思力和反射的空隙间
短促地就使义人栽倒。可是好呵……你这
白石的坚贞,你这黄昏里银色的一地麦捆。
分水岭。

贯穿在脉管的蓝壁间,血旋动着
我知道,思想不可旷怠,只因方向和导体
一天天地举行。人本者和科学者
也是游牧人
为此血流体外,我知道

这就是大的代价和牺牲

我知道血在体内，原浆和火

抚摸着飞禽在丛林上方盘旋时的那种体温

人百共身赎不回

虽不因此而匍匐

而我又何能不以七尺窄门

在城与年的功造上

受火雨的重罚？

我知道太阳在外，因此我们看不见我们的视野

然而它是有的，太阳是多么磅礴

炸开向外的辐路

使我们体内的旋脉和搏涌

终能走到一起。太阳

盛满了大镰刀的车子，收伐在腐草

溜滑的松针和崇原上

金光闪烁的大镰刀，如此众多

太阳没有心理，只有照耀

——冲过我们可耻的囿限。

永无穷尽的、太阳的深度

崇隆着它的底质和气浪，沸与静

闪亮的珥冕和崧岳

人类的神往如实

器具在焰轴中心的岩像上
拨动着切入的最高点
我们百代淋漓着,往往从那里
返观着大盾和护心的地面
这时候我们就吐纳了。涵。忽。生和败。
　人。排斥和沙虫。
名实下的感觉如此岿然

我们都是太阳的幅度
太阳是强和弱的敏感,没有人声
太阳是放射,然后落成

太阳离我们很近,如此垂正
带来白天,使丰隆的地表
托住我们的眼睛,在盾牌上,在城门
迎着时刻,手举着一个整备的日子。
刺莓和球果大如城市,无论我们走近
还是走远——思想无非是一种光明
艺术在其后或明或暗
踏起瓦砾、丛林,一茎多汁节的蕤草
根和萌,麦地中的血泊　塔鼓、原
和多蘖的美穗——太阳
和巨幅的比例,都不会改变

在这里，刺棘是一种晚霞里的生物

人歌从朝阳里出行

平地吸附着纵横的崇阿与小马

武者的面颊黑暗

擦有笔直的红土威严

胸前的刺绣，涌出太阳美好的负扊

河流在人迹罕至的地缘亮丽地分叉

生灵向世界各地的属性

投下它们宽阔的踪影

因此，当我消耗了你们全部的火种

蒸蔚或挥发

并引起敌视和咒骂、你们

抗拒来自从前的慑力时那喃喃自语

都请你们不要卑劣、甘于低能和沦丧

不要背叛人类，本土和使命

后来的威能者们

我们极尽全部的能燃与至善

不是孑遗，也不是衰竭

太阳是如此磅礴

千钧之下，又有谁能不飘风白日

而鹰眼在太阳正中张开形状

        1988.2.9

修 远

触及肝脏的诗句　诗的
那凝止的血食
是这样的道路　是道路
使血流充沛了万马　倾注在一人内部
这一个人迈上了道路
他是被平地拔出

那天空又怎能听见他喃喃的自语
浩嗨　路呵
这道路正在我的肝脏里安睡
北风里　是我手扶额角
听黑夜正长歌当哭
那黑夜说　北
北啊　北　北和北

想起方向的诞生
血就砍在了地上
我扶着这个人　向谁

向什么　我看了好久

女儿的铃铛　儿子的风神　白银的滋润

是我在什么地方把你们于毁灭中埋藏

方向方向　我白银的嗅觉

无处安身　叫我的名字

浩嗨　嗨呀　修远

两代钢叉在水底腾动

那声息自清澈里传来锐利和痛疼

那亚细亚的痛疼　足金的痛疼

修远　这两个圣诉蒙盖在上面

我就看见了大盾的尘土

完人和戈矛　雅思与斧钺

在北斗中畅饮

是否真有什么死去　我触摸着无边

触摸着跪上马头的平原

眼也望不到　脚也走不到

女仙们坐在月亮的边缘

修远　我以此迎接太阳

持着诗　我自己和睡眠　那一阵暴雨

有一条道路在肝脏里震颤

那血做的诗人卧在这里　　这路上

长眠不醒

他灵敏其耳

他婴童　他胆死　他岁唱　他劲哀

都已纳入耳中

听惊鸿奔过　是我黑暗的血

血就这样生了

在诗中我看见的活血俱是深色

他的美　他的天庭　他的飘风白日

平明和极景

压在天上　大地又怎会是别人的

在诗里我看见活血汪霈而沸腾

沐与舞　红和龙

你们四个与我一起走上凤鸣马楚的高峰

修远已如此闪亮

迎着黄昏歌唱

我们就一直走上了清晨

那朝霞

诗人因自己的性格而化作灰烬

我的诗丢在道路上

一队天灵盖上挖出的火苗

穿过我的头顶

请把诗带走　还我一个人

修远哪

在朝霞里我看见我从一个诗人

变成一个人

与罪恶对饮

说起修远

那毒气在山中使盛水的犀杯轰然炸裂

满山的崧岳　稀少的密林

那亚洲白练

那儿子的脚跟　女儿的穗佩　口的粮食

身上的布袋与河流亮丽的分叉

连你们也不知道我为什么看着道路

修远哪

与罪恶迎唱　拉开我的步伐

这就是我的涵歌

在歌中我们唱剑　唱行吟的诗人冒险行善

这歌中的美人人懂得

这善却只有等到我抵家园

唱吧　那家乡

我们分别装入两支排箫

素净两方门窗

这声息一旦响起

就不知道黯淡怎样吹过

天就一下子黑了

在大地的口中　　排箫哭着

与罪恶我有健康的竞技

说一声修远

三种时间就澎湃而来

天空在升高中醒了

万物愈是渺小　　也就愈是苍莽

在那一夜滂沱的雨水中

新月独自干旱

1988.8.19 青春诗会

1988.10.12

第三辑

沙漠:芬芳馥郁的祭祀 ①

没有芬芳　没有睡眠

大气中的火焰

在沙漠上搅扰不宁

左边是欢乐

右边是痛苦

正如沙漠上空的雪线

沙砾正中那隐秘的瀑布

在道路的尽头

沙漠的尽头诗章焚化

一首诗是一块大地的裂口

一首诗是一种幸福

种子浇灌着种子的幸福

手掌上的绿云

狭长而绵密

古老的荆棘骤然冰冷

---

① 又名《沙漠:家园的祭祀》。

瀑布曝晒的浴女

孤独而冰冷

席卷着烈火的乌鸦

静穆地栖立在上方的沙漠

它促然的翅膀

扇落了金子

劣马千里奔驰

你的心头践踏着泥泞

绝对的金子　妄想的金子

潜藏着白骨的金子

它不为荣华富贵所具有

一场革命也是一块金子

骆驼在金子上流着古老的泪水

谁不能哭泣

谁就不曾听到过血的声音

和烈火自尽的声音

这天国的地图上

沿着天国地图指引的道路

走过斑斓短命的老虎

在天国的地图上

慢慢风干

在真主的花园里步履轻盈

> 1987.7.22
>
> 1988.5.25

乔松：力的祭祀

五面朝往八个方向的山头

连山挂满了白雪

主峰上的金顶

光秃黝黯

妖娆的蓝天眺望着四季不变的乔松

仙后座的目光无人触及

在五千公尺的高山上眺望一夜星辰

朝阳四射

正是东升的时候

红霞插在我的脸上

漫卷的西风吹过长海遥远的眼睛

长海湖边的雪山如营

步行二十里平缓的山路

冻湿双脚

低低的　踏着经年的积雪

然后登上宽阔的坡顶

野地里的独牛

仿佛是我们远路上的面具

一种魔力吸收了语言

青草没过膝盖

长醉不醒

这时候　是哪一种激情惊开了内心

胸墙下凝聚着金黄的花粉　高及我的面颊

一触即溃

沾满了颤抖的窍孔

一柱芳菲四溢的秋荫

波涛明灭

瞻望着乔松

赤身的美人　光明如蜡

紧咬着鲜艳的红唇

闪电席地而坐

闪电的亮光洞穿了你的心灵

一株七枝向北的

断臂的乔松

吸干了皮肤上冰凉的水清
北方就是那星辰如盖的山顶
大地的乔松使我们无法逃遁

无水的地方
门关户闭
出山的道路稀薄明亮
行人默默无闻

　　　　　　　　　　　1987.7.23

闪电（二）：刹那的祭祀[①]

1

那些迎风的马：青饲料的星辰

靠在你的头上畅饮

硝石浓烈的气息呛住了优美的喉咙

电光接地的流域里

空气新美，一面是好雪，一面

是西风：冬天里的兆头干干净净

你就是你

你不能是别人

世界的哀歌总有一天被击中

挖出迷歌也挖出真实的面容

2

一支天风采尽另一支天风

打开伟大的雷霆

[①] 又名《闪电：速度的祭祀》。

断翼的信天翁掉落下来
被嘲弄的俊杰掉落下来
一切都按照大地的厚度运动
没有人不灭,要有人倾听
听秦岭以西的亚洲一片
雪夜连城

3

因此我又聋又哑如痴如醉
首级上的表情久已割去
大光明直抵前胸

4

闪电的速度,是万里的速度
速度里的白日,速度里的人歌
速度里的飘风

双脚是一种行走的动物
微光的野兽在塔楼外长鸣

5

闪电、闪电、闪电

滚石里的某一块沿山袭下

擦身而过

苍山的踪迹坚实地吸满我们

背影：背影是一种逝去的年轻

闪电辉煌，闪电是彻底的坠落

闪电的艺术照在对面的美

或者我在速度里面飞行

6

毒气是诞生之南面，是死亡之左手

倘若大火不在

——我使它白白流失

一去不返

我们只好不再握手，闪电画在前胸

闪电是一种惊喜的光

或一条磨洗着铁锈的鞭子

横贯于你我之间。你不会崩坠

掉下的只是我，静听着

刹那珍稀的回声,或

减弱在两个人的胸墙上的回声

1987.7.26

零雨其濛：船的祭祀 ①

（纪念两个故人）

1

风暴过去以后

最好的船长走向船头

在甲板上瞭望海神

风暴过去以后

醉意酣畅的大海抛起深奥的孔雀蓝

波涛源源流露

2

好像磨秃的箭镞

射在舷上

在台风里敏锐的耳朵

这时候松懈了

---

① 又名《零雨其濛：纪念两个故人》。

泡沫的声响在听觉里恢复

3

水手一人未失

在各自的岗位上吃着干粮

好望角：达伽马的犄角

暴风的犄角，停泊大陆的犄角

这时候是好希望

4

大海成块成块的

隔着红酒经年酿造的亮光

九回出海的新手

看望瓶子那边的透彻水面

大海如幽暗的音叉：碧绿的丝光闪闪

5

畅饮：我的船长

畅饮：我的第一位朋友

山乡里木匠的儿子

十九岁的时候,你朗读

德国的海涅:阿格纳丝的海洋

并且彻夜长谈

　　　6

火热的甘甜的酒浆

烧遍了纪念者干旱

眺望荒凉的海水波动

一阵温暖迎风扑面

吮吸着瓶口上海洋冰凉的咸味

空气鲜涩空气清新

空气久久无言

　　　7

零雨其濛,水滴遥落长天

祝你身体健康

水滴掉下的时候

蒙盖着我的皮肤又一次解放

8

船长死了,在昨天
在朋友告诉我的时候
我微微笑了:你开玩笑!
第一位朋友死了,已经死去两年
来到那里,久久不看
对面的岛上旋转着天线
向阳坡面上阳光斑斓
安息吧,当我走在街上
我忘不了他们巨大的心脏

9

我们每一个人都必然死在自己的心脏

10

秋天　夏天　春天和冬天
铺开我的晚宴
乡村悄悄移去
大地悄悄地移去,在那里

亮着瓦下的灯光，雨后的泥泞

潮湿变紫，挂着蒜头和辣椒的屋子里

酒架如尺，如光阴

牛群宽大地走动，轰轰地喘气

默然反刍：对面是一片峰顶耀目的雪山

11

呼吸也是一种流泪

噩耗传来，我深深地呼吸

它使我的双腿迅速而坚定

雪山过去又是海洋：亚洲的南部

亚洲的东部和他美丽的邻居

12

这两个中国人的灵魂如大海飘荡

迦太基的遗址上春云密布

汉尼拔，穿越阿尔卑斯雪山的

青年英雄

必与他们的灵魂相遇

二百一十万朝拜麦加的信徒

冒着今年的枪声

下到闷热的山谷

这两位死者的灵魂,穿山入海

走遍未完成的世界

请你们告诉我中国的木材

拜占庭金船后的木材

13

对于息息相通的灵魂

死者对于生者

必定灵魂附体

只有一个灵魂,不能称为活着

14

让我的诗歌不再是诗歌

而是一次追荐宴,一首安魂曲

或者是一次英灵齐在的大弥撒

关于中国的海洋

中国的船长和中国的朋友

15

今我来思……昔我往矣

中国的雨季和中国的杨柳

让我稀少下去的

分布广阔的友人

——地看到有谁活着

有谁死去：并且衷心地知道

他们长久地活着

那就是真实了

16

死无葬身之地的年月

家乡的太阳必然一无遗漏

1987.8.3

鸟瞰：幸福的祭祀

1

白天，乡村的麦浪滚向我的城门

2

写作一首诗，其实也就是在等待
麦穗走上台阶的声音，并且
在日光里
   开辟一条航线
潜入鸟群的王国，在它们沉睡的时间里
长久地观察芦苇间，一茎安详的绿叶上
唯一活着的眼睛

3

而鸟的面颊，另一个岸上
仍然活着一只眼睛

光线透过它蓝色的虹膜

建筑着幸福的影子

      4

两千只眼睛同时醒来,是我的幸福

幸福的城是一面明亮的镜子

居住着我的内心

      5

梦中之梦

悬挂着硬实而多汁的果子

      6

两千只苏醒的黑眼睛,比光线暗淡

然后比光线晶莹

多么美丽的白天,多么美丽的夜晚

人生简短的一瞬,我开始大声地飞行

7

一千只倾斜的鸟儿平展地起飞
低沉地掠向江心,在我的家乡上空洒水
给我以祝福
就像光辉使一块大地和另一块大地毗邻

8

鸟群在明亮的河面上
是生与死的棱子,一只鸟在空中
捡拾另一只鸟的声音,也就是我的声音

9

移向海洋　温暖的鸟儿们
并且在那里快乐
大如北溟　薄如北溟
　　　鸟瞰壮丽的人生
和日出时攒动的鱼群
祝福那些在东海岸吸收日光的人们
和畅游在海岬里　光着身子的伴侣

在那里，细长曲折的海岸线

万里不绝，海水澎湃如阵

10

移换着光阴

流水如阵，又如战斗的乌云

鸟群的翅膀在云层的脚下筑起金色城池

又向头顶播种浓荫

就像是大陆依傍着海洋

吸收着岛云的蒸腾

11

绿水如霞蔚　高塔如象征

新生如光明

　　　而

长诗如击水

1987.8.9

诗人之梦：人类的祭祀

那些隐在夜色中的

默无声息　身存微光的影子

幢幢地移来移去

刻画着雷声

我渴望知道他们是谁　是不是千百年来

我那些言语不通的乡亲

夜晚　梦游时四围如盖

两眼漆黑　门被触

门又折合在另一个方向　他们悄无声息

灯短暂地一亮　上帝一亮　雨下来

闪电用了千年

在暗处我们学习了它的速度

那些充斥在洪亮的头脑中

并使之晕眩的斗笠

它藤蔓的边缘

在继来的暝色里，以梦之流

以速度的波纹进行、变幻

总将你抛在一边

此刻灯光一亮　它就减缓下来

但烈火真金都要自这梦中消失

一个鳞甲如王的金菠萝

突然销声匿迹　记忆又算什么呢

人们在一瞬的光里都不似痛苦

于是光线衰落　战争中的蒙难者白死了

女神们一次次地经历阵痛　而后代依旧麻木

渐渐地他们不再生人

只是生下头颅

这广阔世界上的铁杵深深地插在我们正中

求什么理解　既然不再感动

惩罚是多么聪明：使思想成为疾病

意志阻止了软弱

也阻止了梦

阻止我们相见

然而我清楚地感到　手足变短

新生的婴儿后背上铺开着一百只眼睛

使母亲于战栗中将兄弟流产

使诗人哀恸　而那些眼睛无动于衷

你如说梦

另一个梦正阴沉沉地进入

比刚才那个更加完整

一种放大了的背脊，眼睛的布匹

以一种低掠的姿态

进入阴影

穿梭在

双眼久闭的面颊之中

面颊为之改造　　浓荫碧色晃动

网形的水光反射着速度

蜻蜓的视线明亮模糊

倾听着树冠所发出的

疯狂的声音

听觉被轰炸了

持久的尖啸在耳朵里

踉踉跄跄地拖曳着黑影　　它们

来而复往　　来而复往

逼近诗人的瀑布　　在已知的地方

也在失火的、训诫着荆棘的山上

翠绿的十字定定地插在回光之间

然后千人一面，突然靠近

我不认识他们

他们来自大塚如针　　数字如针的学园

语言如同盲文

从纸人的屋子里铰下的碎片

我为什么来到这般异乡

没有一种呼唤来自友人

我重过着没有课业　也没有神明的日子

然而欢乐永不再来

神经在一个筐子里如谷粟拨弄

我到过这种地方

再度生活就是再度生活

而我不想再为地方而来

而是为了寻找那些亲人

夕阳如老人和棺木

夕阳互相抚摸

没有人知道我怎样在夕阳里失踪

这是不可能的

我们曾经在一起生活

看酒　挑选生存的鞋子

一起在路灯下模仿美酒

大声地唱着上帝的声音

并且深深地呼吸着　空气清新

而今呢　你只会说我是诗人在梦

我知道我复现着一切

我一个人在看酒，我一个人

在挑选鞋子，我一个人

在路灯下如美酒清醒

我的声音清清楚楚

我就在那里转过身来

丑陋无法逼近

一轮太阳席卷身影

那么多真实的人

在梦中走来走去

在与不在　我全都见到了

他们并不互相嘲讽

也未曾让机智卖掉青春

我就在那里

看你们的游览

——一个人　一个独眼巨人

弯腰死抱着另一个独眼巨人

就在那些游览的人们当中麻木地矗立

不可移动：而来往的陌生人又是什么

另一个独眼巨人

安详地垂着骇人的面孔

垂着巨大的猪圈

是的,他弯着腰　他不须进行恐吓

他只是紧紧地抱着

再一个独眼巨人和下一个独眼巨人

人们不知道他们在干什么

他们就这么站在来来往往的

真实的影子之中

吸引着游人,供他们交谈

然后,就在我走进这个屋子之前

他们一个一个地换次直立、消失

而四个独眼巨人安详地压迫着的

是我　或者是我们血肉的兄弟

我站起来　呼吸了一声

紫血迸射

鼻青脸肿　向这幢屋子外面移去

月亮明晃晃地挂在树梢

卡车刚刚重载着绕过厚实的城墙

尾灯一点猩红

而我的梦

在醒来以后更有力地

穿进我的头颅和四肢

像一根血色的钉子

牢牢地把我钉在原处　春天的

浓厚的大雾从岩石下阵阵袭来

梦像一些破旧的　盖着军用大衣的

木头箱子　供人入睡

梦像一片棋局，也像一次雨和甲板的谈话

梦的殴打不需要什么诗人

我们无法举动，来自盗火之城

春天的浓厚的大雾

从巨石下阵阵袭来

我悬挂在那里　鹰鹫啄食着我的

肝脏

1987.9.2

乱：美的祭祀

这是古典诗歌最后一节的中国名字
吾土之歌最后的一节
或者是一场战争
人们在修起的城墙上
拆毁了最后一道防线
也就是这些损失惨重的人们
吹起了中国的民间音乐
一个印度人，一个犹太人，一个希腊的
城邦诗人和一个古罗马的士兵
对我说：你们中国的歌子是悲哀的
我们并排站在
像春天一样深刻的城墙上
这些曲子都有一些难忘的名字：杨柳
或者是：梅花

我们都知道我们奉献出的名王和英雄
朱利乌斯·凯撒　伯里克利
项羽和观看舞蹈的所罗门王

他们都曾经割下过我们的脑袋

我们都曾经在低地国家

感受过海潮的威压　载入希罗多德的历史

和精卫的叫声

在爱琴海的白色泡沫上

把竞赛的歌　城邦的歌

像裸体一样健康的歌

送给退潮时露出海面的

三颗报晓的星辰

到今天，我们失去了很多美好的东西

美杜莎的舞蹈把我的头颅砍去

当作一只金碗了。在亚洲中部

雪山下开着蓝花的

黝黯的山谷里，大汗的马队

把我的兄弟们

一个一个地砌在石膏里了

至今他们的声音已经风化

遗址还在

而我们的生命却再也不会有了

谁还能蠲弃美好的歌声和感情呢

说美好是古典的事情

我能够相信你吗

说自由是不能歌唱的

我能够相信你吗

我沿着生命的大路走向我的老家

拿着我诗歌的粗碗

我写的肯定是中国诗歌

我是那最后一节的　乱章的歌手

我听到在这个世界上

白帝之猿的啼声

沙漠上丢失整个军团的声音

和蚂蚁把它们淘成沙子的声音

都是一样的

勇敢　雨水　新生　眼泪和美

都是一样的

我也忘不了

我父母的眼睛

长久地停在杨柳之上

好像也同样是两棵永远的树木

1987.8.13

贫穷的女王:女神现象的祭祀

我走过了群山

或把宽大的河流瞭望

我倾听着悲哀的歌曲在甲板上吹响

那艘灯火辉煌的船

在远处驶过

静静地消失在海上

风起风落　风消风涨

潮水在岩石上熄灭了阳光

又修复阳光

那艘滑翔的船

在水里张开叶片

犹如美人在水里张开双眼

单薄的鱼群闭着一队眼睛

和他清楚地相撞

呵,这些沉默的哲人

在死前久久地冥想着诗章

一扇扇旋轴美丽的窗户

在光明里悄然合上

一间屋子　一间间挂着金色画面的屋子

是一座小小的村庄

我打开那一朵朵碗大的向日葵

盼望它们断断续续　仍然生长

我枕着那抒情诗人的悬崖

他们未完成的断章像悬崖一样

爱过　生活过　凋谢过

美人逆来顺受　美人被无偿占有

美人在诗歌劳动的白纸上

是一种女神现象

美人在平原上失去自己的声音

美人通过女神歌唱

美人在刀口上安坐

美人在民族的布匹里裁剪衣裳

美人没有过错

美人是地球上的青草　大花开放

美人没有理性　没有话语

黄昏淋漓着粗硬的头发

美人一天酣睡　傍晚梳妆

美人热爱生活　生活很快就不属于她们
美人看生活如看大地
大地在美人里看自己
美人迅速地消逝　如船
沉入海洋　你不要寻找理由
风怎么样　海怎么样　船怎么样　美人
就怎么样　美人

劳动者的女神　劳动的女神
刀子上的女神
有时希望　生于绝望
绝望长进身体里的是希望
在黑暗里死去的是她们
在水底里死去的是她们

我们在两个身体上相爱
我们隔着海洋相亲
隔着短促的庄稼　我们
收割了父亲
隔着避难的场所和铁网

我们割断了自己的手指

换给女神一尺口粮

一尺口粮是一个神情专注的脸庞

飞旋的亭子住在她的脸上

美丽的亭子　蓝色的亭子　四面透光的亭子

像砍柴人的背篓一样

盛起了那么多干草　日子不长

干草的阴影——这青草的黑帽子

低低笼盖她红艳的胸口

草帽　人类的草帽

在劳动之间　不声不响

我曾经看见　大雾弥漫的车站

住着失去王位的女王

她卖掉了命运的车子

破破烂烂　徒步而来

再也无力徒步而去

一生如此完整　神情高尚

我曾经看见

死在棉花地里的女王　和死在大桥下的女王

割下一寸寸的衣服

放在专事乞讨的酒鬼手上

我看见地母盖娅　渡过长江　辛劳流浪

日夜奔忙

因为冰雪满地

冻死街头　像锁链一样

冻死　这就像火柴一样

打开希望的盒子

放入最后的一根火柴

这支火柴随生带走

用来照亮死亡

唉死亡　死亡　盒子里的疾病

就像燃烧一样

一生如此完整　神情高尚

我曾经遍布青山绿水

我曾经渴倒荒凉

我知道雨水甘美　大地的儿子

我曾经注意那干渴的女王的表情

在船头　在我们这条变乱的船上

放荡的铁律挂满船舱

风车拼命地吹着

吹破了我的笛子

我曾经沧桑甘美　平原欢畅

在她们的舞蹈中忍下泪水

我在我的年代伸出双手　我这时间老人

心情应该平静

我在我的年代是一个年轻的人　一道亮光

对于我的嘲讽也无非是：一个人

只有一个人

一个人在嘲讽的年代是高尚的

我曾经看见

她从炽热的街上走来

看着夜店封闭的大门她曾跨入门槛

鲁迅的门槛　屠格涅夫的门槛

索菲亚的门槛

胜利与希望之星的门槛

胜利与希望之星

大门独自灿烂

我看见她走在街上

在流年以后　在冬天以北

哪里炎热

哪里就拍卖过奴隶

她衣衫陈旧　衣衫美丽

她的牙齿被掰开看过

我看见她走到敞开的窗前

女神，你想喝水了吧

那彼岸的水和今生的水

上帝赐给这人间的水

冻成清水的水

她痴心盼望　痴心在她的脸上

是一种我的感情

哦　我们可怜过谁　哀悯过谁

我们可曾这样污辱过谁吗？

女神　我世界上的诗歌

我流浪的美学和家乡的美学

我们呆呆地站着

我无须辩驳我的生命

我看见了那种美人的步伐

昔日和即来的步伐

她们旋转在世界的四周

舞蹈如花　美丽的鲜花　五月的鲜花

我们忘记了我们

我们之间只有拉起的手臂

这落日中朝霞般的手臂　乔松和小云。

舞蹈在我们生和生我们的地方

她们舞动如生生不息的鬼魂

我是她们的影子

就在原来的地方

我在早晨的雾气里把她们看清

她们来到伟大悲剧的城

她们来到节日的乡村

原地不动或永远地运动　她们跳成了影子

她们坐在鲜红的椅子上

靠着沐浴过的栅栏

气息在她们芳香的　紧束的腹肌上抽动

她们坐在落日后面

波涛起伏　脸上布满阴影——

窗户和凉风习习的阴影　陶醉了她们

她们不知道明天

因为我们都在这里　为了

一个舞蹈而欣喜

她们也不知道少女时携手而来

就不能再从世界上活着离去

她们坐在鲜红的椅子上

她们是一片血人

她们靠着栅栏　一生都不知道

这是难忘的呵

这是烈火和青铜的艺术

我确实看见她

我曾经看见这贫穷的女王

她有着粗糙的手心和光滑的手背

她幸福生活的裙子

垂在暗中

像那大海的船灯火辉煌

移进黑暗

江南的女儿　中国的女儿

西安的女儿　土地的妹妹　家乡的妹妹

我的没有到达的家乡中

幸福的妹妹

她无畏的双脚

长在她的腿上　穿着人类的鞋子

一束完整的灯光照出鞋上的尘土

火焰的豹子　舞的豹子　大气的豹子

已在劳动的灯中沉睡

窄长的鞋子　灰尘的珠宝

劳动的珠宝

珠母的光辉　水的渴望

我们一生都在走呵走呵晒呵

辛苦的鞋子

黝淡的鞋子呵　断裂的鞋子

默默地缝好的鞋子呵

站着你的十只贝壳

就在这大风搏荡的道路上

她无知无识　被人嘲弄　听着好的话语

那是她

只有她在命里赞美地球

我无知无识

因为我在地上死去

搓碎了土块　拍打双手

河湾滚烫地弓在那里

河面上晾着银子

波浪干燥地皲皱起青黑的鱼背

猛烈地一晃　然后投进水底

哦，你这白的河

古往今来

有多少河流的大手让无语的鱼群曝晒阳光

浮起水面

然后深深地遗忘

这条雪白的河

它一展千里

在它们沿途　在两岸　土地全都翻开了

没有种植庄稼

蒸腾着热气

为这河岸而开垦而不去收获的民族是智慧的

它遵循水的原理

两三棵质地很差的树木

美于它的命运

生机蓬勃　疏松着肌质

在沿岸的徒者眼中洒下茸毛

使视线在大河上模糊

俄而　有上流漂下的草根错杂的土块

蹭在它的河湾上

去年春天　我见过它们长出了青草

让你的洪流奔腾在日光下面

让你的飘土靠上大地

它可是怎样的河流呵

桥跨过它　人走过它　阳光赞美它

炎热笼罩在平缓的河面上

蜉蝣在苇根旁滴溜溜地打转

她泗水经过这里

到大河去安身立命

到大河中央

她仰首阳光　以待喘定

白色的胸膛起伏

就像大陆的碎片　人类的谋生

天空投下的影子

哦日球　太阳的女祭司

家乡的妹妹

我的安魂曲　我的大弥撒

我的中国民间故事

她的一只鞋子是遗落在岸边了
另一只早已走失
那鞋子里会长出人来
那是葵花之女
因为她久已被传为水里的精灵
因为她有大地的皮肤

哪一天夜里　或一个白天
当我们像泥土和神明死去的时候
大花沉睡　烈火在鸟背站立
锤打着嘹亮的房屋
我便久唱着不朽的歌曲
让她收走我的血浆
她一层层地收走我的头骨
揭开我的耳朵　深入我的身体
当命运刮过人类的庄稼
富于幻想的庄稼

骨头成行地啼鸣
提着智者和情种的头颅

那生活所给予你的

连命运也不能把它夺去

1987.9—1988.1

身体：生存之祭

（来自大敦煌的幻象）

> 木刻者用疏密的线条，
> 表出那原画来
> ——鲁迅

我们跟随着本身，也就

跟随了那种向往

那种幻想和减弱的光线

来到生存营造在精神的石窟

它生出了万般种族，文明不能增加它的事物

也不能把它减少

在这风平浪静的、不朽的岩洞里

徒然地滋生着恐惧

而无人可以安息

古代的马和青草依然进退俯仰

靛青的颜色攀附着千只脸庞

而彩色的双乳不复消逝

年轻的人们放声批判如窃窃私语

我的梦幻滋长，生活也随之滋长

啮咬着神经，老地球孱弱不堪

久居此地的导者

使影子在微光中行走

没有灯，也没有梯子

滴水穿过耳朵

射中一只蚂蚁或一个死角

大片地从墙上流淌下来

我们从一个石坎跳向另一个石坎

像豹子一样，然而两眼漆黑

又像钻入穴道的西风

摸着墙壁回旋，终日打转

挑水的僧侣们栩栩如生，在

这些角落里走着，在不起眼的地方

让位于那些围猎的武士、帝王

和猛虎的吼叫

这一切都在光年尾逐的寂静中进行

图像上只有神态　没有声音

而它们应该活在这里

被追杀的豪猪永远在奔跑，永远

停留在那个没有被射中的前夕

我们为什么来到这里,为什么?

不能永远生活,就迅速地生活

而生活无度

我们为什么来到这里,为什么?

耳朵、七窍和心灵的门

不蠹不蛀也不腐烂

像当初一样温暖

只有暗淡的光线在造物的第六天里

式微,宛如洞底的月亮

我们为什么来到这里,为什么?

生命之光投入深度

是否能够抗命?

于是我在黑暗中独自微笑

使我们有别于鬼魅

虽然我们谁也看不见谁

而感应依然飞去

晾在蓝天的门槛上

好像一些饲养着和平的高粱、蓝色高粱

在黑暗中,在洞彻者的路上

你只有这样看清红色

或者在迷路的时候醒来

想象力促使我猛醒
不再踯躅措手,纵使在前方是
一只狮子、一只豹子、一只野猪
或一片满天的曼陀罗花卉

动。或许是一种光明
漫野孳绿,或许是万丈深坑
幽泉浸透了呼吸
使惨叫微弱下去
而在上的人,本是陌路相逢
此时却大声呼唤
你可能知道我的名字,也可能
不知道,于是发出的乃是原生的母语
——"树林""河流"
　　"兄弟"或者是"波涛"
波涛……
而生命此刻像矿石一样割开矿脉
爱的纯金把我彻底地夺去

然而,我们都可以在无光的境地
听到可以结伴的旅人
脚踏着潮湿的磐石和子宫　摔进黑暗

一步一滑地向着遥远的洞口奔去
带给世界一种命运
我并不信任死亡,因为在黑暗中
怯懦的心肠也会咬断神经
也会因此而落下一块石头
并且怀着有毒的隐秘
我并不止于混乱
也并不信任那些充满贪欲而号称生命的人
当呼吸的丝络断裂,茫然不可辨识
我们来到生存之地
亲手抚摸黑暗的岩画
随着境界的深远
身体里任何事情都可能发生
并且可以有许多事后的理由:既然
连天国也只是
一片黑暗

在一个替易的年代
弟兄们走上了这段荒芜的道路
请不要杀害自己的弟兄
我宁可见到你们的全部深度,与死亡对质
哲学在生存里死去

而诗章也是开始生存

草在这里比人长得迅速，而磐石

比身体坚硬。如齑粉

又如失修的纸片——

无论我怎样走过

颜色结成的板块都会跌落

硫黄和白垩的气息

萤石和孔雀蓝的气息

浓烈地扑向我们的身体

而我们的身体里总有着那种激动

举置万物，虽然一口气

或一滴血就可以将它窒息

高不可测的头顶上大风吹过那些

晒成金黄灿烂的沙子

像它在风中抓着地基的声音

身体里的这种感动

就像飞出洞口

就被强烈的阳光撕得粉碎

1987.8.8—1988.6

附：在这首诗里，我结合正在风化的敦煌岩画和二十世纪末的中国，描写了探索的处境和身体的萌发律动，个人创造力的来源和人类崇高的感情。这也是"祭祀"这一标题下的最后一首,然而这梦幻也是黑暗的。

——骆一禾

第四辑

世界的血

第一章 飞 行
（合唱）

1

江流　港湾与河口　落日燃烧蚁穴的土堡

港湾　河口与江流　搁荒烧火的田野

开花的田野

开大花的田野　吹浪如炽的田野　河口

紫土　棕土和红土　浑黄的河口

　　　　稀薄的原野吹浪如烟

淡泊的鸟儿渡过湍急的河流

丰厚的翅膀洒落在河口

落日耸立那里

迎面飞去　看到它飞腾的日冕

它那不平凡的表面　看到它伟大的头发

看到它原本是激动着我们的炉口

跨越开朗的太阳　河口　港湾和江流

太阳是一个大火球

世界是一个大火球

2

　　而鸟的面颊　另一个岸上

两千只眼睛同时醒来　是我的幸福

两千只苏醒的黑眼睛　比光线暗淡

然后比光线晶莹

多少白天　多少夜晚

人生简短地一瞬　我开始大块飞行

一千只倾斜的鸟儿平展地起飞

低沉地掠向江心

在我的家乡上空洒水

给我以祝福

就像光辉使一块大地和另一块大地毗邻

鸟群在明亮的河面上

是生与死的梭子　倾听着飞行的声音

也就是我的声音

3

移向海洋　温暖的鸟儿们

并且在那里快乐

大如北溟　薄如北溟

　　鸟瞰壮丽的生存

和日出时分攒动的鱼群

祝福那些在东海岸吸收日光的人们

和畅游在海岬里　光着身子的伴侣

黄花愤怒地开遍陆地

万绿之光吹拂入睡的情侣

我赞美地球　在我的赞美里

悠长曲折的海岸线

万里不绝　海水澎湃如阵

4

鹿群在成片地奔跑　正是黄昏

黄昏使平原鹿群的脊背波动

黄昏使大鹿群的背脊斑斓

黄昏使白昼停落在东亚细亚的平原高山

仙人在黄昏里拉长满身的水滴

你要迎着黄昏歌唱

迎着黄昏歌唱你便走到黑夜的那边

迎着黄昏歌唱你将走入白天

5

丰盛的平原开阔　　鹿群的步伐温柔

人类的希望遥远

你听那晚风中的花朵扑噜噜地开放

花瓣七重　　花瓣九重　　瓜熟蒂落

钟鼓寄存你的祝愿

你将自然地死去　　你将自然地爱恋

你将记住道路终点那盏灯光的名字

6

那窗户的名字　　那把钥匙的名字

　　那油漆小桶的名字

那城市的名字　　那桥梁的名字

很多光荣的名字是从那桥梁上升起

被我传扬

太阳在空气中焚烧着绿光

7

那名字是属于你双手的
那名字是属于你头脑的
那名字也属于你澎湃的心
那舞蹈者的名字　工人的名字
那火的名字——它生于热爱之乡
以及那水　那没有名字

8

森林腾起在高峰　高峰降低在眼前
血管里沸腾着金星
哦　你这宁静在音叉上的名字　不尽的声音
群峰之上自有高山　遗留着
金属的舰标
遗留着遗忘的尸体
忘川之水便是从这里淌下
默倾着积雪
这时在高山之上

会有孤零零的人向你挥手

你要听从他的召唤

在这光明的峰顶世界是白茫茫的

那挥手的人遍布这广大的世界

他勇敢于这皓白的雪山

勇敢于还要回去

你要衷心地纪念他们

因为你来到这里是靠着飞行

而他们来到这里是依凭着步履

告诉我　即使永不再来

也依样告诉他们的爱人　情侣

他们的儿女和他们长满银须的邻居

9

当他们因欢乐而向你挥手时

你分享他们的欢乐　向他纵声呼喊

当他在山顶向你呼救时

你降落　双手握满汗珠

当你们重又回来

他可能已经消失　寒冷　茫茫不见

你要记住这庄严的圣地

记住这濒危在嶙峋积雪上站立的身影

回来　回来　再回来

10

大地在腐烂　喷吐着泥泞和灰烬

昨天这里是火山

我将不向你谈到残局之上的沼泽

温室中的碳气　以及水晶的棺椁

从圣瓦伦丁岛流放地直到天国的路途上

树叶在滚滚飞逝　滚滚吹落

海洋在我的胸口太息

哦　亚细亚　我的多山多水的亚细亚

哦　神明的孩子欧罗巴　草地上戏水的女子

　　　　　欧罗巴

哦　美丽的大陆阿美利加

黑色的非洲翕动着……

11

移换着光阴

流水如阵　汹起战斗的乌云

翅膀在云层下筑起金色池塘

又向头顶播种浓荫

大地依傍着海洋

吸收着岛云的蒸腾

纹路　　手指和大道

沙漠　　黑暗和绿洲

电闪雷鸣　　隰有游龙　　大花开放

刮风下雨

那该是我的化身在呼喊着

　　12

或者被等待

或者被欺骗　　或者被困死

或者被埋葬

歌唱的大陆　　海流中的大陆

是谁拥有这诗句　　这音乐　　这钟吕　　这夜莺

是谁拥有这空间　　力量与时间

我们从雾里开始

并听到烈火自尽的声音

13

归来　归来兮　田园将芜胡不归

雪线缠斗于高山

精灵囚禁于土地

敏锐的黄昏吹息着万象

我的天空　河口　港湾和江流

自然抖动他成片的绿绒

依水的事物逐一地迤逦展开

14

太阳　太阳威严地越过高山

太阳威严地越过高山

太阳越过高山

大地没有退去

大地并没有退去

然而大地并没有退去

棋布的港汊和海洋亮闪闪地沉入黑暗

一翼飞来　一翼飞去　罗缀的森林网开两面

15

哦　我看到那么多的星星降落下来
蒙难在我的两面

16

这美是从何而来　又从何而去呢
它为什么会产生呢
它又为什么会流逝的呢
它真的消失了吗
它又消失在哪里了呢
它又曾经或已经在哪里开放了呢
它可曾记得我们伟大的青春
我们又将它遗忘了吗
那它又沉寂在哪里了呢
难道我不就是绝地　就是青春
它的沸腾激动着我又同时埋葬着我吗
在震撼之中我又怎样才能知道它的新生呢
若说一切都是有限的
那些变化了的莫不是残酷的轮回？

17

当你在天空中翱翔
雨水浇淋着你面颊上的窗子
那天空可曾回答你吗
那么多美丽的葡萄在你的面颊上滚动
雨水浇淋着你的耳朵　滚落你的手指
　　　　吱吱作响
你在这沉默中对我来说并不陌生
我们不曾互相欺骗

大地正在腐烂　大地正在翻浆
第一阵春雷正在雨水中崩响
那空白的纸张在草堆上被风吹卷着
那鸟儿的鸣叫在空气中低回
带给我一阵阵的颤动
我又能情不自禁地说些什么呢
雨水在低空摇漾

18

不可在这雨水中杀死或戕害一个少女

就像不能在雨水中窥见一轮星辰

因为这雨是她的命

她的心是在雨水中破碎的

不可在这雨水中铸造战争

因为钟声会在这阴霾的天气里震荡

那用铁器盛起的雨水

要用血泪来偿还

这雨水会在生锈中散发香气

这雨水会在海洋的蒸腾中舒展双手

红石榴开花时

那少女将朗声欢笑

那枉死的冤魂将在雨水中幽灵重现

泥土下他们的根须将一片片地泛白　生长

你将在地下看到它们

有如我正穿过天空

我不知道她的生活将会怎样

而我将热爱她

因为这雨水是这样的无因之爱

我知道他们不会死而复生

因为他们是用泥土做成

19

你本是那物　那质　那洪水所包围的
你出生于工匠　哲人　跑江湖的
出生于艺术家　桥梁设计者
　　泥瓦工的双手和甘馨的美人
出生于那些
　　下愚者和贵族　外来之人
他们一样愚钝或聪明　产生你
如民间音乐　如世界历史
如一排烧瓶或救生的野菜
这人工也将锁链和围栏　寂寞的语言
无可奈何地赐赠于你　造福于你
而你将迅速飞行

20

河流在光闪闪地奔跑
大地
在光闪闪地奔跑
驼鹿在光闪闪地奔跑
丑陋和尘埃不停地浮现

你在逆风飞行

　　　　21

沿途你将洒下稀寥的屋宇
告诉我天空的种子
那屋宇必是性灵的使者
不论它在无名的河畔　　与世隔绝的城市
或与乡村毗邻
不论它纤尘不染有如高天之月
或者长年荒废　　出没神奇的幻影
不论它为吞食青椒和土豆的农人居住
在夏日里晒得发烫
或者有伟大的歌德长久地瞩目
从繁复的廊柱中得到领悟和意象　　神界和母亲

它都在大自然中受到包围
惊世骇俗　　拥有人类
因为它是那蚁队般的工匠　　哲人　　艺术家
　　　建筑师　　过路人　　净界的师父
在理想中建造的

22

这根与源　迈开他纯朴的双脚

这根与源　飞过城头的旌旗

飞过乌托邦　石灰窑　炭窑

煤矿和铁矿

大米和所有的庄稼

在飞行中挥发着思想　技艺

躯体　果园和生命

23

人们将在这飞行的火焰中看到自己

这火焰曾点燃战栗与激情

谣言和议论

我承受等级　背起泥土　穿过人性

大地上的人们谁不是这样走过

须知我将叩响钟鼓

这塔楼所迸发出来的声响　提起归为尘土的

过程　飘拂于天宇和明澈的长发

回荡着你们的天空　你们的大地

你们的双手

和你们的眼睛

24

我将招致爱慕　疏远和仇恨
有如得到干粮　蜂房和水分
你将看到
燃料所要求于火焰的
火焰也要求于燃料
当你燃烧起来的时候
我也将大火熊熊

25

而一大团酷似我的黑暗
无声无息
当它进入我的时候
它突然明亮
使我在它伟大的旋涡中消失
世界的尘土飞扬
天下的花儿盛开
一匹飞马流动成另一匹飞马

惊雷冲天而起

26

在这个辽阔无边的世界上
只有人间是这么苦难
世世代代建立在我的身上
听屋顶的飞马萧萧鸣叫
弯曲的河流白浪翻滚　白浪闪闪

第二章　以手扶额
（祭歌）

第一歌　春天：绿眼睛的纪念

在无上春天
苏醒者和舞蹈者
春天总是以两种魂魄来昭示光辉

我们轻快地走路
我们踏着泥浆

背着干粮

在凉风中习习地闻着水源的气息

然后我们沉默

这时候贫穷的人们不用唱歌

雪线横在高远的地方

鸥垂着它的红唇　睁着眼睛　拍打翅膀

烈马在沼泽中跋涉

挣动着汗淋淋的躯干

我们的双脚陷在尘土里

我们弃了车子弃了船

步行去星星闪光的地方

在那里

干旱的是红枣　潮湿的是葡萄

春天使年轻的人们狂信自己的力量

春天使年轻的人们

通过狭窄多姿的海湾上那一线天空

热衷于新月的歌颂

在春天　稀薄的绿色遍地光明

　　　多么奥秘啊

蜃楼使我们停下

久久地狂想着

猛烈地在风中咳嗽　擦亮火柴

然后更快地走路

用烟头上的火光凑近罗盘

遥指着天上的北斗

寒风阵阵吹来　钓着暖意

我们在夜路中

以手扶额

在那七颗星星的杓中畅饮

回忆着　不知多少年了

一家人围坐着

桌子上摆着大米　土豆和红酒

不知多少年了　费雯丽在疯人院死去

绿眼睛降自天国

这时候　春天是奥妙的

悲哀是秘密的

我们不约而同地朝向春晖

伸出手掌

美丽的眼睛张开在那里　以当长风

飘舞着衣袖

第二歌　北方的海

波浪兼天汹涌　地图大如鱼背

不知其广有几万里也。

关闭北方的海

或者纵横：北方的海

两种心灵

拖在命运正中

北溟灿烂照星辰

锋面在弯曲的岸线上空转侧

光芒四射的野兽

掀开雨水

由河口一直向东浇掉低垂的耳轮

布下堤岸与悬崖，裂块闪烁。

大风激荡，大风直上

将我一日吹过

洸漾于恣肆的北溟

身背着自由的链子

痛苦长车垂头俯瞰着北方的海

垂头于名城和流水，垂头于

陡岸和青梅

高拔坎坷的水面上

大风走动着它的平静

北溟灿烂照星辰

你可高声细语,你可自由来去

双手遗失

迎风漫游,滋生幻想

一声响亮,那边的大海

高高腾起

北溟灿烂照星辰

少女延长　流体短暂　往事如云

我触动它

并对它一无所知

正当植物萌绿,万象新生

看千古的美景千载难逢

一去不返

茂密黑暗的榆树林

盛开着白色的炎热浪花

分布着、陈列着多汁而又炎热的

黑暗的踪影

索取我盛大的青春

北溟灿烂照星辰

人类濒临深深的街道
路上生长着孤独的树木
祭献着多少青春
穿过这光线暗淡的通道
生与死的路
也就在这个时候
长风吹雾，吹过大匹的野马
吹过年深日久的门

那些无人如昼的房子里
黄昏的颜色如积雪
人们隐在侥幸的家园里
系紧干燥的布鞋子
编织着手上的生活、心里的梦
就在这个时候
来到心里，召唤我的青春
北溟灿烂照星辰

导者们的书本上光阴似箭

光线渐渐模糊

字迹如年，烈日盖满屋顶

穿过青铜和石像

穿过转动地球的绿荫

粗糙的人类之手

淹失在更为粗糙的泥土　大地和胃

哎，你这沙石奔走的长歌

来到灿烂的北溟

关闭北方的海，或者纵横

北方的海

是哪一轮烈日将我蒸腾？

召唤我的青春

坚定的流血移入水面上的宝石

移入暮色的钢铁

这大盐的锋口独自临近

在我的意志上吹出沙砾，吐露真金

这时候波涛不死

泡沫促逝

时间低垂着松林的面孔

在我四周不停地舞蹈

灵感的舞蹈,死亡的舞蹈
劳动舞蹈
盛夏和战斗的舞蹈
正义或倒下,盛满大镰刀
召唤我深入那个世界

生命是流水最短的步伐
迈过死者的道路
越过石榴美貌,梦中的脸
升上我久唱其中的山崖
蓝波在地上拖着背影。
这时候,我梦见众生沉睡在火焰中
我梦见地球吹着云母和树叶
残酷的肉和世界的血
地球吹响绿色的
树叶,原野蔚蓝
春天洁白如玉

这时候,我那蒙蒙被驭的自由
在绿光里颤抖并减弱。

那清晨即来

凛冽的海，炸开不朽的盐分

揭起我的头盖骨

掀开狂奔的金光和大盾

蓝色清水和虎皮在斑斓中磨砺

这北方的大海：深渊的火

精神寒爽，独自灿烂

不使我被庸人和时代所赦免

　　第三歌　狂飙为我从天落

北方冰凉的鱼群

播种着泥沙和磷卵

一种流水在我的面孔下闪亮

冲过世界的脸

枕着自己的手：日和夜

在这怒放着硫黄花朵的大地醒来

从泥沙里仰望春天

隔着云层，日子直率

而且微微透明

大海绿闪闪的丝光

在岁月里移动,无限透明

一排黏土的祭坛摆在粗沙海岸

灌进空旷的南风

举起双手,让它们向天空谢罪

天空有云,正在移动

挂满瑞香的天上

烈火战车正在轰响着移动

春天

春天,一道道晦暗的台阶

向大陆顶端的高阳步去

春阴是这样敏感,毛蓝的胚子

平放在滚滚大雾

嵌入黑色屋瓦

和那心坎上没有剖光的窗棂

土菜从地下叫着,那是布谷的亡魂

尘埃峥嵘地扬起

一道人工的伤口

把人口和牲口缝进大平原

映出亚热带耀眼的雪山

霈泽过后,春天一日一日

春天在缩短着

春天细小黝黯的绿光

高高飞起,奔放而又致命

正在追上我的步伐

狂飙为我从天落

初雪干燥在我的脸上

微雨零濛,客死在不知不觉的人间

真情的月亮出现过了

还是地力年年扩散

升降在岩石和堤坝、钢砂的表面

春天踏过抛荒的空地

穿过人影

搭起挺拔的箭支,蹬开一架长弓。

是春天了

春天,一层盖过一层

大龙草的绿色祭坛

一层高过一层。东边吹来的搏荡

一阵大过一阵,棕榈色下的丘陵

阴暗交织

吃人的大自然
在我的心头爽朗地微笑

狂飙为我从天落

被春天捆绑着，零雨其濛
返回世界深处
那些万类潜藏的树林，绿门敞开
一阵潮湿的、鱼和泥土的震撼
从深处涌来
大自然发出那种以肺腑吹响的太息

一阵狂飙

第三章　世界之一：缘生生命
（孤独动力）

第一歌　大黄昏

走了很久很久
平原要比想象更遥远

河水沾湿了红马儿的嘴唇

青麦子地里

飘着露水

失传的歌子还没有唱起来

只有我的果树林

还在簸扬着

春天的苦味

弥漫江岸的水凇

还在结成

白茫茫的树挂

在这些树木的年轮里

刻着一个春耕的人

没有光泽的寂静的低洼地

哦 黄昏抵在胸口上

积雪在长风里

衰落着光

我的心在深渊里沉重地上升着

好像一只

太大的鸟儿

在哪里呵?

滚滚的黄昏

你在哪儿

沉重的风雨和水纹

已经积满了平原

平原上就该有这样平坦的黄昏呵

一下一下撞你的心

每一步都踏在灵魂上

这黄昏把我的忧伤

磨得有些灿烂了

这黄昏

为女儿们

铺下一条绿石子的河

这黄昏让我们烧着了

红月亮

流着太阳的血

红月亮把山顶举起来

而那些

洁白坚硬的河流上

飘洒着绿色的五月

1984.4

第二歌　雪景：写给世代相失的农民和他们的女儿

在这首先是雨，然后是雪水的时分

唯恐拉开灯将会失去秘密的心情

唯恐受到侵犯

唯恐我那字句将在阳光下暴露，或者

公诸于世，雪向城市围攻

失败向城市围攻，丢失：

这种不由自主的悲痛

在向农民围攻，庄严地

首先是雨，其后是雪水

将我们投入深海，一束城市的灯

在如此之高的空中悬挂

我唯恐触伤那冰水和葡萄使之发烫的面颊

汽车碾过路面和雪珠的声音

冰冻在车轮下的声音
好像就是砾石和砾石相碾的声音
世代的农民相失,和他们的女儿们
兽头在灯前悄悄

此时请不要爱我,也请不要恨我
热爱多么珍重。世界上的人们:
天才和叛逆,恶鬼与善鬼
以及在街头游荡的人们
我的十指张开如湿婆的嘴唇张开
如半坡的罐子张开和深海的地谷
张开
  神的灵依附于我的身体:一阵风
或者一阵吹雪而上的浓雾
滚滚地从海口进入街道,带来那些
悲哀的消息,从海牙
从黄金海岸,从阳光多变的安第斯
从亚述和塞留息德:固有的血液
世代相失
谁能无辜,谁能饶恕我,谁与我相遇
灵的吹息,唉灵的吹息
半张着爱人的嘴唇

冷风在麦地上颤抖

也在屋顶的积雪上颤抖，它们

形状不一，女神和狮子

以及衣装华丽的、跳舞蹈的巫女

来到那隐秘的和声

雪烁烁地挂满暖秋中猝不及防的树枝

高傲的树枝

它们迎来了它们短促的美，固有之血

这深海般的地灵，雨声在簌簌地向下降着

而雪从道路上升起的声音

卷带着霜：女儿的美貌

——固有之血的女儿

为灯光涂亮的万叶和松针

广大世界的使者、青春和丰饶的感性

沿着血人迎风而来：湿土的暗色

和甬道，以及碧绿的采石场

煤矿、象征与假道于我的号角

家乡旖旎的身影滚成一片

而静夜与时俱来，谁也不知道

这又让我如何

令我如何　微人斯！

靠近灯火的针叶

午夜的脸穿过黑暗向我奔来

神灵吹袭

那些浓烈的火色围绕着黑发的巫女

浮起她们淡然的神情，无限美丽

在我奔驰的光线近处和远处

遥遥相对或者翩跹而去

在一个又一个轮转的空间里

向生命的光斑最先走来的

是一个神情专注的脸庞

一半是光、一半是脸庞　这实体

从敲着大地的雪水中

穿过暗夜走来，这地灵

生命

神情专注的光线

你为何陷入沉思，血流滚滚

一切都要从头开始

离所有人很近，而又有那么多人等闲相看

一直从白暗暗的雪水中看向身后

你就流逝了

在风格中没有化育

在毁灭中没有意识

在灵魂里也没有完成

世代相失的农民们，你们的火把

来到我的门前

让我纪念你们，你们这些粗糙的鬼魂

粗笨的流血和徒劳的战场，你们

这些保住粮袋的平原上的车辆

那来自我家乡的徒手的女儿们

年幼无知、神情呆钝

坐在落日后面，脸上布满阴影

一生都不知道

而只有她们赞美地球

只有我，在你们死于精粹的时候

保存和滋养了固有之血

而它更苍莽

在我爱人的心脏里我也听到了血人的

古老的爱情，以及不能与大地分开的

生命：不论它是在沉默

还是在笑着，虽然没有希望

也不论在什么地方

它不总在我的胸怀吗

在我地灵洞开的渊渟

但它更苍莽,升翔于曙光之际的苍鹰

鸷猛地击开彩绘的中心

那有力、有为和有生

我们惯于大地的脚掌,此刻

正行走在首先是雨,后来是雪水的颗粒间

土地是心爱的穷人

埋葬,那就连同庄稼、连同神息

连同弥漫的冻雾云霭,连同

自生而出的爱和不因死而死的万物

我们都是这土上的景象

家乡的主题和磅礴的苦难和节日

这一天固有之血的女儿,固有的女儿

刀子上的女儿

割断了自己的双手

换来一指口粮

这一天,割着短促的庄稼

收割了父亲

这个用直截了当的万象说话的人

稀少的人

将要沉睡了,是的

仿佛在深海,雪水在向上升华

连同着地灵和旷地上的火光

他的颤抖平息,只是因为激情和万象

他谛视着鬼魂和首先是雨、然后

是雪水的混沌

以及世代的相失

一个农民的女儿

两个女儿　世代相失的血液

默然失语的也没有泪水

徒步而来,再也无力徒步而去

卖掉了命运的车子

好女儿　好乡村　以及一切好的升腾与真理

有谁能给我讲述世世代代的诗章与生命

爱情与死亡

麦田的朝霞　生存的故乡

和更高的故乡呢

我看见世代相失之血

血血相连，我正推着太阳车轮

或在夜雪中摸索

两个儿女依然能在依稀中永远相认

穿上冬天的棉袄

来到城市　粗布领子和白手巾

徒手的女儿

蒙在鼓里的女儿

世代相失的农民们，你们坐在牛皮和

铜箍、金钉和红木的大鼓里

你们的女儿能听到什么呢

你们不善倾听　因为今夜就在这里

而你在雪中

关于命运

这钟鼓齐鸣的黑夜，砾石相撞，泥沙奔走

雪雾蒸腾

固有之血

这景色的景色连着景色

就像雪和路连在一起

我的车轮很快就要滚过了　崩析了

天上的太阳照在四海为家的故乡

而十个农民的女儿

依次上升，在天空合起门窗

此刻，首先是雨，然后是雪水
我们车轮和奔马就要择土而居：或者
永远奔驰，或者席地而坐
吃着干粮，抚摸木头或触动金属
或翻开相失的泥土
此刻，那放倒了铁臂的挖斗车
丧尽了巨力，啃着雪湿的地面
固有之血和世代相失，陶轮
沙女以及喧腾不息的树林
都在子宫里渐渐变小
鼓声渐息而心潮难平
在夜雪的淅沥中
日益温暖，日渐游向古老的梨子般的黑暗
鼓声不能惊扰它们，因为美和劳作
永远筑成
美和劳作的存在使它们不能存在
当人们瞻瞩着一色蓝瓴的建筑和纪念时
我们都紧紧地聚在将要寻找的地方
发光　闪烁　具备固有之血
深入万象或抢劫史诗　感到生命

可以突如其来地垂直出现

血和大地都在休歇

就在每一个农民和女儿于今夜

世代相失

回到首先是雨、然后是雪水的时候

　　第三歌　玫瑰的中心

血红占据了我们的中心

粮食和饥饿的人

包围着殿宇

野蒜滋生，在墙窗上多么蛮勇

雪线混合着斧子

砍断了通往世界的道路

山脊从断续突露的崖顶间穿越

越往空中

塔楼越显得巍峨

每一层都存放着被时代压抑的秘籍

越往高处

图像越是缤纷鲜艳

越往高处

书本越发珍贵，讲述大神

复仇和美丽的女人

在底基下面是恐龙　毒药和巨人

在底基是放火的老鼠

在底层是破碎的瓦砾和牛棚

是生计挤榨着良心和肉体

是灾荒中的人民出出进进

是黑暗里因饥馁而寒冷的冰凉的小手

是铁匠盲眼地拉动大风箱

是穷人无望地捧起心爱的嘴唇

越往高处，禁忌越多

混乱生灵而且空气稀薄

遭禁忌的人们，向塔上偷偷窥视

渴望欲念，已近疯狂

迷迭香的气体从每一层迷离的旋梯上

向外发射着魔法和契约的

浓烈蛊惑

在接近空中的地方

冻馁和苦难，以及面色的苍白

心地的狭窄，一齐扑向

那令人干渴的和久已神往的著作

在遗留的芳香中发掘宝物

又像是为匮乏的日子而复仇

带着罪行的痕迹、歧路和水土流失

又被其他的罪行专断和剽窃

越往空中

那思辨和象征的塔尖

阒寂无声,靠近火刑

而一片无辜或邪恶

遭惩罚的又一座小宇宙

雪山上为眺望所修筑的孤城

终将射下火来

为玫瑰的凋谢,任版本在空中飘零

黑色玄武岩上硫黄的绿火

焚毁了多少世界之书

嶙峋山崖间的积雪是多么耀眼

那些被遗忘和排斥的

失踪的生存者

带着自己跳动的心脏

重复劳动,难言地回看着

将他们抛弃的、大火蒸发的

血一样的城泊

玫瑰的中心

第四歌　黑　暗

午夜，我闪亮的腿骨
和脚踵，我闪亮的
心脏
都很脆弱
命运和生命是最庄严的仇恨
光明和黑暗从不对称
从不过早结束，旷日持久
从不饶恕，只是偶然错过
从不互相规避，只是单方面的穷尽
只有种子和它甘酸的果实
在微凉中独自循环

午夜，我重是黑暗，重是万象
和它的形相、它的利角
和它笨重的胸墙
一直向穹顶高处旋去
对称的顶空
仍是无限，它

悠久的脸庞在无限处

横悬于头顶,如镜中猛兽潜于暗处

观看着我四周的一簇光明

一簇钥匙般开启的身影和门

  如虎穴上的浓荫

我们这样久看着,彼此、相互

它的面颊隐藏在命里,不知生肖和年月

也不是图景

而我全部的眼帘和神色都久已为它所谙熟

在黑暗的笼罩中清澈见底是多么恐怖

在白闪闪的水面上下沉

在自己的光明中下沉

一直到老、至水底

此时这不是告诉生者的话

我不能对知者,也不能对不知者去说

尤其这种黑暗已被人了解

且有人以此去博取先知的名

而这种人

他知道,他不面对

他已虚假地附和这黑暗

濒临此地的人们

读完我的诗句

请你们即刻忘掉

请你们快向大海动身

黑暗是永恒的，而光明

必须运行

在你和我胸中响着

而黑暗浸透了水晶、种子

和春天里的用具

埋藏在土下的镜片、并透进

那块不亮的水银

永恒静止着，光阴掠过

在你们相爱或不朽之前

你们

还是需要很多时间的

美的人：消灭的人

概被光明，或被黑暗

所垂直打中

第五歌　生存之地

> 木刻者以疏密的线条表出那原画来。
>
> ——鲁迅

我越过了

世纪的光线。

一座石窟压破了诗歌心脏

……那么多鲜红的果实

从一根树枝上下来

我心头的炬火飞上天空

渐渐地。这时我洞察了更深的地域

我青莲变幻，彰显无名的事物

剑齿虎的年代和采石场中老虎的光芒

我踏着冰凉的斧头

排拒着来自体内的毒气，我觉察了精灵的宛转

在钢里闪闪放光

古代的马和青草依然进退俯仰

靛青的灵旗攀附着千只脸庞

而鲜花的双乳不复消逝

影子在鬼魂中行走

没有灯,也没有方向

只有滴水穿过七窍

射中一只蚂蚁或一个死角

洞底式微的月亮在破碎的信子上沙沙作响

挑水的僧侣们栩栩如生,在

采石场里走着,在不起眼的地方

让位于那些围猎的武士、帝王

和猛虎的吼叫

这一切都在寂静中进行

而他们永远活在这里

流着血和身体

被追杀的豪猪永远在奔跑,永远

停留在那个没有被射中的前夕

这是时光倒流

打开时光的大门,刀光闪现

尾逐着巨人的车辆

我从一个石坎跳向另一个石坎

在神经里,像豹子一样

两眼漆黑

心里的夜与恐龙的夜四散惊飞。

打开时光的大门,刀光闪现

我拖着骨骼

四周是隆冬的气味

是魑魅魍魉和吹上岸来的

混浊的浮冰。大块的浮冰磔磔作响

于是我在黑暗中独自微笑

使我有别于鬼魅。

打开时光的大门,刀光闪现

从通明的偶像中醒来

肝胆钉穿在磷光闪烁的悬崖

带给世界一种命运,我听到

燃烧的洞口,烈火的车轮。

打开时光的大门,刀光闪现

眼睛沉于树叶、青石柱

谛视魔王的心

千条火焰合在万物腹中

血这样流过红色

使我在岩脉上看到金色的眼帘闪瞬

有刻字的双头雄鹰

"动。或许是一种光明

漫野挲绿,或许是万丈深坑

幽泉浸透了呼吸

使惨叫微弱下去。"

打开时光的大门,刀光闪现

让我说出我的回答:

"我们都被万物斫伤,弟兄们

请不要杀害自己弟兄。"

我并不信任死亡

在黑暗中

敏锐的神经也会咬断心脏

并且怀着有毒的隐秘,彼此吃下光芒。

我,穿过了红尘的伤口

失修的岩页和纸片

时光结成的血泊时有跌落

硫黄和白垩的气息

萤石和孔雀蓝的气息

浓烈地扑向身体,这时我来到生存之地

随着胸怀的深远

当呼吸的弓弦和铁索爆裂,茫茫无际

身体里任何事情都有可能发生

而且可以有许多死神的

理由:既然

连境界也只是一片黑暗。

让我刻下孤独的铭文
它打开时光的大门,也就是生存之地
我在这门口写下我的诗行:
——我绝对以黑暗蔑视死亡。
——以死亡作为技巧,只是另一种庸人。
——不能永远生活,就迅速生活。
——我的梦幻滋长,生活也随之滋长。
——我看见死亡始终暧昧。

在这生存之地
时光倒流,我的身心激励
只有血液才能使它平息
在身体里深入磐石
我听见无限的声音:高不可见的头顶上
大风吹过千里,吹过金黄灿烂的沙子
我只被强烈的阳光、阳光
撕得粉碎

第六歌　舞　族

> 尘世的幻想与热爱，是真实诗歌
> 两大基本原型，吞噬心灵的原型，
> 如果它们不再互相震颤，我就无法完全。
> ——乌那慕诺

太阳
洒满了尘土飞扬的道路
白茫茫的尘土
始终缠绕在快乐的人们脚下
一直漫延到大路的尽头

有一支快乐的歌子叩打着沉重的铁索
使他们的身体成行地开裂
直上空气清新的山冈
在这些髋踝流血的人们脸上
我看到的是希望
希望这铁索的尽头只有我
希望我不因他们而感到羞耻
冰凉而圣洁的河水
横在阳光下面

白闪闪的尘土在桥梁上炎热

永远是精神,永远是粮食
永远是桥梁,永远是金头和九片新叶的菩提树
永远是旗,清水和烈火
永远是自我,一去不返,永远是自我恢复
永远是血液的战场:爱情和生命
永远是太阳当头
永远是地层,永远是地层布满了
两面打开的向日葵
永远是知识和奔放的马群
生长在身体上,永远是

这舞蹈通过人体
穿行在与幻想同等的天空上
当积云下雨的时候,它打开窗口的音乐
当朝霞穿过油漆剥落的门框
石榴花在眼睫上盛开
这时候　它灰云飘洒,它覆盖白土
它是那漆色红白的、多锈的铁标

它穿过八线并行的铁路

布满着零落茬口的小屋，它穿过

大地的伤口

那灰土上盛满宽大的石壁

和紫红的叶脉

一座座名城耸起在巨大的伤口

灯火温婉，而它永远是挺进

永远是弃置不顾

永远是提着头颅走遍世界

永远是抚摸着疲劳的双眼彻夜割草

永远是仰首光明

墓园永远是为死亡而建造

永远是运作、是阳光的汗水

永远迎向钴蓝色的天空，永远投下

可怕的黄色房屋　永远抵达生的城

对于死的城也永远深入

永远是需要，永远是不真实

永远在昏暗里展开晦色的旗，永远不屈

永远是光辉里更加鲜明的头颅，永远是那

更为朴素的手，挨次汹涌地充满白天和黑夜

永远比真实擂响更不羁的鼓声

天色黑下来了，平原异常黑暗

大门外伸展着、广延着

一片炎热、多汁而又黑暗的土地

走动着为诗人所忘却的舞族

那一阵阵的扑跌声　菊堇和槐花的风铃声

永远是白色尘土覆盖的大路上

舞族之舞的幻想家

扬起大块的布匹

彩绘下迈动着我们曾经以白垩涂过的

高贵的腿

永远是生活以利刃割开的美丽双脚

永远是蛮漠的生存和意志　永远是自我的

盾牌和万有的盾　永远是矛

永远是艺术　永远是艺术的烈火和青铜

一个平展着红布的

目光清澈的美男子

我们称他是勇士

一个跳日的女神，披着黑夜和火光的

长头发

那长发画衣是火焰

跳舞族之舞的舞蹈家

永远是天真而狂喜

永远是凯旋，永远是披靡　永远是原型

永远是老去者中劈开脑汁的迸踊者

永远是新生

永远是帕索多布里舞中的金石炸裂

永远是弗拉明戈舞蹈的石破天惊

永远是我的朋友，永远是赞美

永远是我母校里为生命而换上新鲜舞鞋的女生

永远是长啸　永远是扬戈

永远是天人朗笑、美丽女仙　永远是

往复于天空和土地之间最年轻的人

尽管他们的外形可以衰老

当他们站在舞蹈之前的一瞬间

他们就在过着节日

这舞族之舞蹈　舞蹈之主题

就是爱生命的人的死亡

它来往于天空和土地

永远是所有动作　永远是体会

永远是从土地通过脚掌、永远双手高扬

永远是激情
　　奥斯维辛集中营里成千个无名画家
　　画下过同样的双手
　　它伸出沼泽，朝向奥寂的天空
永远是面对死亡
永远是生之深湛　永远是电之度　永远是闪
永远是涵和忽　永远是光和无的通明
永远是太初有生

这是生命灌入会死之躯的喷射
也是生命之躯对死亡做出的召唤
这召唤比死亡更热烈　永远是翘楚　永远
是鳞茎　永远是纯真大腿、是她落下时的弹动
生之于死　死之于生
同样是恐惧　同样是顾硕　同样是步武
生死是一样的震颤
这眼神清澈的美男子
这火焰为名的可爱的人
正像金子不会哭泣，爱情却会哭泣
正像现实不会做梦，而生命却会做梦
我们活着不过在埋葬
他们死了却是去牺牲

爬过山去　爬过山去

河流上洒满日光

道路白色的尘土里烙满脚印

经历了烧灼的舞族呵

黑暗的平原上有多少优秀的人们

寄托在你们身上，但你不可迁就

光明的那边又是黑暗

黑暗的那边又是光明

我们始终是走在这缓慢的速度上

并为这缓慢的速度所命定

生命的底色血一样深刻、血一样红

故你们不可迁就

舞族的运作里，永远是不朽地旋进

永远是直指生命

永远是韧、是战、是荷戟、是横站的士兵

永远是金莲花和阿尔的太阳

永远是亚洲中部、敦煌石窟

是李白　李白和李白，是耶路撒冷

是西斯廷教堂的穹顶

是劳作、是无名、是没有发现就将灭绝的五十万个

物种

故你们不可迁就

夜里

下了一场雨

高冈上的空气幽暗　冰凉

　　　　　而新鲜

伟大的舞族跟跟跄跄地走着　快乐的乐曲

涂满白垩似的道路

两侧燃烧着荆棘

照出了他们最后的舞蹈

伟大的舞族

在此去的路上不会再于拱廊下躲雨

他们的欢乐也不会被细雨中的急风抽打得

躲藏起来

他们不再去看名城里的彩旗湿漉漉地垂在旗杆

上，他们不会再冒着雨沿街舞蹈而来

他们也不会赶着老马车前来会演

伟大的舞族——

把双腿上防止山中蚁穴的绑腿松开

请过往的客人共饮新奶

在桌子下

晃动着凉鞋上美丽的银铃

用好看的小帽子畅快地接满雨水,浇洗身体

把万紫千红的

舞族的服装慢慢地晾干

这一切——

他们都不能够了

永远是生　永远是青春,永远是一去不返

永远是可批判

永远是在批判之外,永远是超越

永远是终极中的旷野　永远是彼岸的手

永远是面容　永远片甲不存

永远是旗鼓相应　永远是不可兑现的未来

永远不是未来,永远与我们垂直相见

永远是自身的活火

来历不明

永远不是过去,永远是源

永远不可寄寓

永远在心头的震颤中火光初现

永远是击鼓　在热气中佩羽跑来

兽头依稀　从身边永远跨过,使物体变空

满脸沉寂着红太阳

只一个瞬息便已改变了我那涣然的一生

第四章　曙光三女神

（颂歌）

第一歌　女　神

我如巨人

有神明那样的饥渴

却又浑身滋生陶土　隐藏着你

酿造飞翔的胎体　那美和泥炭的胚子

那呼之欲出的旋流的时光　性灵与胸怀

你祝福于我　降生于我

我林立于风暴的中心

大团的气流呼啸

水气和尘沙自我的河流激荡

我怀恋你的地名

你浑身的大火

你手掌上痛苦的眼睛

高高地扬起巨轮

扬起那惝恍亘古的形象

向高空延展

面对深渊　水碾投下漫长的阴影

人类坚忍不拔

或在泥中　或在水中

或在鲜艳殷红的谷子里

我经受群龙无首

乱成惊醒恋人的火山

巨石熔化

闪光的肉体在怒吼中渺小

滚动着炽爱者与劳动者的汗水

扶助着奔逃

我若是战争

该不会惆怅或登高望远

游魂疾走

我的心情迸裂

并在破犁　原子　花粉或尘埃中

长成夺目的灵魂

如今你碧绿了
你这么年轻
而我却仰首遥看
一线清水
便从高广的天空注入我的眼睛

如果说
我爱世界
我本是世界的燃料
那世界也就是我在燃烧
当万物烧灼之时
它不再陷入万物有类的界限
万物是很孤独的
我们都被吞没
而我怎能忍看历史的铜版
沉重地掠过你曙光般的身体
向你索取、占有和蚕食
并使你在永生中被命运抹平
你活动的颈项
如一弯新月
你是良心所发出的一声叫喊

"我是人

我在这儿呢!"

海像我一样催动

我不停止

我疲倦得好像一扇城门

我定定地站在天空对面　像一个敌手

一手抓着一捧泥土

泥土是满捧的动物

我将洞开我的熔岩　我的深渊

我心里那通红的

　　至高无上的原浆

沉思地打开那沸动的煤矿

在火焰中

大块地翻滚　并且露天

我清晰地看到你

欢笑像一种干净的动物

一种灿烂的火苗

连贯着完整的　无辜的动作

你站在那里

用生灵的双脚　挥动着

生灵的双手

放下人类的粮食

喝民间的水

跳火焰的舞蹈

像夜晚一样入睡

我就是大地上的　炽烈的火焰

焚烧着　自焚着

穿过一切又熔合一切　不同于一切

我自有震颤的形态

如冲腾的无物之物

如一团燃烧的、飞旋的子夜

我就是那个叫作：焚

的性命，一道自强的光明

我将久久地焚烧着

父性短暂　剧烈而易死

倾听你潮声起落不宁

并把创造的冲动释放在心脏里

在这齐声呼喊的时候

不能看到理想

我感到阵阵心痛

而伟大的幻想　伟大的激情

都只属于个人

随生而来　随生而去

每一个世纪都有人摸索它　由此竭尽

哪一首血写的诗歌不是热血自焚

我感到地下的千泓清水

在火中炼血

在我的眼神里摇漾

并有千只动物大声奔逸

一种光明的固体　阳光激荡

在我的胸底错杂着巨蹄

把我冲倒

把我碾碎

一片朝霞正汹涌奔腾

第二歌 蜜——献给太阳和灿烂的液体

1

啜饮蜜液

军团急速地沉睡

家乡在群鸟的啼声中惊叫着

成熟的葡萄

混合着冰凉的水滴

抽打着光亮坚硬的头盔

2

成群的鲸鱼

就在那人造晶体后面

扬起白色巨体

默然注视

然后如旗的背脊从威压中渐渐隐去

3

于是山河漂移

大队的猛兽踏遍水两面的平原
五千年明亮的文字
挥舞着纤细的蚁足
在强烈的阳光下走过

4

黑暗的岛屿在连绵的液体间晃动
大花肥沃地开放

5

在处境中　面前的光辉坚硬
使你战栗的不是迷途
而是超密态物质

沙漠是灿烂的人被晒成了白昼

6

少女无邪的手心在苍龙湮灭的寰球上平伸

7

你是愤怒的雨水
你是愤怒的雨水
遭遇淋湿了你的全身

你是梦境　梦境很美
你　是梦境
梦境很美

8

在中纬度的大海之滨
放眼远眺日落时分的天文
晨昏蒙影
置你于内秀的孤独

9

每当你依然上升
有如早晨的星斗迅速稀寥
大海一片汪洋　周流复始

包围着世界的景色默默不语

  10

灰烬沉积于坦荡的旷野

盾状火山上覆满纯红的埃尘

  11

当你穿过古代的时候

你要彻夜不眠 直到天亮

当你被咒语贬抑的时候

你要置若罔闻

勿使你的见地委婉 更不要乘人之危

或迁怒于你的亲人

  12

居天下之正 行天下之志 处天下之危

13

你要相信这胸口的声音
这大米的声音　这煤矿的声音
你要迈开双腿　迎向你生存的道路
这声音自会使你震荡
你要让自己站稳

14

带着沉默的嘴唇和崩聋的耳朵
你要只身前往
在四十万公里长度的灿烂日珥中
汹涌在你心头的
必是伟大的爱情

15

你们情感深邃　心音嘹亮
你们言语不通
只凭呼吸相闻
关于充足的沙漠　充足的阳光

充足的干燥　充足的糖分

关于那稀少的荫凉

赤裸的水源

和欢乐的少女

16

甘甜的葡萄　火热的葡萄　灵敏的葡萄

你是大地上奔跑的粮食

这葡萄是你的生命

17

白天过去　黑夜来临

忧伤的故事过去

欢乐的故事来临

连绵的景色过去　万有的黄昏来临

清明的祭日过去

回忆的日子总要随着谷雨来临

你惊蛰　你芒种　你这秋分和白露

一串串短诗的句子

宣布着更衣的日子　添棉

的日子　洗濯雪足和兵器的日子

晚宴的日子

久别重逢的日子

必将如期来临

18

对日照的白光中

滚动着地球流曳的巨尾

19

一整个长长的白日过去

一整个长长的黑夜来临

20

静物的海　宁静地蓝在布上

美丽女仙舒开黄昏的身体

身体的意思温醇

芳香使她鼓舞　温暖使她沉睡

　　　21

这时闪电的光芒交织　黑云压城
太阳在赤道和黄道的交角上作伟大的谛视
天地的重量
在我头颅和雷霆的厅殿上隆造浑圆的球体
太阳车轮，你陶然和长啸着布下
灿烂的液体

你心无杂念　万变俱生　一代用于如一的事情
让嘲笑的弄臣和日常的竖子
去摆弄那些成名的事情
让他们一辈子修补　不知朝晦　作柴芦的跌扑

　　　22

蜜是全人类
唯一为植物和动物所共同创造的
一种神秘的液体

23

这纯黄而暖热的浆汁
饱含着希望　失地和回声
在跨度上酿造
依然地影着完美和牺牲

24

水在大块地潮湿
永动者坐在世界的心里

你长在　你信仰　你普度
或在讥笑中自立地死去

25

你要默认自己的诗句：行行重行行

你展示太阳的律动
万物自作天行　明净的液体展示生命

第三歌　大地的力量

这是大地的力量
大雨从秋天下来，冲刷着庄稼和钢
人生在回想，树叶在哭泣
公园里流着淙淙的黄叶和动物
一个人，一个突如其来的名字
有突如其来的红色
秋天在运走他的一尊尊头像
黄叶中晴朗的吊车上挂着一具诗神
他弯曲的尸体有如一只年轻的苍鹭

"一个人，突如其来的盗火者
死于爝火，死于借火和用火灭火的人
据我所知，他是勒死之后
又被悬挂上去的。"——大雨从秋天下来
天空中有巨大的象形文字生长
有突如其来的红色

这是大地的力量
大雨从秋天下来，冲刷着庄稼和钢
从一种事物驰离另一种事物

从纸到字迹,从蜡到火炬
从一年中驰离旧日子
大雨从秋天下来,让我感动
冲刷着桥梁　石英和打光的沙粒
这是大地的力量

大雨从秋天下来
让人有所作为,留下脚印,再被夷平
冲刷着正确的灰和正确的尸体
一句句话在感动中一一飞起
退出它的骨头
这是大地的力量
大雨从秋天下来,听见它燃烧的声音
现在,我要离开艺术

这是大地的力量
从一种事物驰离另一种事物
一片大火和空旷在燃烧
大雨从秋天下来,人烟稀少
冲刷着庄稼和钢

生活的蒙昧在于它总被经过

人体在近处留下关系

大路上行人稀少,单调而无穷

倒映出方向和影子

真实的车辆在远景里越来越小

从人体里进入空旷

大雨从秋天下来,万物作响

这是大地的力量

一种没有门窗的巨大区域向我出现

幻影变化无常

冲刷着庄稼和钢

"这可以穿透的事物到哪里为止?"

大雨从秋天下来

向我索取着内心形象

第五章　世界之二:本生生命
(恐惧动力)

第一歌　天　路

我在一条天路上走着我自己

一万年太久——

在天路上,不断侵入骨髓的

只有这一句铭文

花岗石里的手臂,比泥炭更颤抖

近于黑暗:

"余于天路上见到吐露钢砂的页岩"

天路漫长,时代全是影子

诸世纪滚滚射来

诸世纪死而地分

在天路上和光线一样炫目

与人声完全失去

照出步伐、蜗牛的汗迹和奔走的双眼

萤石和绿辉岩的反射中

自己的眼睛——可见

闪长岩和闪长岩　闪长岩

在光亮的骨骼里吞进黑暗

将一生绿光四面合围

天路在其中有如刀光凛冽

使头盔变暗　雪中落血

一线发青的石垒在虚空中迤逦

抚摸颤抖的泥炭

在这充满了石头的天路上触到颤抖的事物

从心中经过,我感到天路的艰难

万象纷呈,鲜花凋谢

充满无数镜子和旋梯的细节大如深渊

使后人失真,前人用尽

这空中的废原持续了数以千年

那火花的空旷,那岁月我

回答一首古颂歌

"最热烈的人滚滚消逝"

霞光万道,由衷的事物一一出来,唇齿相依

我看见盛大的晨曦一次喷薄

盖上了耶路撒冷　昆仑山脉和被动的事物

我看见大自然滚滚的胸口

白浪滔天

打开熹微的车辆和歌唱的甲板

　　第二歌　太阳日记

越过春天里黑暗的名城

越过大山和大山上冻结的兽迹

万象一亮,火下来

血就砍在了地上

天空在暗处学习了它的速度

天空晴朗,也有罪恶照耀

纵容剧痛和燃烧

火光闪闪

运载着滚滚的人肉和文字

明亮的雪山使蓝湛湛的天空可疑而暧昧

阵阵红马停靠在血海之滨

一页页鲜红的日记在海上翻腾曝晒

在那里:拜物教的战车驶过松柏和石像

天空封闭而庞大

红色的贫民窟被压缩在残暴平面

在那里:眼的侧目和白牙

像猎物在空中寻伺,时光飞去

鱼腹中的流水打开煞白的尸衣

在那里:脑海之后有更大的影子森然舞蹈——

一群怪鸟跟在身后

在影子里练习着脚印

思想渐渐生病

在那里：心灵滚动在人海茫茫和细密的钩子

最后被付之一炬

在那里：诗神在黑铁上发烫

把生死切成两段，倒出一地头颅

可怕地吸着汗水

豹子在风化中逃遁着金色眼睛

在那里：人从生活中逝去

河流滚动着炎热的、土红的颜色

漂移着老虎和小牛的尸体

血海里星光灿翠

太阳一片闪光，炸开内心

一片闪光，鲜红的岩芯一片闪光

烈火从肩头向下剥离

从脊椎和呼吸的中心，一片闪光

太阳走出天国的地图

走出自己的肉体

这抗志而飞的搏战如日中天

发自胸怀而夷平心理

见于太阳日记

完成夙愿,不去分享

面向着所来的地方——一片空旷和血海

   第三歌 航海纪:俄底修斯与珀涅罗珀

滨海的地方

雪阵般的船队驰离海洋

海鸥晕眩地围绕着塔灯

守望的工人手扶铁链

看船队鼓起雷霆似的帆裙

轻快地移居海洋

陆地孕育着下一代美人

肃穆或迷狂

光明澄澈的大海

英雄远途而来的地方

菜场在码头上腐烂 排列着瓶子

闪耀着无色透明的纯酒

再见了 船队

我们同样生死未卜

在素净的酒液中眨着过于清醒的眼睛

眼帘像云石一样沉着　笨重

缓缓地合上

一只长翼的黑鸟正突然临近

锐利的趾爪覆盖头顶

一刹那　也许这世上有一位僧侣

正在幡然悔悟

长成一个大爱人或一片火种

一刹那　在我的眼睛上

只有太阳在火中流血

一道亮光或久远的明

在岛下　是锚链

是深不可测的海水

双手飞翔在岸上

穿过咿呀作响的摇晃的铁链

深处的震动惊起双腿

烫着胳臂

而穿过甲板很久

我才敲响了和鸣的钟声

滚沸之源在天穹　垂临甲板

有时也靠在心头

再见了　船队

庞大的彩绘消失在越来越远的船头

木刻的女王戴上面具

悲哀的眼睛一动不动

越来越近

吸走了你不安的激情

水上的诗人和水底的诗人

倾听着同一片海

请闭上短命的嘴唇

如果在上的和在下的

相去太远

那么居中的必然灭亡

如果心里的和海上的相去太远

那么意志便注定流亡

载重的船舶完美无缺

深深地吃水

与大海洋的广阔相形渺小

再见了　船队

让我在十指间握紧你们的平安

在海洋里所有船只都是脆弱的

是种种的阴和晴

是一队鱼闭着单薄的眼睛

宗教是你们苦难的历程

呼吸挂着我的生命

澎湃的生命或深厚的生命

一直穿过永恒的物体

来到新生的面前

看另一种舞蹈激浪翻腾：或者是水

或者是火：两种狱

或同一种生命

大陆的碎片，探险的船舶

吹响众神的笛子：气浪的焰火腾空

历历可数的白砂岩层

深入千寻水下

搏动不宁

本体的美在力量中煊赫　在力量中当顶

日光脱下它金黄的体肤

爱就是温暖　就是宁静

在鸥鸟把陆地捎来以前

航海者久久地磨洗在光阴里面

偶尔与风暴搏斗

生也生于我的性格

死也死于我的性格

面对死亡

注定易死的不以灭亡为归宿

只有后来人才知道

偶然和噩耗沿着性格织入宿命

夜晚拆着锦绣云霞的

是一位贫穷的王后

温存的王后　等待的王后

而船舶是唯一的花园

此刻的花园

寂寞疏寥的花园

打开一只盒子

或者关上一只盒子

放进人间或留在人间

多或是少　都不是一种数目

盒子的神秘是它真实：疾病或希望

这是一个很大的旋涡

转动着妖娆的歌声　卓越的歌声

欢乐的歌声

其实意志只是蒙起耳朵

或洗清你的耳朵

动　或者不动

勇敢埋藏在它的水下

而智慧走在它的水上

人们说：你看他在水上行

归来的英雄只是带着狡黠的微笑

火花的微笑

而他的身份早已不明

其实王后也就是这样的女人

在水里捞着漂来的活物

种子或者是求生的野兽

打捞着大海送来的磁铁和薄纸

上面写着：幸运

　　　　或者是

　　　　不幸

如果英雄也不能写完

她只有熬炼到很久以后

信仰或者不信

都是一种锤炼

她沉睡的时间很短，梦在雷声

……正午炎热……日在中天

霞光冲出灿烂的黎明……

这时并没有一只公牛踏过她的耳朵

冲上广阔的平场

在耀眼的沙砾和稻草上打滑

这种沉睡啊　真是对峙的不朽和长生

再见了　伟大的船队

或者孤立的船队

鬼魂镇定地擂响红色大鼓　儿女们

在碗沿上失声痛哭

因为归来的人们是那么稀少

老狗默然地死去：它吠了最后一声

谁也不能听懂

只有一个衣衫破烂的归人站着洗脚

大火熊熊

英雄的故事便是一个人所成就的

或者由于他的损失惨重

而在他死后依旧稀寥

只有忘却才是当今之世的顽强

葬在拂晓

属于他的只有

复仇之后　和　黎明之前

那个迅速的黑夜

只有一个伟大的乞丐

一个伟大的瞎子

深明世事　遍地游吟　不顾全生

荷马面朝着荆棘

背靠着城门

太阳撕光了水分的衣服

曝晒甲板

然后大雨倾盆

葡萄在雨水里熟透

这是语言的成熟　阳光的成熟

水和盐都是海水时的成熟

王后从睡眠里醒来

掉进了噩梦：

一团黑乎乎的嘴脸

和牛角

敲打着很暗的笼子

在肌肉里发出巨大的响声

它浓缩成千钧痛苦：阳光颤抖

王后从痛苦中醒来

她所看到的长过千年

久久地　看着水上昼夜不息的火光

日出和日落

我从天庭上越过光阴

最猛烈的还是那架长弓

那架脚踏着大地才能张开的长弓

南风猛烈地绷开皮革的弦子

从海洋上登陆

树木弯成猛烈的弧线

笔直的栅栏

果园和名城的栅栏

成排地迎接着通向海洋的入口

　　第四歌　世界的血

我来到最大的地方

那里有一个梦中老人，在图上指着人间

坐在不问生死的火畔
我听到他寂寞的声音:"真实的血
是时代死去的血。"

老人,我能够向你阐明图上的事情
心情从刀里把它收割
走过绿鸟的天堂,我梦见我的
大脑:沙漠和骆驼
然后是海上风暴和海上落叶
我经过了意义,看到了
人类的由来:那是潮汐和月亮
今天它变成了心脏和语言

在这之前,我梦见诗神
他创造了鼓声,使语言渐渐响动
而鼓声一旦响起
诸人便开始纷纷掷去石头
我梦见秋之鹿苑
那些和煦的舌头滚动在翠绿的田野
风车在那里被秋风阵阵吹卷
诗神在风车下头戴铁链

我从诸世纪走来,也就是来自人间

万有的诗人
变作诸世纪的诗人
无往不在的诗歌进入无往不在的枷锁
风车和奴隶的性质。
我看见诸人在诗上刺字
以指法造成一个时代
用来堆放诸般的鼓号
长明灯和胜利花环,在那里
事业使人相距甚远
其间布满了真实的事情、水晶、马尸和肺叶

这时我祈求我不是真的。

我是否大地的骨肉
或大地在流血
又或我同为骨肉之子和大地之子
充满矛盾,虚心妄想
眼前是生活起落,反复无常
用于人心的向背
此外是粮食、死亡和饥饿

在大地上骨肉相残

故我无须死去，只因为
——活着这仅仅是逼真的。
故我祈求我不是真的

心脏和头脑渡过血污，化作熔岩
这是世界的血
我经过了一连串叵测的和白化的旋涡
仅有一种永昼在我眼中刺痛
万紫千红

我梦见鲜黄的泥土、炉火纯青、蓝天剧烈
我梦见披花的田野一片翠绿，有如过眼云烟
我梦见人类女奴穿上了花瓣
我梦见戴铁链的头颅布满了翠绿田野

这时候，让泥土随身而起
把整个深渊提起来
并不是一切都要放在地面
提起伟大的青春、海拔和盐
从永昼里提起光明来

并不是一切都要放在地面

在这不问生死的火畔
我感到兄弟姐妹的眼珠划着我的眼帘
万紫千红,这刺痛
要我为他们祛除永昼
以一生作为离开
安放多少心灵,只为心情所见

这一夜我梦见熔岩滚动
在不问生死的烈火之畔,我
梦见鲜黄的泥土、翠绿的田野
冒着黝深的血色
其上有生动的纯青火焰
吞吐着大地的核心
金色犁杖不停地翻开苦胆:大地全都黑了
我想着头戴铁链的诗神
在暗中眺望不问生死的火光
一直活到天明,在日出时分
寂静地咽着淡水
我听见他说:"吃粮食是一件多好的事情"

故我以一生作为离去

完成我的性格,并求得青春长在

我听到辽阔天空施加于目的的声音

"这是什么样的血液?谁的血?"

天空的目的在于使人渺小

让我说

"这是什么样的世界?谁的世界?"

我听见这回声在世界的血里奔涌

我梦见一个蔚蓝的球体

正像从星际看到地球

我梦见我离它很近,伸手可及

然而它巨大无边

它的涵和忽,生和变,角质的尾舵和清浊的风帆,

向我迎风扑面

让我醒来。那是什么

我想那是我的脑海,一片炫目的大海沸腾

在脑底晕眩

我在七月的海边醒来

大海在那里吹浪凸起,一派生命

海洋里游着美丽女仙

"嗨,蔚蓝的地球,这是什么样的世界,谁的世界?"
置身于不问生死的烈火之畔
我感到旷野上有一根犀利的针在什么地方
在什么地方不朽地哭泣
"这是什么样的血,是谁的血液?"

在这个大自然里
熔岩是它的血液,七月里太阳又东升
大海在世界上波动着钢蓝的血液
而一个人,就在太阳升起的时候,他会说
"是啊,这是世界的血
浑浊的、粗糙的、彻底的
它的亲切让我惧怕
它和我一样简单,听我的胸口
哦,不要懂得我吧"

故我在不问生死的烈火之畔
故我的血流穿了世界

第五歌 梦 幻

皮肤不停,骨肉相亲

雨水闪闪发亮

从碧绿渗入橡树和岩石

沉寂的刀光扩散

从这里眺望着雨水在变为洪水,在一些地方

接近于一颗心脏

它有,它感动,它是否存在?

它不停地跳着,它不会永远不停

它是否存在?

心脏使我们变得难于辨认

从胸口,从墓地

从更为盛大的遗址和白垩的美

挖掘在复杂着同一颗心

一连串充满危险的旋涡进入光天化日

在生命的鼓上敲打着太阳的利爪和车轮

心在某些地方变成毛骨悚然的钉子,就像大雨

在某些地方变成洪水

一些地方坐落着丛林圣殿、昆虫社会

道路上密集的红色大腿

一些变成沙虫和仙鹤的历史正在秘密进行

一些地方正在进入化石和疯人院

它已注定了一些鸵鸟和疯人

采昆虫的人,测风的人,先头的人

和葡萄采集手

在更深的地方倒置

更为接近月亮

一片又一片的水晶闪烁其词

盯住内在的惊恐,从中吸去眼睛

渐渐渗入沸腾的

不动声色的岩浆和泥泞

雨水闪闪发亮

雨水在某些地方变成洪水

雨水的四周是洪水,洪水的四周是海洋

四周坚固漆黑

电车和鞘壳在紫色之中吐露

鹰嘴豆和橘子紧紧保存

四周漆黑坚固,玄武岩和火成岩

跳动着一束锥形,一束 A 字的黄色光辉

四周漆黑坚固

那是吾土吾民,地图和它的文明

出现在万种镜子,也是永远不被追上

恐龙在战栗中浑身迈步

一个声音爆炸着

映出了寂静的巨大影像

"十五亿年作为一个时代，我又看见了侏罗纪的
　月亮。"

雨水在交织，雨水在闪闪发亮

被尘埃蒙盖的事物和年代

在大地上凭空出现

假如人们还没有走，假如他们被变成灰烬

再被毁灭，再被冻住，再被煤所掩埋

哦，令我两眼湿润，自我恢复，写入心脏

一场激情在太阳面前凸起

大风吹动着胸椎上的扁平棘突

一阵阵地冲出艺术

一种类于陆地的实体

它所具有的深色火光，更多地

让我想到非人空间

这里没有我所熟悉的道路

方向也不可预期，这个空间本来就崎岖不平

整个世界都是崎岖不平,一次全部呈现
只有一些分布广阔的青绿条带
仿佛是生命的痕迹
我愿有一个人的面容
关注世界,并自我恢复

那青绿而广泛的条带,平坦地
疏落在上帝的青山
我梦见我的面容　和恢宏的 A 字
在那里映出曙光与碧绿的扩散

第六歌　日 和 夜

正当傍晚,没有创造过的人们将会感到空虚
而创造的人们将会感到孤立
太阳朝向另一个世界冲击的速度
是这么快
使我放下了疾病和杯子
一枚镍币和一个人的纸
我停止了这么一会儿
今天的钥匙在昨天很快地锈去

万叶啊　虎啊　青春啊

在我的体内生长，与日俱增

故那动力就在我的血中治水，或者泛滥成灾

太阳朝向另一个世界冲去

巨轮溢出地面，陆地边缘放出黄色光芒

陆地在这一天为我们所贡献的

在这一天要停止了

占据着世界的泥土

巨轮溢出陆地之外

太阳朝着另一个世界冲击

辉煌的老虎披着魔法的外衣消失

由于看不见了，在叫着，此起彼伏

人间变得无声无息

傍晚对生灵的震动多么寂静

淹死人的水，烧毁的气体

盐的滩和白花花的渣滓

雨水的钩子和乳滴

在我们和不朽之间出现特大的距离

逃向街上，向世间撒下布施

用一些光线来赎罪

这不足以称为活着

鬼的手掌敲响生活的鼓

它们一直低语着,在影子里

在撕裂的半坡和拜占庭

在面具和招牌下面,议论着少女们富于表情的

脊背,人们的价钱

陆地在这一天为我们做出的贡献

停止了,对我是多么漫长

发出沸水将临的声音

在人类和石头,虚无的主宰和皮肤上

我想起被剥夺的时间

逝去的伤口

傍晚里我望穿陆地,海水的眼神更远

多鲜艳哪

这脱离了我而活着的

我所创造的,去生活了

它有多新鲜

大海多么深,多么幽暗哪

独有子夜在一轮火红的热球上奔驰

盐，大自然的盐
结在皮肤上的辛劳的盐
风中的盐，喝水的盐和怀念的盐　　在升华
抚慰我的骨肉
像一片飞鸟渡过赤道上的黑人

从黄色的斜坡我一直向前方之下走去
那边是风暴，是下雨的地方和雨源
像地球一样迅猛

日和夜，痛苦和狂欢
太阳朝向另一个世界冲击的速度
是这么快，覆盖在人类头上
泥土中迸流着金黄的血液
肃穆的肉和雷雨依稀的墓地
隐约地映出天才和吊者
我不能说死去的语言，对于死亡应该朴素

我看到大批的人流焊定在各自的世纪
沉淀在各自的根子

日常的包围,现实的困死

竞相排斥。在这最大的攻击里

多绝望啊

年轻的人类,每一种人都古老

不知道幸福,却又知道不幸

在懂得很多的时候已经不再相信

人类多次剥落,多么稀薄

是否值得死去?

日和夜

在这里我听到霜降在瓦块下

妹妹病在窗子上,母亲抱着月亮

惊鸿在火山上度过整整一生

捕蛇的人于一生之中死去

他的手里拿着生命

我看到黄金女子,光着光明的女儿们

向太阳迅速地冲去

站立着,猛烈地折断

一束火光砸上头颅

一捆镰刀射中肝胆

让我忘记怀中握住的一双眼睛

让我立志完成生命

辗转啊，日和夜

血提着肃穆的骨肉

从自己的步伐里渐渐消逝

被空气所压倒，在中天失去

那台风的眼穿过台风

那和平的沙子从战争里漏掉

我在日和夜里听到每一颗心脏

听到鸟翅在钢鼓里的跳动

鸟群在喷泉和天庭倒流着血

我感到太阳的压力

或被太阳提起来

让我瞭望青春的亮光

屋顶的纸蛇以及日和夜

黄色的陆地以及生疏的大海

水色如此干旱

这一路上是非人间。是黄色，和黄色的陆地

是非人间

高贵勇敢的头颅在太阳里精美绝伦

高贵勇敢的头颅在太阳里易于粉碎

日和夜，是太阳里射出和失去的部分
这盛大的光芒只为寂静所见
哈！——来自海洋的波涛，地球的水
在前方叫了一声，淡远地退去
非人间把黄色陆地倒在了我们正中
斧子盖满了盛手的石棺

我
空中花园、神明的泥炭纪
煤层里的良知
驾驭刀子和欢乐的人
甘心的火焰，或丑陋而聪明的地灵
我们经历了肉体和精神
来到日和夜
我们来到这里，丑陋而聪明的地灵
甘心的火焰
驾驭刀子和欢乐的人
煤层里的良知
神明的泥炭纪，空中花园
来到这里
不是作为人，而是作为时间

第六章　屋宇——给人的儿子和女儿

（穹顶）

忘记了

该不是让我停止了呼吸吧

当我从越来越平缓的高地上行走下来

当我身后的岩块重又高高垒起

从地狱出来

也是离开心中的圣地的城

世界的大门紧紧关上

道路只有一条

成千上万的人由坡岭踏过　　向高山仰首

灰尘长久地吹过脸颊

太阳温暖地照着我们

风和大块的葱茏

将云彩悬挂在天空

我的头颅稀疏地滚遍了荒地

灯光呵

看见你的时候

我便停止了呼吸

这里一盏明灯　　那里一扇窗户

火把在黑暗的地球上嘶哑地晃动

照见那赤裸的双脚

并且被奔驰的闪电照耀

每逢我的力量布满潮汐和鲜血

每逢我的梦中之梦花园盛开

我念起你们的名字

未来和回忆就浇铸着芦笛　　肺叶和磐石

向那片孤独的海里填着

当你在长途之上

你感到自己是孤独的

使命　　使我探望你们

乡村　　和　　城市

那灰瓦的脊瓴　　地址和迁移者的大桥

我是你远道而来的朋友

拆毁者和建筑者

木石和金属　　纸张与玻璃的驭者

从我诗歌的石窟看来

屋宇便是真理

是我要将你们建筑的

太阳　屋顶曾遗弃他吗

或是以晚灯将他纪念

或是在舱篷之上将灯盏悬挂

以微茫的光柱探照着月球

让它沉寂的火山凸起于半圆的表面

或任凭那仙人像灯笼一样遗失

当太阳与我共在的时候

暖流吹拂着我的水上的步履

当斜阳西沉的时候

那黑夜悄悄地将屋宇纳入我的视野

这一切你们都不知道

在风暴中只有你们是泰然的

陆地的房子

水上的房子

天空的房子

那里居住着诗人　船员

幻想家　工匠和大海的女儿

它兀立在悬崖的边缘

城市在那里还是稀稀落落的

它只是悠远地听到铁桥下拉响的汽笛

和
　　大地的脉动

漫长而坚硬的橡树梯子

通向半圆的屋顶

在那里　开启着一扇透明的天窗

粗大的光线使人陶醉——

我长久地徜徉在地狱上方

建造了这所房子

在密林的遗址上怀念但丁　手握星辰

但丁啊，有多少诗人是从林中醒来

有一个流放的占星家

在这里远望天文

寥落的晨星默默地计数着它的主人

以及渗透了橡头的悲痛的雨水

圣母的雨水

占星家衰老的眼睛温习着苍穹　闪亮的窿洞

他幼小的女儿

守在这不出门的老者身边读书

在光线所照亮的尘埃中

梳着辫子

那灵活的手指静数着历史的马蹄

等待着心

他们都不常出门

而尽知世界　诸世纪　渴望着什么事情

倘若你早年是一个磨镜片的工匠

现在你是乌托邦里的国王

而红头发的峰顶　克尔凯郭尔

你为什么退掉了婚约

抨击公众社会

毕生反对人类大施主们

这是一个怪人

连同你丑陋的瘸腿　纯洁的蓝眼

奇怪的念头和燃烧的日记

怪人总要留待末日审判

受到一世围歼

让人们说信徒是什么你就是什么吧

你成群的思绪那样飞动

也一定看到了邻近的屋宇

与那万有的朝霞

固体像水一样洒在那里

都是无语的歌神

寂静　无声而又滋润的晨雾

把早醒的鹈鸟从林中吹来

伴随她踏着小路

去看望春雨在漆黑中淋成的坚实的杉木

包围她无衣的　白净的小屋

雪水混合着沙土

使嗓音沙哑　光辉　充满了音乐

当大地起伏的时候

我无名地幻想着

冰凉的清水环绕着夏日的山冈

第一次春潮穿过太空

那白腹的喜鹊

正在大风中拍着它宽敞的翅膀

升越过林梢　大风使它不能高飏

在原地抖动

寻找着落脚的孤枝　又欲翩然化绿

栖息在春天

栖息在这明亮而又迅猛的旋涡里

每逢钟声响起　躯体复活　金属颤动

每逢门关户闭　阳光初照　鸟儿啼鸣

每逢高高的雁塔向后飞去

　　浪风索鼓动着双角的刹顶

每逢镶彩的玻璃讲述故事

　　高耸的望柱支撑着繁复的周身

每逢雪雾苍茫　炊烟缭绕

或是炎热的太阳照耀着松林般翻腾的屋顶

是的　每逢　每逢　每逢

墙和胸廓

是一种壮丽的屋宇

石竹花在那里开得斑斓　开得血红

秋虫长鸣

血是从巴黎流起的　那些不朽的抗击者

原来他们也是街头的音乐家　年轻的女子

厂里的工匠　流浪的孤儿和浪漫主义诗人

是谁将他们唤起

没有纪念

弹洞贴在久远的墙上　连同炮火中的新叶

　　　　　　　和日出

狂风将藩篱吹破　将屋顶击落　将心脏吹醒

狂风的心脏

这登临的行动之血

整夜整夜

都在黑铁砧子上响着

大块的炎热低沉地压在头顶

有一座白银的锤子

在我的心中不停地砸着血

高原的太阳:不可腐蚀的行动

放射着屋宇的声音

不知又有多久了

你建筑在半圆的地面上

轮廓清晰　广阔无边

这里是危崖　是白云　是光线

是海排着鱼的屋瓦

是黑暗和光明

年深日远　建筑带着主要的音响

一行金脚印高高低低

在四壁中显得巨大而空旷

这屋宇究竟是什么呢

四周是遗址　是废墟时吊塔所留下的

还有茂盛的果园

它兀立在那里　使年轻的歌手思念

在眺望中我的视野明朗起来

……一节声音　一节律动

一顶天棚　一束紫色的白萝卜花

一段黑暗的旅程

十万石匠　一架穹顶

屋宇预示了未来

浓缩了过去　深扎在地动

就是在这座建筑里　屋宇的灵魂静置着

和芍药　甘草　莲子　大麦放在一起

罗列着烧瓶　考据者的纸片和长眠的笔

有时候

我从来没有注意过它们

它倾斜在那里　并峙于比萨的塔

以及天文台的银色盔顶

岁月让它黝黑发暗

昨天早上的那场冰雹在上面凿出白迹

　　　　　也凿出火焰

电车的接头寂寞地于火花里撞响

路灯蜿蜒地照亮悲剧场

直到那时　歌德已经睡了

火热的恋情

以及天人的圣诉

哑着嗓子吹过积雪　遍地积雪

老坟上的粗瓷碗伸着双手

承接着碗底的霜和天上的露水

这是用怎样的技艺造成的大碗呵

呈现着血陶一片

这技艺也筑成了你

 广阔的屋宇 广阔的屋宇 广阔的屋宇

鱼鳞混合在致密的云母上

凯歌的红顶

平坦地伸向阳光美日

在地面滑向南半球的地方

它横站着

枕着地球的天空

正是在这里 它的门窗对开

战争袭过 生活穿过 和平神祇旋舞而过

尘土和浓烟毒害了我的身体

只有和平是无辜的

  在她划破的肩膀上流着

   碧绿的血

 窗外

 一棵不懂事的杨树

 长得太高

宽敞的大河无声地急驰

波浪干燥地皱裂起青黑的鱼背

河面上晾着她的银子

多种现实　扬抑着

在其间来来去去

碧绿吧

台基　木梯和戗背

栏板　斗拱和梁枋

窗棂　海眼　覆钵和相轮

在那无法装修的遗址上

是谁在这里留影呢

人和石头

在这里是永远不能完好的

这里是大火

是大火和无人区

蝉翼上覆盖着成片的无人照料的籽粒

春季来来去去　默颂着你的年龄

因为是夏天阴了又晴

薄光目送着满地的庄稼

果实运载屋宇

因为是冬天如期临近

沙漠中住着一位金顶的母亲

黑石头梦在她的寺里

　　该种的早就种过

　　该收的谁也不会去收

就这样生生死死

而死者以空旷袭击我们　　安息之地

一片石头砌成的打麦场

无声无息　　打下石头做的麦子

在死亡中过于醒目

在锈绿的巨蜥中闪动着母亲的痛苦

怀着幸福来到这里的女孩儿

看风景的好风景

额头上已有麦地金黄

哦　　那倾斜的美貌　　热恋中的葡萄

在俯瞰金石的时候

呈现了多美的果实

鲜灵的　　生育者的胸房

而死者以空旷袭击我们

在我为他们所凿下的鱼龙里

骑虎相搏

那黝黑的塔松
在空旷外面环绕
那神骏群起的塔楼　浮屠里七宝的梦想
从空旷里向内心眺望
当你生活在屋宇的世界里面时
你感到它是森罗的
当你在山顶上回看大地的时候
你感到你的全身是颤抖的
一柄新生的钢刺
深深地浸入了开刃的毒气

这样的大地
他应该有怎样的人呢

生活是一个真实的东西
延续在茑萝　紫花藤　剪春萝
　　　　　和草木繁茂的平川
都会　高原和王冠似的雪山
从这里我产生了陶瓷
蜡染的布匹　铁画和垒石

开垦的田畴和艺术品

在生活里我耕耘着我的躯体

提起犁铧

深深地翻开真实　屋宇四面升起

每逢我注视着精神般的　空旷的海

那无影无形　无边无际

我的心就忍不住嘭嘭地剧跳着

感觉到屋宇是无辜的

大自然在它的四周轰轰作响

生存在无声无息地带着它们运行

这时是钟鼓在塔楼上垂布

这时是流星离开它预言者的天空

这时是抛进大海的华工孩子在水底呜咽

这时是雨水的精灵把我带往它们的屋子

在浩然的干涸与汪霈之中

　　　　雨

　　　还有风

还有雷鸣电闪

把屋宇荡涤了　浇淋了

在裂隙和凹陷中长出青草

　　烧了一片树林

打秃了一座山

于是屋宇里的人们跑出来不停地劳作

空屋里亮着灯

那是我的魂灵

就这样

在浩然的干涸与汪霈之中

滚动着时光与洪水浇灌出来的事情

这个时候　是的

就在这个时候

你睁开眼睛看望它

它是你的自由

岩穴　树巢和茅舍

乡镇　城市和都会

房屋和马匹站立着

道路和航线像蛇一样带着我去远行

然而又是谁紧咬着脐带

连通着伟大的　永恒的母亲呢

广阔的　一捧捧的清水和爱情

一束束淡忘的光

在黑夜中的雪峰摇曳着

唤醒它的清晨

　　　它清晰的忘却和记忆

在那陶冶殆尽的空白中

我仍然触到它的清晰　空旷和宁静

巨擘的手

使躯体在穹窿上汇聚

洪水和烈火在众神的头上灌溉

其下是黑暗母亲以及醍醐的灭顶

有一双粗糙的手

倒下光和盐　猎斧和气概

从采石场里

把精神和物质提起来

点燃日和夜　即那静穆的肉

这是多么漫长的建造呢？

每一片奔波了百年的奴隶们

都有一部大悲剧

伟大的音乐　伟大的诗和伟大的手

总结了我们的一生

这是多么漫长的建造呢？

看到蒙昧的地

黑夜　痛苦和泥炭打开万神殿的门窗
一直撞动着我的胸口

这是烈火和青铜的艺术

那些年轻的液体从这里迈步出去
戴着工人的帽子
它的新意　蓬勃的春
那些古老的固体
返回这里
带回来巅顶的白发和霜雪
或者一座沉重的城市

享受真理的人很多
而追求真理的又有几个呢？
雨在屋宇的胸中结成乌云
寒风在屋宇的头顶种植着沙漠
屋宇的葬礼在哪天来到？
没有棺柩
冰冷的四壁在那一天不会留存

人生啊

落叶敲击着落叶　雨点追逐着雨点

我怎样才能　我躯体的写真
怎样才能把你从黝黯的背景上分开
那里有那么多矮小的春雪和广漠的石头
那里
有那么多的
刺目的干旱和太阳
它把温暖的大手拂落在你的头顶
它把欢乐的肉体挂满于你急行的车轮
太阳啊！
俄而　有漂流四方的土块
滚在阳光曝晒的河湾上
去年春天　我见过它们长出了青草
在我的此岸和彼岸
土地全部打开了
在沿岸的徒者眼中洒下雾气
他们在阳光里看见了桥
古往今来
有多少河流的大手让鱼群曝晒阳光
浮起水面
然后深深地遗忘

有多少像我一样的诗人

就是在这桥上通往世界的

光明的翅膀在他们的头上迅暂地扑击

    迅暂地离去

我经过一段漫长的旅程

在那里并没有一扇门 一扇窗户

一盏灯光

李白 叶芝 瓦莱里 陶渊明和惠特曼

都在这里死去

这就是美啊

这长风鼓荡的桥梁

那狂想 那爱情 那涵忽

那万灵 那渴望

那树梢间积雪的烟云

那角楼洁净的墙和暗色的窗棂

那崩溃的湖泊和钻石 那颓圮的池塘

正冒着处女般的清水

那钥匙握在我裂谷般的手上

神秘地抓紧 神秘地出汗

每当敲响那些紧锁的小城
命运就窒住呼吸
每当涉过宽阔的黄昏的河流
你又能同谁说话呢
当你和我一道回过头来
你会呜咽地感到
　　这桥是旅人的屋宇
　　这桥也就是我们的心脏

得到了什么　失去了什么　变成了什么？
你又能怎样呢？
世界美如斯　时光在飞逝
距离仿佛缩短了
世界依旧很遥远
伟大的桥呵
把心脏平地拔起
一块大陆和另一块大陆阳光毗邻

太阳驱动着光辉
也照耀着被诱者的惶惑和勇敢者的狂欢
欺骗者得手时的轰鸣

太阳

光灿灿地投布在茫茫原野

  它 在丛林中

  高喊着

  畅饮自己

他的奇异和充足

吸引着我默然的双眼

  乱石辟易了吗 庄稼成熟了吗

  希望和失望——一片片的述说

  这闪光的骨头

  黝黯中的谷子 红润的田园

  静踞在那里

  带着它的阒寂的角楼

  喷水的旧池 躯壳和肉体

鲜红 干旱而赤裸 在弥漫开来的雾天里

石窟闪着光

照耀我雷电的流苏

石头大声地滚动

然后平躺在肉体上

空蒙之中

秃山时隐时现

像一种动物　烛龙或鬼火

在死去　流动是那么沉重而缓慢

对我来说

道路只有一条　其他的必须舍弃

于是在一条道路上

便承担着千万道小陌或通途的重量

道路会中折　会起伏　会盘旋

而我们一去不返

直到朝霞四射　大地正开阔地倾斜

沸腾下去　热浪舒伸

一个球体

在这道路的尽头　回到我的石窟里

我将在这里看到

荆棘过后

一对爱情的双手

和漆光闪烁的棺椁上

静置着一具砍下的牛头

锐利　质朴　正面迎接着我

浑然天成　使我不宁

我便在这里焚毁着

抱起凛冽的海口　直到将我喝干

吮吸出鲜红　干旱和赤裸的石窟

这就是血呵

这就是那光辉的速度

一大片光明的种子　无知地覆盖着身体

一大片眼裂饮火的种子

大放着光明

那来自和平之语的轻微　熏风自南的拂荡

以及手臂在空气上沙沙行走的声音

七火焰　七美丽　七黄昏

周流复始的日子

环绕在朝霞上

那雨水和火光烧灼过的屋宇

屹立在万有的朝霞　一朝阳

不许我心地败坏

这就是粮食站在水中

光站在粮食上

也就是屋宇站立在光芒上

我在石窟和飞行中静穆着

面颊上凿试着我自己的手艺

我在这里回忆着

看到那些无声的　那些

没有曝晒和洗礼的断章

看到路途中的对话

和卓越的草图

那些无名的劳动工匠

和他们沉浸在家园里的性格

发出光来

我回忆起他们面颊的轮廓

隐藏在手工里的年华

这屋宇将长久地停留在他们的时刻

此时我的泪水如同鸟翅

在上升中扑动时那样新颖

那小姑娘们的戏耍　邸宅

平顶的房子　大街　过道　码头

激浪的浴场

生活和岁月的记忆

钩子一样生根接吻

地点的珍惜和全景

在我青翠的皮肤下面流过

注入青春的屋宇　青春的林地

青春的生命和青春的风灵

这亲切的回忆永不泯灭

以黑眼在活生生的屋宇前

久久地静霎

真理只能生存百年

一代人过去　一代人又来

激荡在我们奔腾的大限

只有在屋宇的筑造当中

巨大的日轮在我们的光里呈现

这才是我们获得的：今天

这人类所产生的都会消逝

那产生了的　儿女们仍要一一经历

那大地上流布的屋宇盛纳

那屋宇苏醒时大地也在苏醒

烈火于鸟背站立　今天一再一再

锤炼于我的屋宇

它一层层地揭去我的头骨

揭去我的耳朵　深入我的身体

四面辟阖

今天一再，它独自不朽

深入梦境

我梦见望穿时空的气象
越过屋宇
闪电内部有一头狮子拖曳金书和谜底
身上长满岩浆
适逢晴朗时光辉闪耀的海洋
我所创立的屋宇和艺术
头顶有朝霞穿过狮子　过海而来：
不惧死亡者
必为生命所战胜

第五辑

春　天

我认为永恒是不值得达到的。以智力驾驭性灵，割舍时间而入于空间，直达空而坚硬的永恒，其结果是使诗成为哲学的象征而非生命的象征。

有一年，我从长城附近经过，向阳坡面上有一大片细幼的青杨林，几乎齐地折断，含着汁水，露着的生生的茬口，朝向整个春天，田野还带着北方的干燥。我坐到黄昏，也感到了黄昏。罗莎·卢森堡坐牢的时候，总是苦不过黄昏去，要向正对着窗子的天空，去寻找一片粉红的云。罗姆人说：

不知道为什么
黄昏使我这样忧伤
黄昏里总有什么东西在死亡

对黄昏易逝的感受包含着人对时间的觉察，是生之春天的感受，活力的衰退概与时间敏感的丧失共在。将茬口朝向春天，以苦涩的香气触动黄昏——太阳西沉，面前散布着大片的土、大片的水、石头和树木，这些人赖以生存的基本元素，就如此直观地呈示于眼前——能这样感受，处身心于鲜活的恐惧之中，较之玄思者苍雄的推理，更为深沉。

人值得说的东西并不多。有时候，人能对自己说：刚才，我是用感情碰触的，触到的是时间，是柔软地抖动的许多瞬间，就像伸出的手，却在夜色中触到了奔放扭动的自己。这便是所有玄思与推理的内核，一旦剖开，它痛楚而新鲜的气息便成为诗，将瞬间追摄为可成的体认。其余的便是这柔嫩内心的化身而已，有位朋友这样描述说："升华是瞬间的，大部分时间人走在沼泽地里，背着空而长的布袋。"

春天活着，是那样一团情愫、一团不能忘怀的痛惜。技巧与形式，代表了企图经由重复凝定这团活火的企图，建筑在苍劲推理上的玄学亦复如是。斯宾格勒说："在面对神秘之际，我们的敬畏之感，往往使得我们不能领受到：在思想中，把解析与透视视为同一体时，所能获致的满足"——此一体认对于一种将学者化输入史感中的诗作，不无值得引鉴之处。

一个虬结的树根，浸泡在一汪春天里，有生命的地方，树木都以眼所能见的节奏碧绿起来，枝条延伸披离，犹如一簇簇浓郁的风，使我体验到一团柔嫩浑然的感情怎样舞动，空气像雨那样泼洒，整个春天成为泪水一样清澈的河水。我只能以这样的描述，表达我对诗的感受。

我的一位朋友说："诗，人过了三十岁就不能写诗了，感受的新鲜没有了，只是咀嚼一些经验之谈而已。"他视诗为生命的象征，令我感慨。的确，有一种春天似的东西浸润我的树根，而当我生长出去，春天既已不可回复。生命中这些永不复回的东西，吸入感情，成为血液中的水，使它鲜红地流动，能写的不多，是一些水的断想。而每写一次，就在燃烧一次自己，属于自己实在性的那些水，也就越来越少了。苏格拉底说，人最大的知就是知道自己的无知，这绝非道德上的谦逊，而是情感上的深切感受。

我有一些好朋友，他们大多数都写过诗，后来都不写了，我们都很年轻，他们懂得珍惜生命，而我却是最为虚掷的一人，诗是生命律动的损耗，也是它的感情。我们有时候坐在一起，念一些诗，倾听年轻灿烂的瞬间。青春倾听青春的声音，这是不会常有的幸福。我们走在街头，或者等车、去海边游泳的时候，看见我们的人说，这是一些小伙子和女孩子。要为这样健康、年轻、春天般的人说几句动情的话，就像感情一样，是我所不及的，诗已是我生命律动的损耗，但还未能深入它的感情。而他们却使我能写上这样的诗：

我不愿我的河流上
漂满墓碑
我的心是朴素的
我的心不想占用土地

朋友们曾经告诉我，有一个生长在海边上的哲人泰勒斯说：

水是最好的。水是最好的!

春天,我的朋友,我的美学和血中的水。

1985

水上的弦子

> 水上唯一的一根弦子
> ——阿波利奈尔《歌手》

在云南,从昆明到德宏崩龙山去的路上,有一座山,所有的当地人都亲眼看到雷劈断大树的情景。它地处雷击区,电火焦燎着地面的第一高度。

当两片乌云聚集起来之前,全山上最高的一棵树便被人们指着说:"该轮到它了。"果然,当闪电游走而来时,一团火球带着"咣——"一声雷响,第一高度就消失了,于是又轮到第二高度成为第一,再一次雷击又打光了它,常年的轰击,旺盛的雨季降水,把这片雷击区打得光秃秃的。我挺立而作沉思,体味道:这便是你我的人生。一位朋友对我说:你看,人活着是很不容易的。

雷喜欢轰击朽木,甚至在第一高度消失之前,它就挑出那业已腐朽了的,咣的一响把它炸成粉末。当大树已朽之时,当地一种生有百足、状似蜈蚣的霍闪虫,就闪着满身的磷光,钻向大树的空腔里去。霍闪虫是云南数不清的发光昆虫之一,它成队游走时,就像一条火线,窸窸窣窣地挪动百脚,聚在树洞里,像螺旋那样,成千上万地、丑陋而发光地从根部一直绕上空穴的树顶。那多毛而磷绿的虫豸们,会令观者感到一种恶心的起栗。这样多的霍闪虫,是聚着电的。

那朽了的树,已无再生层和树心可言,兀自挺拔,而霍闪虫又何尝不以为自己占据了生命的中心呢?而雷电来了,当朽木及百脚虫临死之前,根本不知道真正的中心、真正的英雄是那将来的电火,也不知道自身的电荷乃是预定的死因。

斯宾格勒认为,人类文明一如人生,也有它的春夏秋冬,有它的诞生、成长、解体与衰亡,文明之秋,已不再如春天那样万物生长,而是企图对已成长的生命进行最系统的注释,将已生长并在逝去的创造精神及其产物定形化。这种文明之秋,也许正在远东华夏文明中进行。诗人正企图通过史诗去涵括本民族的精神及历史,殊不知大树已朽,乡土中国带着自身的沉疴,从基本构造上,已很难对世界环境做出有力的回应。黑格尔思想的中国研究者贺麟说:鸦片战争的失败,早在一百年之前即已开始,源于中国文化优势的失去,已不能适应世界的激荡。鲁迅对日本人说过一句意味深长的话,意思是中国近百年历史的耻辱,应从元朝外族入侵时思考起——那时中国华夏文明即已演成稳定形式。鲁迅又说:这是一个大时代,其所以大,乃是不唯可以由此得生,亦可以由此得死,可以生可以死,这才是大时代。他所说的乃是五四时期,中国文明在寻找新的合金,意图焕发新的精神活火。而这一努力,迄今尚未完成,中国的有志者,仍于八十年代的今日，寻找自己的根，寻找新思想以冲刷陈腐的朽根，显露大树的精髓，构成新生。

这是我们这个时代的紧迫感的内在原动力。不必如朽树之秋，为一个已死的、漫长的龙的故事寻求最系统的表述，形成的只是一些形式的形式，一如柏拉图的影像之影像，只等雷电之袭来。亦不必做聚于形式空穴之内的霍闪虫，自朽木之根创造一个朽木的世界，在无心可言的朽顶之下，做古代历史的盟主。

你我即是活生命，具活直觉和活感觉，具把握现在之感情，你我之所思所行，便在构成新经验与活精神。弹水上唯一的弦子，道中国人的心声，便不会陷于朽木的自大之中。陷于龙的故事而回味龙的光荣，并不等于把握了历史，因为这正像义和团运动一样，像不思精进精神而回避死生之忧患，为中国足球队的惨败而狂怒一样，是民族矫饰心理的一种表现，而不具任何历史感，因为你已拘于精神之外的空壳之中，而真情、真人生已蜕壳而流于他方。何必如寄居蟹那样存在呢？对体育的注意是可贵的，而系民族于一体育之上，不自健精神及你我之体格，则是可悲的。

中国古代言道之书《易经》中说：天行健，君子以自强不息。说的就是，当生命规律、文明的宿命已演化为新的活体，或正向活体演化之际，个人生命的自强不息，乃是唯一的"道"。生命在体力及精神上的挥发、锻造，这便是我们的历史，便是我们真实地负载着的、享受着的、身处其中的历史，而不是龙的漫长而没有意思的故事。

我感受吾人正生活于大黄昏之中,所做的乃是红月亮流着太阳的血,是春之五月的血。不管怎样,封建架构于我的精神上束缚最小,你我并非龙的传人,而是获得某种个体自由的单子,吾人的力量有限,如初游的蝌蚪,但活泼泼的生命正属我身,这也是我们所能依凭的唯一的东西。一面是巨大的死,一面是弱者的生,美从拇指姑娘长成为维纳斯,唯赖心的挣展,舍此别无他途,母性巨大的阵痛产出仅一六斤婴儿,生之规律大概都是这样的。依靠古代的铠甲,虽为九斤,以皱纹代青春之洋溢,便是心死。古人说"哀莫大于心死",我以为是可信的,如果写心死的诗,还不如自己去玩一玩,或许可以发现活人生不满百年,因此而好好地活着。

我不愿我的河流上
漂满墓碑
我的心是朴素的
我的心不想占用土地

鲁迅先生已说史书上写的尽是吃人,从抽象意义上认识,乃是一种活力已衰的存在对蝌蚪们的扼杀,有些先生认为鲁迅是对中国文化的一概否逆,所以已不具什么活生生的含义,真是误会。诗中飘满上古,人生飘满墓碑,倒不如老子所说"抱朴见素"，将活生命的力量，播释于人与人之间，发挥到它的极致，不必去争抢上古的地盘。这便是事业，事业意味着生命力量的挥发，意味着心与心的沟通，这是唯一的。

1985.6.1

为《十月》诗歌版的引言（一份短提纲）

我们祈愿从沉思和体验开始，获致原生的冲涌：一切言辞和变动根源的现代意识。它将决定诗在人心中留下的这个世纪的影像。为此这诗歌成为一种动作，它把经历、感触、印象、幻想、梦境和语词经沉思渴想凝聚，获得诗境与世界观的汇通，并通过这凝聚把启示说得很洗练：某种震撼人心的东西骤然变为能听见似的，从而体验今人的生命。这诗歌不是心智一角的独自发声，而是整个精神生活的通明与诗化，它熔铸剥凿着现代意识，直到那火红而不见天日的固体呈现于眼前，新鲜而痛楚。

1986

美 神

我在辽阔的中国燃烧,河流像两朵白花穿过我的耳朵,它们张开在宽敞的黑夜当中,谛听着大地与海洋的搏斗,风雨雷电、黄昏和火阵、我的伴侣、朋友和姐妹们在沉睡中吹息放射,呈现出他们的面颊、手艺和身体。

我是有所思而燃烧的,因为我的诗以及我个人,是在辽阔的中国醒来,在1980年初期一个多思的早上醒来。在那个时期,我在这块大地上游走,聆听教诲,寻求思想,壮大我自己的身心。在这方面,我鄙弃那种诗人的自大意识和大师的自命不凡,在这两者之中——诗人怎么可能不是天生的?以及,大师怎么可能是被磨洗出来的?——含有双重的毒素,它戕害了生命的滋长、壮大和完美。我们曾经交流过很多东西,也包括我们正在缔造的,并将使之完成、继续生长下去的艺术。在这种对话中,"我与你"真正地相遇,迸溅出它的千条火焰。这些过程发生在我的母校北京大学,也发生在我们祖国的山道、海滨、平原、原始森林、王冠似的雪山以及凄凉的丘陵地带,地点是我们这个时代依旧庄严的东西,它原型的质地给思维带来了血浆,艺术实体才不仅仅是头脑的影子。有时这地点是那么简陋,以至当我停止叙述而走到窗口时,一伸手就可以摸到对面的凉台。

这一切都渗入了我印象原生的第一个地区,那是靠近大别山脉的淮河平野上一个金色的三角地带,由罗山、息县和西华组成的丰饶的土地:那里终年可以吃到大米,然而仍是落后的,因为那里不出别的粮食,发过大水,人们成片地溺毙,采石为生,排外情绪强烈但一口饭也要分半口给流浪者和乞丐,那里的人们把北京去的学生都看作是毛主席身边来的人,一种叫作冰瓜的香瓜只需轻轻一击就甜得粉脆,粉脆地甜。

在这篇题为"美神"的诗论里,我所要说的并不是我自己或我自己的诗,而是情感本体论的生命哲学。因为我清明地意识到:当我写诗的创造活动淹没了我的时候,我是个艺术家,一旦这个动作停止,我便完全地不是。也就是说,生命是一个大于"我"的存在,或者说,生命就是这样的生成。

契诃夫在他的小说《草原》里写了一个走遍大草原的男孩儿叶果鲁什卡,当草原的行程终于结束的时候,小叶坐在舅父家门前的木头上,突然哭了起来。他想,"生活该怎样继续下去呢?"——可以说,我的"艺术家"的能力,来源于和小叶同样的追问、同样的感情、同样的恐惧以及同样的幻想。在中国大地和在俄罗斯大地一样,生长着同样厚实而沉重的人民,在此,人民不是一个抽象至上的观念,他不是受到时代风云人物策动起来的民众,而是一个历史地发展的灵魂。这个灵魂经历了频繁的战争与革命,从未完全兑现,成为人生的一个神秘的场所,动力即为他的深翻,他洗礼了我的意识,并且呼唤着一种更为智慧的生活。这里,我想提到一位长兄,一个我在诗论《春天》里提到的背着空布袋走过沼泽地的智者,他在一个冬天里引导我的思想走上了今天的道路,并使我领会到了这样一句话的全部意境:"孩子,我已经让你看到了时间和空间的火焰,其余的我什么都看不见了。"这是维吉尔在《神曲》里所说的话,而我在青年时代得以感受到这样的真实与幻美。特别我要提到我死去的朋友赵仕仁,一个大学时代的朋友,一个福建山乡里木匠的儿子,他在1985年6月29日溺水而死,在埋放他骨灰的、未名湖边的向阳坡面上,我想起他活着时常说的一句话:"人活着不就是拼吗?"一年之后,我去祭奠他时,朋友旺子曾在他的墓地前种了一棵树,这时,我抬头看见的,是天上的太阳。

这些地方,这些人,这一团今世的血肉脉动在我的血液里,"生命是腾跃四射的火花,物质是它的灰烬。"生命川流不息,五音繁全,如巨流的奔集,刹生刹灭,迅暂不可即离,一去不返,新新顿起。

从我觉醒的年代至今,我确认了但丁的一句话:"正当这人生旅程的中途,我从幽暗的林中醒来,我迷失了我正直的道路。"生命作为历程大于它的设想及占有者。个人是生命进程的一个次点,这不等于说是一种灵长中心论,因为一个顶点在生命的流程中并不是中心,而是连续运作这一核心活动的一个瞬间、一个最高形态,而创造这一形态的生命流程则还会创造很多个,整体生命中的个人是无可替换的:在漫长的史前史阶段,人类并无野兽的生物特点以使自己凝定为一个封闭形态，因此他必须依赖于自己的活动，这一基本活动也就构成了人的动物性：文化——因此，在这个意义上，斯宾格勒指出"文化是族种的觉醒精神"，在觉醒的命运中，文化的历史活动，一如自然史的发展要创造出它的顶点一样，创造出历史的血肉之躯：不能代之而生、不能代之而死的生命个体，这个顶点其一由无数个体生命的实体构成，其二是时间性的，即同时含有过去、未来和现在，它由此而不是一个止境，不是一个抽象体，也绝不是自我中心主义的狂徒，而是文明史与史前史的一种集成状态：这个历程交汇于他的体内，它所有存活的力量也就在于它聚集了运作，并有不完全由"文化积淀"所决定的生成变化，既有文化体之死不等于它之必死，这种遗传律是因果的，而非命运的，不能适用于它聚集了生命流程的身上，在一个生命实体中，可以看到的是这种全体意识，或存在着这种潜能。在领略到它以前，我确认自己的迷失。——这是一种真切的领悟，生命最完美、最深彻、最饱满的状态在于这种天生的不断成长和发现，而不在于去肯定哪种状态是天生的，——因为大地和人类的基本状态是在运行的，大地是在转动的呵，在这里才有着不朽的宁静。——我也体认了但丁的另一句话："请先行！你贤哲，你夫子，你导者，我们是两个身体一条心。"长久的考验将是，这种灵魂附体的状态会不会为我忘记？是的，信仰、思想和爱情，以至写作的能力，是这样一种身心合一的存在，含有生者与死者的活体。

我曾读到柏拉图的遭遇：年轻时的柏拉图也曾是一位诗人，后来遇到了他的导者苏格拉底：一位远古的爱智者，他用对话沟通了人们的心灵。苏格拉底死后的多年里，爱智者的灵魂附在了柏拉图的身上，以至他仍用人和人直接感应的对话写作了很多年，而到了晚年的《法律篇》里，逻辑推理无情地扫荡了苏格拉底的对话。在这篇铁硬而苍雄的论文里，柏拉图说：宣扬有违国家传统正教思想的人应该处死——这正是他导者的死因。柏拉图开创了西方哲学的一大主流，解除了灵魂附体的迷狂，同时也把头脑和身心深深地割裂开来。《古诗十九首》里尝说："生年不满百，长怀千岁忧。"所忧的正是这种有限与无限的割裂，生命上的创痕，——人类历史和生命的心史上，遍布着残缺的躯体。

回想此一千古的悲剧，这一命运中的东西，我想申说一下"燃烧"，它意味着头脑的原则与生命的整体，思维与存在之间分裂的解脱，凝结为"一团火焰，一团情愫，一团不能忘怀的痛惜"，拜伦在这行诗句里指述生命为"一团"的形态，是感触良深的，而艺术的思维正处于这种状态里，或即大千状态的不断的律动里。伟大的劳动者歌德说："我向现实猛进，又向梦境追寻"，这种身心合一的运动，贴切地传达了诗歌的真髓。在一切艺术的核心地带，这种整体的律动都是显而易见的，如庞德所称的"直接性"及他更为具象地称为"水中的火焰"的，如中国古典诗论里所主张的"通"与"化"，异名与同实，说的是同一的领略和同一的思想。在这样的诗歌里，我们不再仅仅用审美经验、艺术规则去反映一首诗,而是整个人直接地汇通于艺术,前者所达到的只是批评的思维,后者才是我所说的"艺术思维"。

仿佛在燃烧之中,我看到历史挥动他幽暗的翅膀掠过了许多世纪,那些生者与死者的鬼魂,拉长了自己的身体,拉长了满身的水滴,手捧着他们的千条火焰,迈着永生的步子,挨次汹涌地走过我的身体、我的思致、我的面颊:李白、陶渊明、叶芝、惠特曼、瓦莱里……不论他们是贬谪的仙人,是教徒,是隐士,是神秘者,是曼哈顿的儿子,或者像荷马一样来自被称为 Limbo 的监狱,他们都把自己作为"无名"整个注入了诗章。在梦境中,我看到那钻蓝色的大天空,一队队的灵魂挥舞着翅膀,连翩地升高,我的躯体仿佛被切开了:妨碍心灵深达这些心灵事实的规则是什么呢?以及是否身在其中而不觉悟到这种割裂呢?否则无法解释想象力如此沉疴,如此缺乏灵蛇吐焰的光热。

古代希腊神话里讲述了安泰俄斯与赫拉克勒斯的故事:大力士安泰俄斯在作战疲倦时,就躺在他的母亲大地盖娅的身上,获取她原生的力量;后来,英雄赫拉克勒斯飞奔过来,迅速地把安泰俄斯举过了头顶,在空中扼死了他。也许这个传说影射了人类这一事实:自我战胜了存在,人脱离了他的基本状态。这一觉醒同样在我们青铜器的花纹上可以看到:开始的时候,人的面孔和动物、植物、云水的波纹交织在一起,形成一股轰轰作响的实体流,这种状态在更早的神话断简上还可以看到,而后人骑到了动物上。自我的发展,沿着觉醒的上冲曲线不断扬弃着大地——

或我们无论用什么名字去称谓它——而形成着自由。我们当然不必毁弃这样的历史，同时需要记住这种从万物之一灵而成为万物之灵长的嬗递，是以人骑在自然上，人骑在人上为代价的。这个代价从自然中转移到人身上，并在内心中开辟了它的战场：人与他的基本状态分解为主体与客体、人与世界的往来成为一种主观与客观的折射投影，从而把浓密的、厚实的、不可化解的人分析开来——把不断地生长（becoming）变为存在物（becomed things），从而堆积了大量的抽象物和社会抽象体，同时在上冲力的曲线上，把人抛入了空中：孤独、荒诞、可怕的自由。人和背景的脱节。——在缺乏历史感，缺乏自身清明，听任思想旷工的一些人眼里，看不到这一点，及至发展为一种我们今天所称的"自我感觉良好"的这样一种自大，也无法了解歌德所说的"一声霹雳，把我推坠在万丈深坑"的事实是从何而来。并且这种自大也导致了另一种极小，即对于自我极度自大造成的孤独的过度玩味，这种玩味正揭示了自我的装饰性风度。把孤独当作上帝以修饰自己，到处可以见到一群人在六层或十二层的楼上，将这个话题当作每日的一项嚼谷，在一批新诗里充满了这种自大的夸饰造成的细细的咬啮声。我并不是一概地反对描写自我与孤独的两个母题，而是说，不可忘记在十二层楼上嚼谷的时候，首先要看看自己与地面相去的距离，它与其说是一个题目，不如说是一种促使我们去写作的压力。这样乃可立身于鲁迅先生描述的大时代，有大幻想及二十世纪的事实感，即使在细致的纹理中，也可有较彻底的悲欢。同时，也才能真正地远离那种失去历史紧迫感的、基于习惯造成的思维的愚蠢：近来，在文学——显著的如中国小说家的创作中——现象中，这种惰性和愚蠢表现为对于艺术创新的一种指摘和责问，它抓住一些较为生涩和片面之处，将其中的一些局部问题，如术语运用加以戏拟的夸大，编成一种夸大的样式，又把这种糟改加诸别人，以证明自己的一贯正确，表示出一种歪曲事实的"义愤"。不理解是随时存在的，但对中国当代文学的艺术革新失去公正的估计和研究，还要加以糟改，则纯属居心叵测或沽名钓誉，无非证明了某一个人自己的一贯正确，但这是"什么都不做，所以什么都不会错"的正确。正像恐吓与辱骂一样，糟改也绝不是战斗。对这样或那样的此类表现，必须时时不计其碎屑予以痛击，事实一再说明，一切努力都是在碎屑中消耗殆尽。这与二十世纪文明解体的现象有潜在关系，是一种世纪的表现。我们需要以这种超出阴柔之美和阳刚之美那种种区分的、完整的人性去获得这样一个确认：世代的建筑物是建筑在有血有肉的个体身上的，除去个体之外，没有任何一种东西真正死去过。红蜂在死前预先把卵子产生蟆蛉身上；一个文明在解体前，往往有一个外部战群来占领它造成一个亚种。宋代诗人陆游对此深有感触："一千五百年间事，只有滩声似旧时。"李白说得更早："吴宫花草埋幽径，晋代衣冠成古丘"，所叹的都是人生的促逝。在这些诗句里，"人之无常"显然是一种伟大的、核心的恐惧，和我们最基本的情感、我们整个基本状态，形成共同的原型。这种种原型是我们不可能绕过的，人类历史从未绕过去，绕就是回避，或可因此得到逃避的高度，失去的却是原型的深度，在得到某种现代性时，却不得不付出逃离生命自明的代价。有原型，诗中的意象序列才有整体的律动，它与玩弄意象拼贴的诗歌，有截然的高下。

我们都曾注意到近期的一场大火，大片的森林被烧毁了，拼死保护下来的是办公楼、粮食局和百货商场。每一个居民都必要生存下去，否则在任何广阔下的爱都是空泛的；同时，看看这些离自我很近的建筑物完好无缺，另外一种滋味也会油然地涌上心头，这种滋味就像一个朋友溺水一样的具体，你只能抓到一捧捧的绿水，可是，失去的是一片片上帝的青山。

因此，在整个构造中，"自我"不应理解为一种孤立的定点，它是"本我—自我—超我"及"潜意识—前意识—意识"双重序列整一结构里的一项动势。在二十世纪，这项动势呈现从父本向母本，由超我向本我的移动，而在这个移动中，或者反向的移动，都有一个前意识的巨流或放射，诗语的奥秘与此有深切的联系。若脱离这个结构，自大狂的疾病将在诗中疯狂地迫击诗人。当自我成为一个孤立之物的时候，他便使河流两岸的人们于断桥边凄然相望。在这辽阔的中国大地上，这样的河流是有的：它流在炎热地带，河谷里流着冰凉的雪水，江岸陡立因此河面不宽，但它涛声澎湃，河两岸的人喊也听不见，放枪也听不见。也同样是这种自我中心主义，导致了另一种对于"自我"的理论修正，即"大我"与"小我"之分，由于它同样视"自我"为一个孤立，它的批判也同样"以其昏昏，使人昭昭"，只不过把好端端的一座桥梁从中拆成两节，在物理上和心理上同样是过不去的。自我的这种孤立，"驿外断桥边，寂寞无开主"，士大夫的气味不是太浓厚了吗？英格玛·伯格曼在一次谈话里说："每个人都用显微镜对自己的伤口加以细细的观察，得到了一种不适当的夸饰。每一个人都在角落里窃窃私语，而谁和谁彼此又不能听见。我们都在同一大围栏里蹒跚，并且注定要在围栏中死去。"人们在碎裂中失去了自身造型，并发出极为强烈的呼喊，碎片空前地撞动，从这种鼓手似的巨响中：格尔尼卡，我们仍然看到那个创造力之源的图像和宏声，但在围栏中的喧腾，过于强烈地在近世报应中鼓动了利害之心，而我们又生活于奥吉亚斯牛圈时，便很容易晕眩，以证实自己的片刻仅仅照亮自我中心，使它既成为前景也成为背景。

当诗人不能把这种大围栏视为诗的天敌时，便会由此而制造出许多的唯我独尊的小围栏，这种情况在为晕眩的盲动所主宰的诗人那里尤为剧烈，这些失落了诗歌冠冕的人，比那些手执巨型散文锤子的人更为躁动也更为病态，从而实际落在了散文工匠后面，忙于在里面做画地为牢的主子，使诗歌成为诸种一得之见的附庸，或使诗沦为一些不见首尾的技巧的截取，或使诗沦为宣言的注脚。当我们注意到这样一个事实时，便无法苟同于上述做法：带有灵性敏悟的诗歌创作，是一个比极易说得无以复加的宣言更为缓慢的运作,在天分的一闪铸成律动浑然的艺术整体的过程中,它与整个精神质地有一种命定般的血色,创作是在一种比设想更为艰巨的、缓慢的速度中进行的。这不可用物理时间的长短来片面地衡量,一首诗可能写得很快,问题在于它的产生在心理压强上却可能远过于物理时间所能衡量的速度,时间是有浓度的,它的血色较之智性的解释更为沉着。因而在此时,是生命在说话。语言若没有这种意识,它便只是语言学的语言,而不是诗的语言,是没有语感吹息和律动的,哪怕是最清淡的作品,它的语言中也带着这血色的脉动,在字面后面可以听到它的音调。也正是在这里,语言才不仅用字面说话,而是在说自身。时下人们喜谈语言的陌生化原则,偏离习惯联想规则务去陈言是一个向度,而它也包含着超越旧有感性积淀,直达生命本原的努力,后者是前者的动力和指归:"使石头更是石头",这句关于陌生化原则的阐述里,就意味着如果偏离语言规范的前者不执着于达到后者,我们只能得到一堆形变的花样,对同一原型作说法的调换,而并没有诗化的原型,原初体会。它的极例便是瓦解在碎片——超我解权、人类造型的瓦解本接近于原始力量,而这种瓦解的碎片里的瓦解,自我中心的粉末,连原始力量也不能达臻,它是平面中的平面,纸人或粉末对于粉末的重复,死者第二回死——中的后现代主义。对原型的原初体验存在于经得住心史考验的理论之中,(它都有自己的逻辑外壳)何况诗乎?是的,语言是确乎会有一种超前性的,表现为"神来之笔"的得到,语感要求作者不能别有选择，言外之意、象外之象等。这种语言超前性孤立起来是得不到认识和把握的，便永远只能囿限在撞大运的围栏里。从整个诗的创作活动来说，如果整个精神世界活动不能运作起来，这种语言超前性是不会产生的，它是一种加速度，是为精神运作的劳动提供的速度驱动的，它是精神活动逼近生命本身时，生命自身的钢花焰火和速度，这里呈现给我们以生命自明中心吹入我们个体的气息，在亚伯拉罕以全身心责问上帝、我国的《天问》、登山宝训和"拉撒马巴各达尼"的旷野的呼唤中，都可以清晰地感到，这是生命对生命自明瞬间的占有，也就在他献身于这自明时，也会在伊甸园谈话，上帝对亚伯拉罕的回答中埋葬于听觉的欢乐之中。由于割裂地看问题和出于某些功利主义的心理，诗的贫血由理论补缀，然而诗的创造是不能以这种用针管注射蛋白质的方法代替的，必须对创作活动的速度有清晰的认识。

"认识，认识，这太理性了！"一些宣称自己是出于本能和深层潜意识写作的人会这样喊。如果说潜意识和本能真是一片汪洋大海，那么谁是它的主子？潜意识如果能被区分出来，那么它本身就是意识了。泰戈尔说："杯子里的水是清澈的，而大海里的水则是深黑的"，潜意识之"潜"本身在于它不能如此从它意识到自己是正宗潜意识里可分地得到和存在，只能在区分不出来中得到，它是在生命全程往复喷发的前意识中涌出的，犹如岩浆之于火山喷发，诗作语言的"有名"中的"无名"，本身是这种燃烧的结晶，没有这个燃烧，它就仍是它自身而不是作品造型，而是沉浸的母体，脱离了前意识及与此同步的诗语，潜意识实际已换成为某种社会心理病态，你感觉不到它的创造性而只感到它的窒息。那些宣布自己是深层心理主子的人，是用什么杯子喝干了大海的呢？奴隶伊索对主子的最后的话就是："去吧，去把大海喝干！"

诗歌向内心发展给当代新诗带来了很大的进展，这与"认识你自己"的哲学运动是同质异构的双向并进。我想说的是这样一点，内心不是一个角落，而是一个世界。由于自我中心主义，内心蜕变为一个角落，或表现在文人习气里，或表现在诗章里。在诗章里它引起意象的琐碎拼贴，缺少整体的律动，一种近乎"博喻"的堆砌，把意象自身势能和光泽的弹性压得僵硬，沦为一种比喻。归根结底，这是由于内心的坍塌，从而使张力和吸力失去了流域，散置之物的收拾占据了组合的中心，而创造力也就为组合所代替而挣扎。这里涉及"诗的音乐性"的问题，这是一个语言的算度与内心世界的时空感，怎样在共振中构成语言节奏的问题，这个构造纷纭叠出的意象带来秩序，使每个意象得以发挥最大的势能又在音乐节奏中相互嬗递，给全诗带来完美。这个艺术问题我认为是一个超出格律和节拍器范围的问题，可以说自由体诗是一种非格律但有节奏的诗，从形式惯例（词牌格律）到"心耳"，它诉诸变化但未被淘汰，而是艺术成品的核心标志之一，完成它的方式也各个不同。我想指出，这样一个艺术问题，与前面所说的一切难道是绝缘的吗？或者说，在违背美神而堆砌的意象，匠意地捏造意象组合而不顾他们自身的辐射，不肯以意象序列本身的张力为最好的诗句联系等等做法里，不也含有任意为之的自大吗？它，正是它，把艺术自身规律的运作扭曲了，因此诗歌语言里的张弛和质地也失去了呼唤。

在诗歌美学里认为存在着这样一种道理，随着修饰语的增加，意象在诗中越益具体，如"蜂鸟"较之"鸟"，又如"一只嗡鸣的巴西蜂鸟"之于"蜂鸟"。但这个过程不是无限止的，正像海明威的语言简洁但无限下去就成了电报一样，具体也可成为一种矫饰，不断使用语言的修饰和最高级，使语词本身失去了表现力。我的导师洪子诚在《中国当代文学的艺术问题》中指出了描写性意象与概括力的矛盾，庞德及1912—1917年的美国意象派运动也指出描写与呈现的差别，这些都涉及了对富于节奏张弛的语言止境的剥析，我可以指出中国古代咏物诗的失败，郭沫若《百花齐放》（咏物诗的白话版）及老诗人艾青在晚年的一些咏物诗，都表现出在语言具体化止境上的判断失误。——这种止境，一方面来自诗歌上下文的语言共时体造成的语境和语流的限制，同时也来自意象（"image"又译语象）中"语"与"象"、表征与存在之间的天然联系。在每一个词汇的下面，不是包含着存在的身躯吗？而这存在的天然和魅力难道是可捏造的吗？——可以说，对于这种创世纪以来的存在，第七封印之前的造型，甚至是不得不以"摹仿"的崇敬心情处理的。托尔斯泰曾专门编撰过小学识字课本，因为他意识到必须使人们及早地领略语言中的这种天然，他对这种天然感到崇敬。海德格尔也曾编撰过希腊文辞典，他指出过，在希腊文中，"述说"一词的词根里，包含着"彰显"的意思，"彰显"的词根，又与"光明"相同，他由是而说：万物自有光明，述说无非是把这光明彰显出来，这彰显即是光明。我国诗人李白说："清水出芙蓉，天然去雕饰。"——这样，语言才不是一道隔障，而使我们的头脑的思维与大化的存在合为整体，体验生命并自明了它的存在。可见语言之中，包含了多少真理！对于语象的这种崇敬精神，使任意为之的作态不能望其项背。

语言中生命的自明性的获得，也就是语言的创造。《奥义书》中说："雷无身，电无身，火无身，风无身，当其吹息迸射之时而有其身"，其实诗歌语言、意象等等的创造，也是一样的。当没有艺术思维中一系列思想活动作为压强和造型的动力时，固有的词符是没有魔力的，必须将它置入一定的上下文语境中（这置入的力量前已所述：生命自明），它本有的魔力才会像被祝颂的咒语一样彰显出来，成为光明的述说，才能显示其躯骸，吹息迸射而有其身。这一叙述的过程，实际上与我们所有的思索，所有超出自我、追蹑美神、人类思想的精神活动，乃是一种同步的过程，而不是绝缘于这一切的，思想也不是诗之外的一种修养。在什么思想水准上写作实质上是决定了写出什么样的诗作的，这就是诗的精神和艺术的关系。

需要指出的是，在这种过程中，诗必然完成在语言创造中。

最重要的不是依循前定的艺术规则，使用某种艺术手法，而是使整个精神世界通明净化。在写一首诗的活动中，诗化的首先是精神本身。也就是说，写作中的原料：词语、世界观、印象、情绪、自身经验、已有的技巧把握等等，都不是先决前定的，要在创作时的沉思渴想中充分活动，互相放射并予以熔铸。这时，沉思不是谛视自己的一种逻辑或一个结论，而是一种能力，当意识深层的原生质，最富创造力的瞬间闪耀时，它使其辉煌并把握它们最完美的状态。而从这种能力自身而言，它是斫伐与造型。在沉思中，诗人所寻找的不是内容，也不是形式，而是内容和形式的这个"和"，这个艺术整体才能盛纳永恒的活火：作为自然发展顶点和文化发展顶点的生命。在这个艺术整体里，灵感才不仅是即兴的，生命才不仅包含了自我的目的，并且能看到四月里的阵雨和一座大岩石旁的云母石也有它们的目的——因为它们已是这活火的自身。

在这种世界里，语言创造的用心不在于寻找一种新词的捏造或仅是寻找词汇的新组合，也不在于使用某种修辞格，如：词性活用、词位倒装、变形、通感等等。所有现成的词汇和技巧在写作活动重铸之前，都是没有感性、没有感情和幻想的，也同样没有事实感；技巧也只是心和手之间的一个距离。在一首完成的诗歌里，这个距离弥合了，技巧便也抹去，剩下的便是诗。这沉思渴想的激情，把它的能量和活动投入语言创造中，使作为符号的词汇，使那种具有语言学价值但不是诗的价值的、技巧的作态和被覆在本质上的定型的习语的尘埃被穿透，而这个活动作为一种语流放射出来。

生命是一场伟大的运动，在这个不朽与长生的运动里，生命开辟创造，一去不返，迅暂不可即离，刹生刹灭，新新顿起，不断使生命燃亮精神，也就是使语流成为生命——这个人类的最深来源的运动和最大损耗——火焰的聚焦点，它对应于辽阔土地上的实体流和内心前意识的流动，并作为最高整体开放出它们的原型。

被艺术思维驱动，而后又超前于思维控制的语流，乃体现了艺术观，又塑造出不等于艺术观的，更为丰满、超越艺术观的艺术。在自体的流动中，把我注入淮河、海滩、平原、黄昏、大地、太阳和千条火焰，使它们天生地呈现原型——这就是诗，它使我们作为同等的人而处于直接的心灵感应中，使我们的天才中洋溢着崇敬精神，获得生命的自明性。而对这种自明，怀有这种自明，胸中油然升起的感情，是不可超越的，因为这爱与恨都磅礴于我们这些打开了魔瓶的人。这是人类与大自然中的草木云水，确曾有过的互通语言的渠道，确曾有过的一段互相解思的岁月，它也是生命来到世界的运动，我们无法与之分开，因为它比它的创作者更真实。

这个世界的诞生过程显然是一首诗又一首诗的，因为在一首诗一首诗中形成语流，形成这一首诗里的纯粹审美状态，歌颂美神。由是，无须因自己的新作而逊弃自己的劳作。因为诗的美是一首诗一首诗的生命形成的美，它不受自我的操纵；由是，艺术家其实是无名的，当我在创造活动中时，我才是艺术家，一旦停止创造，我便不是，而并不比别的工匠们重要什么或多损失了什么，才能也只是一种天分和天分的砥砺，若它即有，实由生命的滋长，命运的导向天赋，它是用来创造而此外无他。这种浑然大成的气象，早在"艺术"和"手艺"还用同一个词称谓的时候，就为从前的艺术家具有了。

在这个世界里，我们的诗乃是有自己的矿源，而不是在别人采出的矿里开掘哪怕是很美的石头，诗作为精神现象乃是生命的世界观，因为审美本身就是一种世界观。

正是在这个世界里，李白说：相看两不厌，唯有敬亭山。陶渊明说：归去来兮，田园将芜胡不归？瓦莱里说：多好啊，终得以放眼远眺神明的宁静！惠特曼说：这时候我告诉你我的心里话，我不会什么人都告诉，但我愿意告诉你。但丁说：是爱也，动太阳而移群星。歌德说：永恒的女性，引导我上升！叶芝说：这是心愿之乡！

我们这些大地上的人们都曾经衷心地感觉到这样的痛苦，眼望着家乡！

1987.5.25

艺术思维中的惯性

"诗坛"或确切说"新诗事业",不以个人为单位。"诗坛"是个艺术社会学范围中的话题。所以我观诗坛,便来说艺术思维中的惯性这条百足之虫,以及它怎么窝在极"现代"的口号下面。

创作活动是诗人的标志,诗人即其创作,否则即刻不是。诗人无法摆脱写下诗行的艺术思维创造活动,这决定了他的诗歌落成。在创作中,充沛的精神运作产生了直觉并注入直觉,只有从阅读——接受的方向看,直觉才是可割开看的。所以诗的创造活动不是求最大公约数或最小公倍数那样抽缩变简,诗不是物态地供人打量的对象,而是振奋状态中的生命之流。缘生出来的诗学,若不乏体验,则与诗创作不可分。

虽然有人叫了"非理性"以为王牌,我还是宁引另一论:我们有实践理性传统,然纯粹理性薄弱。这一点揭示了精神构造的缺陷。致命处在于,它产生了一个"实用加经验"的惯性循环。此即艺术思维中的惯性:经验地判断实用,实用地积累经验,不深化的经验和急就章式的致用。

写诗的艺术经验和艺术个性,有过的仍有,即使在登山中死了,也还埋在雪里,和红色觇标戳在一块儿。倘不这么戏剧性,前面仰之弥高，望之弥坚，纵有峰顶，也要割出血来。既有的仍有，但绝不够，至宝法门之说乃系浅陋，这就是全幅度地振作质地的问题了。浮士德打开了大宇宙符誓，以为往天上去的都是金容器，乃至地灵出现，原来是个丑家伙，打了个激灵，于是到大宇宙中去奋进；尼采梦见背上仍有黏糊糊的侏儒，便同查拉图斯特拉往光明的山顶去。所以说写诗像气功师一样"轻松"，或闹个"孤独"的不二法门，把其他切除，是能力的抽缩变简。克尔凯郭尔在《非科学附笔结语》里记述：一天他在弗基克斯公园里，多少事情在心头打转，突然想到（精神运作产生直觉），自己周围的侪辈已成了赫赫的人类大施主，因为他们在用各式不二法门使别人变得轻松些，如在知识方面刊印文摘，或者（这是最大胆无耻的了），在精神方面告诉大家，思想本身如何能使精神有系统地日益简化。他想到"既然人人到处在把事情弄简单，或者需要一个人来把事情弄艰难，也许生活变得太轻易，以致人们要回复艰难的东西；而这可能就是他的事业、他的命运"——无论理性或非理性，只要不是哄孩子的不二法门，都必发现，所以人说"面对死亡"而发现它。即和死亡面对面（face to face），正如同时人和自然、诗和语符面对面一样，出真东西有大想象。

惯性思维在新诗变革中畅行无阻的例子很多，例如时常侃点"孤独"以至忘了孤独如鹿王埋在井下，"孤独不可言说"——这种错置是无角者奋迅其耳，聊为自雄其势。又如"面对死亡"这个"现代意识"，成了"死亡"，"面对死亡"发现生之深度及死亡张满生命的帆，成了动辄闹鬼或死亡获知死亡的同义反复，这是"死亡拜物教"，以"死亡"为"现代"的手腕。再如绝多反对以文化价值判断诗的文字，"文化"实际被等于书本、知识、传统和习而得之的修养等，这和文化成了一个传统容器一样，同属潦草。另如对"丑学"的误解：既有"美"玩命再囤点儿"丑"，这是"美与丑"的对仗，而"丑学"的核心内涵是"恢复被囿限的感性活力"，即它是"美与力"的两极对应，从"矫饰美"到"袒露丑"的倾向，多有思维的旷工，从而惯性侧乎其间。最后如，出于自命处于现代及现代诗歌氛围中，想当然地看待"古典"：现代的反面是古典，或这是现代，凡不是它的即为古典。这种预设实在很糟，看不到古典与现代的共时关系；从相反方向说，如中世纪宗教体系以来形成的"上帝"构造与"反上帝"的关系：前者的完形，使后者可以逐层拆毁而彻底，在一百年中成为精神与赋形的重要现象之一，且勿论其他；从顺承的方向说，如"俄狄浦斯情结"，是从天上掉下来的？常被引为现代诗意识的"不是我写词，而是词写我"，那么"太初有言"，它先于任何一个今人，又何以拒绝它的古典力量？"古代—中古—现代"链条及"古典—现代—后现代"这个变体，是含有线性思维惯性及单一进化论的，这对宣布谁是真正现代派谁不是及更普泛的类同言论，不啻是莫大讽刺。如此诗论及择定写作走向大成问题，这种线性思维中的"现代"是一无穷倒退序列，遂出现"现代"或"现代的几次方"现象。不是吗？

这些重要的诗歌意识讹误，可见新观点下还有多少惯性思维的缘生正"庆父不死，鲁难未已"。有三个隐患已一眼可见：

一是思维惯性使诗歌意识在"坛"上高热速冷，冷热过后艺术经验等等都去他妈的了，也注意不到各种艺术个性所特许的落成方式，忘怀了"并不存在一种雕塑，一种绘画，一种数学，一种物理学，而是许多；每一种在其最深沉的属性方面都与其他种相异，就像每种植物有其独特的花蕾和果实，有其特殊的生长和衰亡类型"。这样，"中国新诗运动"一词，值得重做如下分析："新诗"是定语、次要成分，"运动"是主语、主要成分。诗就取决于谁开进一个坦克团，不是坦克也可以。二是理性和非理性都被惯性思维简化了，既无心灵深度又无灵明。三是这么下去，烂泥潭就越发得大，诗和诗学都陷在里头，诗歌意识不能觉醒成形，诗歌系年乏善可陈。

一个故事说：有个丛林人自家乡出发，去寻找真理，他只知真理是一只白鸟。于是他碰到许多白鸟，叫声各异，有些是欺世钓誉，有些是虚伪盗名。他必挣脱惯性思维而觉醒着。故事还说：他走了很远，力气没了，眼神昏花了，什么老态都出来了，这时有一只很大很大的鸟，白色的，飞落面前，而他已认不出这到底是真理还是谎言了。故事最深的是：即使如此，他的精神仍觉醒，可以体验到自己分不清了，这能力不随对象而消灭。

我默颂这淹失在丛林中无名的墓址，我赞美这人的名字，"太初有为"。

1988.4.20

火 光

　　每当我想以诗论的方式省察我的创作的时候，论述的话语里总存在着另一种吸引力，促使我放弃而投入浩瀚无边的创作活动中去。诚然，我不想放弃诗论的省察，因为我感到有一个深渊在我的左近张开，我走到哪里它就在哪里随我移动。这其实是帕斯卡尔的一种体验。我俯瞰这个深渊，它即是我对自我重复的恐惧，也是必要的提醒。我感到自我重复有一种是周流复始地出没在使我写作的创作源泉里，它是动力自身的显现；而使我恐惧的那种自我重复则是由于它是对于已有经验的重复，它不接近动力源泉而接近于已经写成的作品：我可以感到它诱使我沿用这些作品的体式和经验，而且也可以由此写得像一首好诗。这是使我恐惧的，因为它一开始就依从了好诗，它是诗，而想写下好诗的愿望是很容易诱惑我的。它和接近于动力、源泉的重现完全不同，在后者出现时我才是接近使我写的力量而不是写的结果。对于诗作的自我重复是一个已死的深渊，也是一个提醒，我之所以不能放弃我的诗论省察，正是由于这提醒的必要。这甚至可以说也是一种创作力量，具有它和不具有它所塑造的诗歌形态是不同的。这也是一种"背向前人也背向后人"的心态，这种意志不是诗之外的，背向前人和后人，并非菲薄以自重，它不是向外的姿态和宣喻，我想，它的确切意思是："让生命成为有益的东西"——没有不经过生命考验和触发的事项成为艺术思维的前提。

那么诗歌意识或诗学，对我就不是创作活动之外的，我也就不能同意它们不揭示诗，不作用于诗。我想这也是瓦莱里以及波德莱尔提出过的：判断力和创造力综合的艺术思维创作活动（"沉思"），因为"写得不好的时代已经过去了"。

那么，本文最开始指出的那种迹象，那种吸引我放弃诗论的话语方式而回返创作活动的力量，是不是在揭穿判断力与创造力贯通的立论呢？是不是诗歌意识有悖于诗歌的证明呢？这是很有意思的。问题的出现意味着深入，如果我不是限于寻求答案，而是寻求深入本身，以我的自身未竟进入未竟之地，那么我就可以感到我不能因问题质疑了立论而回头走，这是一种有益于揭示"诗歌"的洞开。为什么那种吸引力会介入进来，使我更近于写诗的人而不是诗学的人呢？——这就是诗歌（在创作活动范围内的）向我的显现，它在论述的话语中不可止抑地闪现出来，在省察的声音中要求它的自明，这是体验诗歌过程中诗歌以自明的语言涌入，创作活动范围中的诗歌向诗论范围中的诗歌涌入，像洁白的荷花从黑暗中生长出来。

在这种领略中我想了好久，这种吸引力的存在，说明或揭示了这样一点，在变动不羁的创作活动中必定有着某种根茎，是我们可以说"这是好诗""这不是好诗"的；实际上在我们并不确知"什么是诗"的答案（尤其当限止于以定义去陈述的时候）

的情况下，我们恰恰是根据它认识诗歌并把握创作的，这是"我们精神中的诗歌心象"，我们对于"诗歌"的某种诗歌意识。

　　诗歌心象是有吸引力的。我感到写作是有特许的，我们的作品为什么是这样而不是那样？这正可以使我们体验到某种特许的存在。在我的写作生活里，我读到过曼杰斯塔姆的这句诗："前边是痛苦。后面也是痛苦——上帝啊！请你过来坐一会儿，请坐一会儿，和我说一会儿话。"这是我不可能这么写、写得这么好的。这使我特别地确认了那种特许的存在。诗歌心象守卫着、环绕着和蕴含着那最使我们触动的心灵部分，只有当艺术思维活动和它们发生切磋和砥砺的时候，一个诗人才有可能是无与伦比的。我们之间的不同，也是由于诗歌心象的不同而成，我们几乎都各自据有某种独特的诗歌心象，从而将占有的相同语汇转变为不同的语流和语境，使一份词汇表、一种语言学符号成为有构造的诗歌语言。而这个造型过程是各具质地的。

　　由于诗歌心象的存在，诗歌在其最深入的属性上不是只有一种，而是有很多种。我们所认为是"诗歌"原则的，我们所以为的诗，其实乃是诸多经过时间熔炼和选汰的、有力的和主导的诗歌心象集合而成的，"诗歌"（在诗学范围内的），乃是一个集合概念。如果某一诗歌纪元所具有的，由诗人提供出来的诗歌心象足够深湛，那么它就成为后人心目中所认为的"诗歌"，并以此丰富了诗歌原则，诗歌史上的变化也由此形成。

　　承认诗歌心象，也就承认了多元诗学，承认了不同的诗歌创作形态，这并不意味着可以降低诗歌原则，相反它加剧了诗人创作的难度，由于那种依据特定心象而加以泛化了以偏概全的唯一的"诗歌"（在诗学范围内），因而诗人的创作道路就不再可以唯我论地获得保证，他必须置身于有许多道路的格局之中，这个格局有如但丁的密林。他为了将自己的创作不是囿闭的，而是打开的和先锋的，他就必须付出述梦般的努力以寻找自己独有而他人不具有的诗歌心象，探索自己无与伦比的所在，这也是将独具发挥到极致的可能性所在。这真正扩大了生命自身的作用。同时加深了他对时间的质量的认识。否则他非但不能完成自己的某种贡献，也不能体会到其他的诗人的特殊性，从而将自己封闭在已死的深渊。诗歌原则，也不再是可以不经考验的，诗学乃成为有限的，从深入的属性看，它乃是研究诗歌心象的理论，而不是研究"诗歌"的，它对于诗歌（创作活动范围内的）的真正触动引发，乃是使那种吸引力中含有的声音以它自身的语言出现，这乃是诗学可以揭示诗歌的途径，它才成为有益的。说诗歌的学问是通过对象向它显示作用而实现的。通过"研究诗歌心象"的有限性，诗学乃具有了内心体验的语言而不仅仅是科学语言。为什么诗人谈诗的著作在领悟诗歌创作上具有更敏锐的启发，也就是这个缘故。理论和创作之间鸿沟的渐近弥合，乃是理论的活力，而创作活动的启辟，也不再是可以勾留于自外于诗学的境界的了。从诗歌心象引发的相应一点，是诗歌不是一种，以偏概全的诗学形成的判断乃限于某种心象的原则之中，因而有可能产生"种"

的混淆，从而抹杀了美的不可比较性。这也就是说不同的创造力形态从晦暗中浮现出来了，这导致了对线性的"古典—现代—后现代"的史观链条的扬弃，历史性的观点，"代"的观点所依据的"一个顶替一个"式的前提成为十足可疑的。一种在上述视域中不可能看到的旷观彰显出来，需要建立一种创造力形态的共时性诗学。诗人归根结底，是置身于具有不同创造力形态的、世世代代合唱的诗歌共时体之中的，他的写作不是，从来也不是单一地处在某一时代某一诗歌时尚之中的，他也无从自处于巨人如磐的领域，这正是他斗争和意义的所在。所谓"走向世界"并不是一种平行的移动，从一个国度的现实境况走向另一个国度，而是确切地意识着置身于世代合唱的伟大诗歌共时体之中，生长着他的精神大势和辽阔胸怀。

世代合唱的伟大诗歌共时体不仅是一个诗学的范畴，它意味着创作活动所具有的一个更为丰富和渊广的潜在的精神层面，在这个层面里自我的价值隆起绝非自我中心主义、唯我论的隆起，从这个精神层面里，生命的放射席卷着来自幽深的声音，有另外的黑暗之中的手臂将它的语言交响于本于我的语言之中，这是一种"它在"的显现，艾略特的诗中引语和多国语言的交织，庞德在他的诗中歪歪扭扭地写下的中国字，并非只是某种知识渊博的结果，而是生命潜层、它在的语言，一种自身的未竟追躅未竟之地的探求之声留下的痕迹。这时候，那些荣格称为阴影、阿尼姆斯、阿尼玛和自性的层面进入生命之中，不可说的进入了可说的。我想,所谓"生命自身"乃是一个"生命构造",诗人所看到和触及的是这个大全,它是"世界"这个词汇里所蕴含的本义,故惠特曼在《自我之歌》里写道:"我在这个世界的屋脊上高唱着我的蛮貊之音",自我之歌里的蛮貊之音,绝不是唯我的声音,诗人触及了大全、生命构造而不可化学式地"还原为人"(圣琼·佩斯)。诗歌为什么是一种幻想也就可以在这里得到揭示。

诗歌心象的存在,它的意蕴本是不难揭示的,在某种程度上揭示变得艰难是由于西方文论中无人的、科学的倾向的作用,它促成了诸如以"反讽""张力"等抽象了的因素作为诗歌原则的取向,然同样的因素在不同的创造力形态中具有不同的面目和血性,这也就是说,诗歌心象将同一因素的静态解放为活的动势,从而诗学属性里深植着有人的和众神的诗学成分。在这领略里,我感到这虽然不是唯一的解救之道,而且也不属答案,但它可以揭示诗学的蒙蔽和启迪。不唯如此,当我们把诗学看作诗歌心象学的时候,它乃揭示了诗学在切近创作活动的止境上,发生了放弃自身的情况,在极限的压强下它洞开了,不能被它说或不能被它说尽的诗歌于是侵略进来,诗人独钟于写诗,在论述中终被引向这种话语方式之外的情况,验证了"诗歌向我说话"的这种自身显现,而那种"它在"的蛮貊之音的进入,也彰显了同一事象。也就是说,诗歌是去写的而不是被写的,它不应该被视为写的结果,毋宁说它出现在背景上,诗歌是使我写作的力量。——这也就是说，诗歌是一未竟之地，或它从未竟而来。而如果从幻想中退出，则不能接触未竟之地和自身的未竟。诗歌以幻想加深了生存。因而世世代代的诗人根深蒂固地不是诗和非诗这样的反对关系，我们精神中的诗歌心象及不同创造力形态，也不是反和被反的"平行"的关系，诗歌也不是从一种诗到另一种诗的相对主义的平移，诗歌的未竟之地的属性，与我们是一种垂直关系，博尔赫斯说："神的文字与我们垂直，但它是什么我不告诉你。"如果我想说，那么诗歌之垂直是未竟之地的踵身而下，进入我们的渊薮。它是称为"上帝"和称为"本无"的本体的通明，其间不乏充满了危险的、一连串魅惑的旋涡。诗人与未竟之地之间，以他的创造发现表示了不同的价值隆起。在伟大的诗歌共时体中，它们确实不是一种进化或顶替，苏格拉底在最后的日子里所做的是把阿波罗神庙祭司的预言改编成诗歌，他的这一举动意味着这样的心象"哲学的最高境界是一首诗"，埃利蒂斯说："诗从哲学中止的地方开始"，这是一种世代的合唱，如果不同的诗歌创造力形态不是混淆的话，它们哪个反对哪个？——这样我感到创作的真正艰难。某种图景这样向我出现过：这是一种类于陆地的实体，但它具有的黄色光亮，让我更多地感到了它非人间的性质，这上没有道路，也没有那种可以预期的、并不陌生的道路的崎岖感，因为这个世界本身就崎岖不平。它是陌生的，没有道路，只有一些广泛分布着的青绿条带，似乎是有生命的痕迹。一整块陆地都是崎岖不平的，又被我一次全部看见，它的伟大和艰难，是可想而知的。我想，这是未竟之地通过伟大诗歌共时体向我发出的显示，而人类诗歌的创造力形态乃恍如一个崎岖不平的世界。

我想，因而诗歌的语言应被视为具有先验性质。诗歌被写作充实的部分说了可说的，而它的空白部分不是空白而是不可说的所在，那充实的可说的部分并不是止于自身字面的，即使是达意的句子也在互相申发投射，从而它不仅从意义上得到凝结，它之所以传达意义是由于它通过意义而洞开，有意义的句子总比意义更深，这样它进入到不可说的所在里说不可说的。而诗歌语言所具有的结构、律动、节奏、形式，在传达着造成它们的创造活动、创造力自身的这首诗里的诗。诗人往往写下了不存在于字面上的一首诗，其完整绝不下于字面，诗里因而也写下了叙述本身的历史。诗歌是使我写作的力量，它不是写作的结果，我听到一个声音说："在这样的说之外不该有对于它的说了"，在创作活动范围内而不是诗学所说的诗，具有这个本性，当我们认识和判断什么东西时，便要使用"是"这个词语，"它是诗"或"它不是诗"，而诗正是说这个使其他的得以彰显的、照亮的"是"，"是"作为贯通可说的不可说的、使之可以成立的记号，是更深邃的根子，诗歌就是"是"本身，而未竟之地在这里打开。在《圣经·旧约·创世记》的第一章里，有一些段落带有"神说"的记号，创世行为以"神说"来给标志揭示，万物万灵不仅长在天空、大地、海洋，也是长在"神说"里的，诗歌作为"是"的性质在此可以见出，而不带有"神说"记号的段落由三句伟大诗歌构成:"起初,神造天地。地是空虚混沌,渊面黑暗;神的灵运行在水面上。"在这里,诗、"创作"已成为"创世"的开口,诗歌使创世行为与创作行为相迥,它乃是"创世"的"是"字。——这样在"是"里我们也看到了它具有的"创作"和"创世"的无止境,那人类以自身的未竟追蹑未竟之地的活动,就涌现在我的面前。

诗歌是这样构成了世界的一种背景的,它作为世界的构成因素而关心着世界、意义和人生。如果一定要这么说的话,我们难道还能有比它更伟大的关注吗?

作为一个写了一些诗的人,我感到我不应该再于这样体验诗歌之后写说诗的文字了。因为这意味着明显的矛盾,我要指出的是,有这样的可能:矛盾和矛盾是可以互相打开的,就像一页书不同于另一页书,但这本书却可以一页一页地翻开,用这种叙述不是要指实终极的答案,而是达成揭示,这种揭示包含着知识的个人认识,在知识的不同理解之中,这种揭示也依然存在。认识的价值在于它使矛盾同等地正面出现从而目光可以进去。这就是我所服膺的火光。火光的盘旋总在清除着地上的灰烬。

1989

第六辑

论昌耀[①]

太阳说：来，朝前走
——昌耀

引子

前方灶头，有我的黄铜茶炊
——昌耀

我读昌耀先生的诗已五年，那是1983年上半年的一天，一个诗友带来长诗《划呀，划呀，父亲们》给大家读。五年过去，我不曾与昌耀先生谋面。但我认为，昌耀是一位大诗人。如果说二十世纪四十年代的艾青是一位大诗人的话，那么我当然在这个意义上使用这个词，大诗人是时代的因素。

其实，困难的不在于欣赏历史上的优秀艺术，因为"历史使所有的艺术适合着人的兴趣……然而，极少有人作出自己的评

[①] 编者注：此篇据骆一禾手稿整理而成，"尾声"部分仅有题词，其余缺失。

价,历史仿佛已经为之代劳了"[1];而困难的在于用生动深入的判断力去识别同时代的大作品和大诗人,这种运用必须是无私的,而且肃穆艰苦,它要尽可能地立足于本土,对新诗这个本土自创的艺术,进行按其实有途程的样子的研究,将它看作是一个形象一个形象构成的艺术,而不是预先以什么理论框式去套衍它。——否则便只是鉴赏历史的巨人和判断同代的侏儒。在人类艺术史上,不止一次地出现过那种有才能的庸人形象:他们的才能没有让他们看到自己身边的人、事和物,那息息相通的大活力,判断被历史所麻醉,终于轻视了平凡,错把平凡当成了平庸:"生命之树常青,而理论总是灰色的。"

在展开阐扬之前,我想用一位陌生的、远在新疆的诗人周涛的话来印证一下我的感觉和判断。周涛的一篇大散文《蠕动的屋脊》记述了1983年9月8日,昌耀在他的留言本子上赠言的事:"那时,我满怀信心,以为他将题赠给我一句什么样光彩夺目的醒世格言,不料竟是这么平淡寻常的一句,'前方……有……黄铜茶炊'"。——这句赠言的全文是:

前方灶头,有我的黄铜茶炊……

周涛接下来说:"前方没有巅顶,不是终点,更非领奖台和极乐

---

[1] 迈克尔·列维:《西方艺术史》,江苏美术出版社1987年版,"序言"第1页。

园,而是'灶头';人生所能真实求得的东西,也不是封号或冠军,而是'黄铜茶炊'。这是好诗,难怪被我记住了。这固执的彻悟,平静的珍惜,把远的、大的看近看小,把朴素的、寻常的看出辉煌来,时隔几年我才掂出这平淡诗句里所含的分量。"

也就是在这篇大散文的后面一部分里,周涛也征引了老诗人艾青的诗句:"活着的人就好好地活着吧,/别指望大地会记住你的名字!"

我看着这篇复印的散文,觉得我的看法并不是偶然的。除去辗转由友人寄来的《蠕动的屋脊》复印件之外,我与周涛素昧平生,然而看到的东西却深有所同。这是偶然的吗?其实许多看似无常、互不联结的东西,却是半分也移动不得的,我们只需看到它的深处。

1983年后的很长时间里,我仅看到昌耀先生的两首诗,一是乡愁:"我不就是那个/在街灯下思乡的牧人,/梦游与我共命运的土地?"在这首空气被冰雪滤过,混合着刺人感官的奶油、草叶与酵母香味的诗里,阳光如釉,但却以极平的句子为起首:"他忧愁了。他思念自己的峡谷。"——这种平易而又深撼的触发,使我跨过了辽远时空,回到艾青在抗日战争中写下的诗句,那就是:

为什么我的眼里常含泪水
因为我对这土地爱得深沉

另一首诗则是《峨日朵雷峰之侧》，在很久以后，促使我在浩如烟海的刊物中重搜昌耀先生关于慈航和古本尖乔节日的诗句的，只是因为我读过了三首诗，这与其说是记忆力的牢固，不如说是诗句本身的感人至深：

呵，真渴望有一只雄鹰或雪豹与我为伍。
在锈蚀的岩壁
但有一只小得可怜的蜘蛛
与我一同默享着这大自然赐予的快慰

1

> 阳光打在地上，阳光垂直打在地上
> ——海子

每一个新诗诗人，他都实际上做着写出成品来的工作，一个表现成功的成品，不仅意味着自身作品的造就，而且也标志着新诗意识的一次形成，因为新诗这个新生艺术门类如一切新生事物一样两手空空，它的内容、它的意识是由创造出来的成品给定的，也就是说，一个新诗诗人他固可有所借鉴，但他自己的贡献，他自己为艺术所增添的东西，却源自他的自创行为，他必须是一个形象、一个形象地构成他的艺术世界的。对于这点，我们可以看一下新诗与白话文的关系。实质上，一首新诗的完成，乃是一次对白话文语言的塑造，新诗诗化了语言，语言的丰富和充实，是为诗所写下的、给予的，在这个意义上，我们说，不是语言写诗，而是诗塑造了语言。那么，如果从诗学上去把握新诗，就必然要注意一次一次完成成品的本土创造行为，这乃是新诗这个独立体的原样，它是我们的路，我们新诗特定的、新因素的所在，这也就是说，必然要注意诗作中的形象构成，我们甚至就是在一个形象、一个形象的产生过程中获得了我们自身的艺术属性。如果在一个诗人那里，某种形象反复地出现，那么这就是他的特定心象，他的精神世界的象征，这种一再出现的形象便标志了他的原型所在。理解一个诗人，就必须看到这些特定的形象构造了他特殊的世界。

昌耀先生在《三首短诗和一首长诗》里，提供了"太阳"和"金色发动机"两个形象，这两个形象使心源有火，红尘落地，肉体不燃自焚，照见金色虎皮，络腮胡须，血路和母爱苦难的陷阱。如果我们就这两个形象周围的具体描绘进行细致的思考，就会看到它们字面下那力的结构的相同："金色发动机如熊蜂蜂团冒着热气升空，嗡嗡卷起一溜螺旋"（《金色发动机》），"直升机穿行太阳初升的峡口低飞……盘旋……如一只倾斜的陀螺，让周遭寒气放射一圈白光"（《听候召唤：赶路》），围绕着金色发动机和太阳的力的样态，具有同样的光热感、螺旋状、飞升腾举的表象特征。同样的特征,我们还可以从《车轮》一诗中看到,"车轮／恍若是刚自太阳分裂的个体,／旋转着健美的圆弧,／耀动着生命的光斑,……曾长久地沤渍于死水的理想,／该是如何狂恋于这线条明快的旋律!"①——这些显非孤立的例证,乃使我们可以把"金色发动机"和"太阳"视为同一个大原型形象。这种原型形象,乃可使我们获得一柄进入他的艺术世界的金钥匙,只要我们能坚执地开启一扇扇大门,便能够扩展这最初的一点成果。

太阳原型的另一重放射,曾使我注意到《踏着蚀洞斑驳的岩原》这首诗,在这里太阳原型呈现出一种对于理解昌耀诗歌来说,是非常经典的样态,"午时的阳光以直角投射到这块舒展的甲壳"②。——这里,特别提请注意的是阳光的状态:它与岩表形成了垂直投射的关系。——在此,阳光与地面的垂直不仅是一个自然现象,还是诗人由衷感到的心灵分量,他诗作和精神的确切处境,我们甚至不能脱离这种状态去认识和评价昌耀的诗。这个直角有着令人耸然动容的内涵:阳光打在地上,阳光垂直打在地上,这是一种高强度的蒸晒,一种对于能量的直截了当的索取,这乃是一种危险的阳光、压强很大的强光。如果我们设想,垂直的阳光倘不仅打在地上,而是以它垂直的角质成九十度地打中一个地上的诗人,那么这种蒸晒乃有可能使创造力无法创

---

① 昌耀:《昌耀抒情诗集》,青海人民出版社1986年版,第27页。
② 昌耀:《昌耀抒情诗集》,青海人民出版社1986年版,第7页。

造，因为它不能腾挪，他甚至都不可能产生影子，他全部的能量将寸草不生，将"沉重如恋人之咯血"，致使本身的能量全部鲜红地蒸发掉，而不会转化为产物：创造品。一个大火烧身的铁匠不能打铁，我们不能称之为铁匠。因此，鲜红比黑暗更黑暗，因为阳光的垂直状态乃隐喻了直接加诸诗人这个生存实体上的本体的威慑。这种本体的威慑，昌耀先生自己也明确地意识到了，他的《玛哈噶拉神舞》①一诗中就出现了这个词汇，正如"寸草不生""沉重如恋人之咯血"等言语已出现在《踏着蚀洞斑驳的岩原》里一样。阳光是诗人头顶的一柄达摩克利斯之剑，它可以是一种过苛的挑战。

关于阳光与诗人的这种直角对称，并不是一个空泛的寓言，这种太阳原型的垂直蒸晒，乃是一种本体和原始力量对于生存实体残酷的索取，它曾经留下了相距很近的两大悲剧：尼采称道"阳光晴朗的地方出天才"，但他因这样的阳光而发疯；凡·高直趋阿尔金色的太阳，在阳光下发疯。这些都是伟大的、古典式的悲剧，这种疯狂，是对于载有本体力量的生命的最后贡献，牺牲的是生命，在生命与太阳之间，甚至没有一首诗章可以代替、救赎。我们可以从艺术家的主导性心象中，看出他所念想的那种诗，他艺术个性所趋向的诗性。我们倘若要了解凡·高，便可以从螺旋和 S 形的笔触上看到太阳这个象征对于他的追击。同

---

① 昌耀：《玛哈噶拉神舞》，《十月》1988 年第 1 期。

样,在昌耀先生的诗里,我们也观察到了同样的螺旋状的视觉和力态,他迷恋于这线条明快的旋律,同时"疾行的蹄铁如飞掠的蝙蝠又在我身后追近……"(《听从召唤:赶路》)——这个太阳原型里演化出的追近者的形象,数度在这首长诗里出现,《车轮》里的逐日者,同时也是被阳光的驱驰追逼的人。这对于昌耀的诗是很重要的,因为他所采用的一系列方法,那些使他的创造力不被垂直蒸晒耗尽的艺术方法,都是与此息息相关,同时,从这里乃可窥见他产生创造动力的精神世界的特点。

在本节里,我需要指出,昌耀的诗不但没有被阳光撕碎,反而具有一种冷凝庄重的质感,在《家族》一诗中,他似乎也谈出了他诗作的这个特点:"这块土地 / 被造化所雕刻……我们被这土地所雕刻",他的诗歌确实可以让读者产生"雕刻"的印象。这个与阳光垂直的诗人甚至在谈到"心源有火,肉体不燃自焚"时,其语调仍具有雕刻般的寒凝庄重,带着玉石般的肃穆与宁静,而不带有那种过度蒸晒时的热狂。他并不是缺少这种热量,在《听从召唤:赶路》里,可以看到这样狂放不羁的一句:

啊啊啊啊啊啊……

这一行一共十九个"啊",带有那种天人投壶、电光闪阖的、李白式的随意性,这是不能效仿的一句,又是热量十足的一句。那种雕塑成对称于热力的恣肆,可以看作太阳原的蒸晒,造成的一次分解，它乃是诗人在阳光直射中一个必要的凭恃，这是至关重要的，他借助于此，恰如那些巨人般的石像背后依凭着一根粗糙的石础，使他可以获得余地，腾出手来，将创造能量注入到诗章中，相反，我们可以看到很多追求光热、企图在阳光中显示阳刚之美的诗章，由于过于热心地扑向炽热的核心地带，结果却像蜡一样迅即融化，在本体的威慑中震为齑粉。

白色沙漠。
白色死光。
（《回忆》）

这正是那些全无凭恃地处于垂直蒸晒中寸草不生的地域、人和诗篇的写照。我们于昌耀的诗作中既可以看到"无数双红手摇撼，黄金虎皮在山里驱驰"的"黄金虎皮"，又可以看到"如靛蓝染布一匹匹摊晒海涂。如锻锤下一串串铁屑飞迸冷却变色"的"水月"。在昌耀诗中，类似于这样的表象组合特征，是集中而触目的，以至成为不可忽视的现象。对此还可以试看《大潮流》一诗："大潮：光明之乳。如盐。如幻。/ 如日晨一派射电的银白雪……"[1]其中日晨与银白雪的对称，正如"红尘落地，/ 大漠深处纵驰一匹白马"里红尘大漠与白马纵驰的对称，使大潮和白马

---

[1] 昌耀：《大潮流》，《十月》1988年第1期。

在威慑中不是被压倒而是更富活力。如果回想一下寸草不生的岩原和白色沙漠，则更能映衬出这一点。

2

木块上的沙粒和盐粒，在火焰中迸发出五彩缤纷的光圈。可以清清楚楚地看见火苗怎样从木块上蹿起来。于是产生一种说不出是愀然还是幸福的感觉。他对每块木头都有同样的感觉。

——海明威《海流中的岛屿》

准确地说，前面我们的目的不在阐释昌耀诗歌的原义，而只是试图钩沉出一组主导心象，从这些形象的彰显中，得以观察到：在他的作品里将他的意图、体验、总体设想、切身经历升华为诗的那种驱动力，他写下句子时的方法，并尽可能由此去透视他的艺术和精神世界。昌耀的诗是渊广博大的，根本上不可能逐一地去掌握他的每一个部分，那样我们反而感到被其笼罩而不能自拔。在第一节里精微的意象细读，充其量是把握这个广博世界里的一个枢纽。他的诗作呈示到我们面前时，已经是一个成品，成品是自足自明的，它本身就在互相映射着各个局部，将各个局部互为交织地补足和充盈起来，吸收进诗的整体构思和效应之中，成品是仿佛具有自身生长能力的，是一活生灵，其意旨也不待阐释的旁骛。所以说，如果就其原义——如《金色发动机》说的是什么，《回忆》说的是什么，等等——进行说明，乃是一种机械措施对于有机体的散文重复，我们进行的主导心象的分析与其说是讲原义，不如说是借以冥搜一个入手点、一个对于他产生诗句的创造力特征、创作冲动趋向的结构性描述，它可以使我们在广博世界里获得清楚的视野，看到木块上的盐粒和沙粒，看到火苗怎样从木块上蹿起来；当然，一个清楚的视野，在昌耀诗歌的复杂广博中不免有单薄之感，但由于成品是完成得很好的，它内部有着各部分之间的汇通，所以也将把这清楚的视野纳入全体之中，成为对全体的旷观，触及五彩缤纷的光圈，达到那种愀然与幸福难于辨清的生动复杂的感觉。

在回顾那个太阳原型的直角状态时，我们可以看到"本体的威慑"对于创造能量的残酷蒸晒，它的主要危险就在于，可以将诗歌中的创造力剥夺为乌有。于是白色沙漠和寸草不生的岩原，正是这种创造力过度蒸晒的写照，我们已看出，在这个意义上，沙漠是那些灿烂的人被晒成了白昼——在这种对本体的认识引起的高度精神紧张里，人的灿烂失去了创造力，出现在尼采和凡·高那里的疯狂，乃是创造力的痉挛，灿烂在晒成沙漠时最后的、辉煌的焦虑。对于那些急于扑向灼热中心的诗人来说，这种危险就尤其在于，它可能在来不及产生一点燃烧的光焰时，就已焚化，而已经体验到，并且处于威慑核心地带的诗人，逐日和被烈日追击是同一种活动，同一种狱或同一个悲剧，这就是为什么在长诗《听候召唤：赶路》的第一节"太阳"之后就是"峡谷"，以及为什么"再生"这个原型出现在新月碧绿的第六节"爱"和第七节"水月"里，这就是太阳原型的直角夹击状态造成的峡谷和血路，不论是迁徙的部族，血崩的母亲，日底的裸尸，山狗衔去的小路，这诸般的血路都以它的勇武和奔避走离太阳的垂直蒸晒，否则"不乏的仅有焦虑。枕席是登陆的码头。"——那种凡·高式的螺旋和S形的线条，无不带有大量的原子的崩析，这在他的自画像和《葡萄园》等作品里都可以看到。他是一个坚执在阿尔的太阳下的流血的豹子，一个阳光里疯鸣的原子星团。螺旋状态的表象特征，既是触及本体时的沸腾，亦是创造力改出蒸晒时的挣扎和缠斗，其间亦包含着生命-生存实体的苦难，因为往往是那些最执着于太阳的人，其创造力的原子越是尽快地消失，这是生命的悲剧，而太阳是那个更大的命运。凡·高是一个直角蒸晒中的烈士和英雄，但他的运气之坏，至今我们已多有领略。试想假如但丁不被放逐，而他也会被吞没于巨大的旋涡，便不会有伟大的《神曲》，如果再看一看《浮士德》产生于寒冷的北方，而不是阳光晴朗的南部，这些现象其实都耐人寻味：抵达太阳原型，深入了垂直蒸晒的人们，倘能沿峡谷杀出一条血路，他的创造力才能够焕发，成黄金虎皮，成"巨人之秩诗"①，成伟大的建筑与雕刻。他才有可能将本体打入他创造力

---

① 汤因比：《历史研究》，上海人民出版社1987年版。

中的阳光塑造成型，才可能考虑：

我可有隐身术？
我可如脱衣一般抛却身后的影子？
我可否化入追逼的巉岩与追逼者合为一体？

(《听候召唤：赶路》)

实际上，我们都站立在这些劫后余生的创造力上。"我不敢懈怠……于是我就飞翔了。"——因为有时、有时和有时，我们也需逃离烈日和苦难。这并不是一种怯懦，或者说无须艰苦卓绝的劳动，这两者都是一种与创造力格格不入的性情，而只是说，一个生存实体的力量是小于生存本体的力量的，而在这种力量对比中，"由于挑战太过严厉，以致成功地回应这一挑战的可能性根本消失"[①]。

在这种太阳原型的垂直蒸晒之后，成巨人之秩诗的创造力实质上与本体的力量之间构成了一种意味深长的应答与亲和，具有一种青铜的质感和雕塑的沉凝，这些可以从昌耀先生的《两个雪山人》里看到，在这里的绿度母般的女子和豹皮武士乌发编结，束黄金带，登厚底靴，这是那些真正沐浴了直射的紫外光，而又保持了活力的永存形象。"不朽的黏土造人"[②]，这种创造力与本

---

① 昌耀：《昌耀抒情诗集》，青海人民出版社1986年版，第34页。
② 歌德：《亲和力》，湖南人民出版社1987年版，第199页。

体本原的亲和力，给人们披上了不致过度蒸晒的衣裳或乌发，这是太阳下的创造者的形象。从这里，我们可以看到，那些创造并表现着玛哈噶拉神舞的舞者，都戴着玛哈噶拉面具，在《听候召唤：赶路》的"太阳"里，那个应召而向前走的人，也有一具装饰的假面。这种面具和衣发一样，是创造力与本体威慑之间的亲和，是活下来的创造者，"那些占有马背的人，那些敬畏鱼虫的人，那些酷爱酒瓶的人，那些围着篝火群舞的，那些卵育了草原、耕作牧歌的……是我追随的偶像"① 是众神、是生者与创造者。在《慈航》的第四节《众神》里，昌耀先生写道：这种载于诗中的发现，既是一种民族的智慧和习俗，而经过一重表现，它又是一种对于创造者的省察。

伟大的歌德在《亲和力》中说："任何类别中的完美事物都会超越其原来的类别，而变成某种别的无与伦比的东西。"垂直蒸晒所极度索取和召唤的创造力也势必在自己的峡谷和血路中，走向别的无与伦比的东西。这样，在我们进一步将前此得出的主导心象及其视野，放入他诗歌世界的更广泛、更复杂和领域中去时，也将清晰地看到那些无与伦比的东西——金鼻圈的一百头雄牛，气象啃上安详的箭镞，逼食着蜥蜴的万物之灵，大自然虚构的河床，燧火的赠品，文明的胎盘，走向光辉山顶的筏子客，喜马拉雅山丛林光明的暴雨、青藏高原的形体，土伯特妻子和两个

---

① 昌耀：《这是赭黄色的土地》《乡愁》《广场上的悼者》，见《昌耀抒情诗集》，青海人民出版社1986年版。

女孩的历史，半狮半鹰的神祇……在这里，我不能一一枚举他那种驰骋的想象力所显示的纷纭意象，这种想象力本身是惊人的。总之这是一片大地，对之深沉祝福的土地，与我共命运的土地，象牙般可雕的土地——在这里，诗人昌耀是一个走向土地与牛的早起的劳动者，一个梦游着的土地测量员，这种测量饱含着对于土地崇敬和地名般的庄重。

打箭炉五十里至折多山根　五十里过折多山
至提茹　七十里
至亚竹卡
四十里至朗寨堡　四十里至八桑寨
五十里——至上八乂①

同时，这里也充满着太阳原型渗入幸存者的创造力中那种光泽和灿烂：不论它在筏子客里，呈现为"当圆月升起，我看到／一个托举着皮筏的男子／走向山巅辉煌的小屋"。还是像在《慈航》里那样显示为"是豪饮的金盏。是燃烧的水。是花堂的酥油灯"。或是在《古本尖乔》里显示为"青春之烈焰比闪光的佛焰苞远为华丽"——总之这是太阳原型与土地原型的亲和，是创造力媾和于本体威慑时的大寺，是太阳下那块呈颗粒状的泥土，是

---

① 据《自打箭炉由霍尔德革草地至察木多路程》改写，参《西藏图考》，西藏人民出版社1982年版，第123页。

枕席的枕席，码头的归宿，太阳原型与土地原型的这种对称，它滋养鼎力，吸收蒸晒，使诗章得以在劳动中雕刻。

> 从洞房出发，沿着黄河
> 我们寻找铜色河。寻找长日曲。寻找那条根。①

这也正是寻找这位寻找者的路径，而第一节和第二节里，主导心象分析和呈示创造力轨迹的故事就说完了。这一部分的骨架，说的是诗人昌耀怎样从阳光垂直击打的地方走到广阔时空之间，他是一个进入了灼热核心的诗人，又是一个劳动着的土地测量员，而这两支原型主干的形态，也是他诗作动力的主要成因。

3

> 这首歌的善是不易了解的，我看一般人难免更多地注意到它的美，很少注意到它的善。
> ——但丁《飨宴》

第一节我指出分析主导心象是为的进入一个诗人的世界，第二节继而指出，在主要心象里有着清楚的总体图景，因为"太

---

① 昌耀：《昌耀抒情诗集》，青海人民出版社1986年版，第164页。

阳"和"土地"这两个原型固然不为昌耀先生所独有，但这两个原型有他独特的程度，其间有他独特的构造：为什么在他的笔下，"土地"原型的空间感是如此之大，而"土地"的光泽感是如此之强烈？这两个问题便已向我们指出了太阳原型的直角状态与土地原型的大光感与大空间是互为构造的，倘若获得诗章的雕塑感，而不是强烈的狂热（"迷狂"），或在迷狂与造型之间铸作成品，那么土地原型的广博就是必要的构制。揭示主导心象的目的，归结在彰显它的构造上。对于诗人而言，他繁荣的想象力与成群成簇的感受，与他在长年劳动中同时形成的结构主干的意识密切相关，没有这个主干，它们就涣散无形，这就是那些盐粒和沙粒所附着的木块，火焰从这木块上蹿出。实际上，每一个诗人都有自己特定的世界，这正是那个结构主干所产生的结果，不同的构造吸收着它所特别需要的那种种感受与印象的星团，而其他的则相应地要迟钝一些，或在整个构造中的归宿是比较次要的，不构成诗歌世界中的高光部分或其中最黑暗的部分，"我们并不能看到一切，我们观看我们能够观看的东西"①。因而越成熟的诗人，他的迟钝就要随成熟的程度而递减，处于高光与黑暗之间的游移阴影在他的艺术时空里也比较少，或准确地说，是适得其位。因此，这种创造力的构造主干，也就是作用到其他角落里的。这一节我所主要讨论的，是昌耀诗歌世界里这个结构主干的

---

① H. 里德：《艺术的真谛》，辽宁人民出版社1987年版。

精神部分，而不是他的艺术部分，因为贯彻和落实在具体诗章里的种种艺术结构，本身是精神动力的产物，精神的倾斜程度，施力于一首诗的建筑，乃至于它的造语和跳行等椽檩部分，同时它也是整个诗歌世界的倾斜与威慑。真正的诗人都是在精神中产生结构奠基的，而学徒时期的诗人则从外形上、语言上去学习那些格式。但丁在《飨宴》中所说的"善"，系指这种精神，因为在中世纪语言里，美是装饰，而善是被装饰的神性。

在很大程度上，我是回到了一个古老的、简朴的论题上：风格与人格，艺术与精神。这个古老论题实质上说的是被人们看作"陈旧"的信念：诗是人写的，在终极意义上，人格-精神的质地注定了诗最后能达到的。二十世纪以来，特别是在"新批评"文论里，提出一个重要的观点，就是将诗与人、风格与人格、诗艺与精神别致地隔开的"意图的谬误"："本文通过其单字的相互作用，无须介入作者的意志而获得了确定的含义"[1]，但这个结论也没有能够对精神在创作中的动力、发生成功地排斥。换言之，它是一种静态的、不从创作活动本身来着手的诗学，它成功地在创作和理论之间割下了一条粗浅的沟，但在精神与艺术之间，这条沟就远远不是成功的。在此需要涉及的是，我们不能简单地将人格一类范畴划进艺术的外部研究中去，只是它与诗的本文联系不那么简单而已，我们从来也不能限于局部地去把握深入的东

---

[1] 比埃德利斯:《本文含义与作者的含义》。

西。尤其需要思考的是,这种划分并不能将此一般结论移植在一个具体的诗人,特定的行程上。这种观点多少带有一种离合游戏的气息,在这个游戏中,事先排列好的词句空行里溜进了填空的词,好像感觉能动后面是一种非感觉的机械排列,"对付这种胡诌的最好办法是说,在非感觉之后有感觉存在,尽管不是普通所说的感觉"①——昌耀写作第一批作品的年头已经足够暗示了它的特定性:"五十年代"。在那时:"我们失去了茅盾,失去了巴金,失去了九叶集的诗人。……我们将长久以一种遗憾和伤感的心情,记着这个断裂带的存在。"②

在那个年头,要产生一种跨时代的作品,它与其后的年代产生经验的共鸣,则首先不是一种艺术上行文的精美,而是一种思想和创造的精神力量所致,如果它没有像那种十足精美的诗作那样,吸入同代并死于同代,那么它真正的动力则是精神的质地、人格的骨头。让我们回忆一下 1957 年 7 月 30 日,那一天昌耀写下了《高车》:

从地平线渐次隆起者
是青海的高车。

---

① 利奇:《列维-斯特劳斯》,三联书店 1985 年版,第 34 页。
② 洪子诚:《当代中国文学的艺术问题》,北京大学出版社 1986 年版,第 22 页。

> 从北斗星官之侧悄然轧过者
> 是青海的高车。
>
> 而从岁月间摇撼着远去者
> 仍还是青海的高车呀。
>
> 高车的青海于我是威武的巨人。
> 青海的高车于我是巨人的轶诗。

在今天，我们可以安坐下来，品评其简赅，那种洗练的复沓与一连串仄声字构成的刚健峭硬的音韵之美，然这种艺术的品评却并不能带来巨人的感喟，艺术可以产生优美的语言，却不得不再思忖艺术又何所自、何所来呢？如果仅仅把诗看作一种语言艺术，便会失去生命的艺术，我们当然不能由于某种科学实证的诗学观点而忽略了这创造的过程，品评语言是接受了既成之物，而产生了诗歌语言的力量却更为深邃悠远，我们当然不能由于它的憧憧恍惚而满足于一种浅陋的研究，这样产生于五十年代的诗歌将地平线隆起的心象纳入辽远而长存的空间，纳入吞失了高车壮景的岁月之摇撼中，从而在许多既有和将有的做出选择的年头里，都可以重唤起这样的感喟与经验，而它并不发生在"其单字的相互作用中"，而毋宁说，他使被写下的单字互相作用。当我们记住这是在五十年代产生的诗，那时"在野地里，在沙漠中，他活着，繁殖着儿女……"[1]这种使语言产生作用的精神力量就特别鲜明了。在1984年12月22日的"删定并序"里，大约定稿比原稿要更为精纯一些，但更值得注意的是它也凸现了诗人所要强调的因素，在新增的序中，他写道：

是什么在天地河汉之间鼓动如翼乎？……是高车。是青海的高车。我看重它们。但我之难于忘情它们，更在于它们本是英雄。而英雄是不可被遗忘的。

在这里被强调的是诗歌里的精神，和写下了这首诗的精神。——在昌耀的诗歌旧作里（他的作品集中的第一批诗载于1964年，而后就是1979年的再生之作，其间空长达十五年），我们很少看到直接的生平纪事，我们仅在《车轮》里看到"曾长久地沤渍于死水的理想／该是如何狂恋于这线条明快的旋律"一句，约略地看到《回忆》里的沙漠和白色死光，而约略地看到一线回忆。但昌耀是从一种更为广阔深远的境界中来看待生存苦难的，他将之升华和深化为一种本体的悲哀，他更多的不是把生存的艰辛作为描写对象，而是作为他创造能力的如火心源。也正是在这里，他没有遗忘生存者的艰辛，而是像他没有遗忘英雄般的高车一样，把它作为自己精神构成的搏战力量，这种力量则始终渗透在他的作品中，我

---

[1] 流沙河：《草木篇·仙人掌》，见《重放的鲜花》，上海文艺出版社1979年版，第254页。

们可以看到这种力度：在划呀划呀的船工那里，在雪和土伯特妻子那里，在赤岭之敖包，在裸陈于高檐的陶罐里。——已经对象化的艰辛和苦难，我们不能称之为苦难，最艰辛的是在于它就是我们的力量，我这个主体，当我走到哪里，我的身上就带着这种血浆。从这里，我们才能久久回味着"我必庄重，我之愀然是为心作"[1]这句诗，才能更深地领会"注定痛苦／爱的撞击／碎裂的火星堕入无穷的坠失／如殒命的飞鸽"（《听候召唤：赶路》）何以恰恰出现在这首诗的第六节"爱"里，"如一条河、一次流血、一棵树"，当"我"再生它也再生，这样的大爱与爱之愀然。

当我们试图研究昌耀诗歌的艺术时，便不可能回避这庄语是为心作的事实，在本节开始，我曾经指出在诗与人上的两种不同诗学观点，并对二十世纪的那种观点予以驳论，目的也正是要引出对昌耀诗作世界的这种确认。同时，它作为一个中介，有助于使人们看到：昌耀的诗作不是那种艺术价值大于精神价值的、带有唯美倾向的纯诗，而是一种精神价值大于艺术价值的作品，而大作品和大手笔也概出于这样的作品里。读昌耀的《听候召唤：赶路》，我们可以看到分为七节的这首长诗在构造上甚至可以说是他精神世界的构造，在这样一个缩影里，他的诗诗化的乃是精神本身，不论它是一种写诗意识的精神还是一种生存精神，它给予我们的不仅是一种诗，而且是一种精神哲学。在第七节"水月"里摘自首章的"太阳说：来，朝前走"出现于"水月"题

---

[1] 昌耀：《庄语》，《十月》1988年第1期。

词的位置上,则分明是暗示着这首长诗的各个部分都隶属于同一个完整的精神构造。这部"金色发动机",即可以使我们触及那源于精神的创造诗章的兴发感动:诗人所采取的艺术方法是蕴于这份兴发感动的,而唯触及这兴发感动,才能触及方法、技艺等,——它同时又是那种精神属性本身。不论在玉门、在广场、在京华地铁、在巴颜喀拉,还是在江南、在赤岭,在西关桥与南川河,在格尔木及各姿各雅山北麓的卡日曲:铜色河——这个精神都被不断地诗化着,以至于它既是一个人的漫游,也是这种精神的漫游,它当然含有着诗人亲历的"自道",但它又不是一种自传式的自我表现,它是一种关于这片土地上生命力的精神哲学。同样,这也不只是昌耀艺术个性的一种特殊的解决之道,而且,那些作为时代之因子,民族之诗人的大诗人,也都具有这个共同特征:它首先和主要诗化的是一个主导精神。在这样的诗里,诗人是一个命运假道于我的义人:"你是我宇宙的蕴涵,我是你外具的介壳。"——这种美,这种艺术是不能区分它到底是事物本身的一种属性,还是只存在于观照事物者的心灵里的。大诗人使那些产生于人类集体之手的质地经过他的道路,他的诗亦含有这种质地,这个精神质地是他艺术的动源。如果说他也具有高超诗艺的话,那么这不是艺术规则,而是为他精神创造力所再生的诗艺。这个身影确乎像诗人于《黄海二首》里所说的:"我是旋动的球体上一个银灰色的乳状突起。"①

---

① 昌耀:《昌耀抒情诗集》,青海人民出版社1986年版,第171页。

注视昌耀的诗歌世界,似乎我们很难将它与原型分解开来,这正是在试图将感到并意会了的东西言述时的困难。在本节行将结束之际,我愿意借用一段话来描述这个艺术家和劳动者,这个含有着英雄悲剧与乡愁悲剧的精神:

就我自己来说,没有艺术,我便无法生活。但我从没有把它置于一切之上。从另一方面来看,如果说我需要它,那是因为我无法把艺术跟我的同胞分开,是它允许我这样一个人跟我的同胞生活在同一水平上。它是一种方法,向同胞们提供一幅共有的苦乐画面,因而得以激励大多数的人。它驱使艺术家无法自外于同胞;它使他服膺最卑微和最普遍的真理与事实。那因自觉到与众不同,而选择了艺术为其终身职责的人,不久就会明白,除非他承认自己与人无别,他便不但不能保持他的艺术,而且不能保持他与人的不同。[1]

4

一架吐蕃文书。两个雪山人背影。

——昌耀

---

[1] 加缪:《受奖辞》,见《诺贝尔文学奖全集》第34卷,远景出版事业公司1981年版。

当我们从主导心象的分析而经精神世界的阐扬,至于本节,一个阐释线索便受到了最后一项考验,这就是说那种诗歌世界里的结构主干的制约力量,是否是只适用于心象和精神阐释的,而对艺术和语言手段则不能适宜?心象分析彰显的构造,精神心源对于艺术方法和语言落成,是否有着内在的关系?我们到底能够推进多远?鉴于昌耀先生的诗歌世界的有机和生力,我当然也必须有机地阐述心象构造与精神构造在他艺术方法上的、语言取向上的汇通。

在昌耀诗歌呈现给人们的事实里,他诗作的语言里那种古语特征是有口皆碑的,诗人马丽华认为:"昌耀的诗,我最推崇,我认为它是古典与现代结合得最好的诗,且更富青藏高原的雄浑苍茫与刚劲。"诗人之感整体不差,删繁就简,撮楚赅要,似乎我已没有太多的余地加以发挥了,所剩下的只有一项探微:这种古语特征何以是昌耀的诗所需要的?它是否又为昌耀诗歌的结构主干所必须着?以及他的精神诗化是否唯此种语言落成方最具力度?这是否是一种最佳选择?它于诗是否是一种最佳状态?——总之,这五个设问的归指是同一的:明其然并探其所以然——语言与精神的内在关系。——比较1964年以前的诗作与1979年以后的诗作,古语特征在昌耀先生的作品里得到了一再地发展:其运用规模越来越大。由是促使我视为一种有意味的形式,实质上,一种特殊的形式因素的引入,本身意味着精神上的一次层进,是诗歌构造总体上的需要,而不是一种装饰。——整个中国新诗运动史上,一再地出现向古典诗歌学习的现象,又往往具体表现为重建新诗格律体的趋向,徐志摩、闻一多、何其芳、戴望舒,这些名字至少我们都可以记得。对于古典诗歌、古典语言的吸收,至少也形成了一条触目的线索。

我得出的结论曾经是"在吸收古典语言上,昌耀先生是这一脉络上最为成功的一位诗人",而在长考之后,这个结论被推翻了,如果把新的结论说得极端一些,我认为,他的古语特征和新诗史上的这条脉络并不相干,他是另辟一径的,或者说如果他果然是在那条思路上继续前行,得到的只能是一场惨败,迄今为止,所有认认真真地牢握着古典语言字法和从字面上理解的诗人都失败了,迄今有诸般的年轻人仍然如此操持。实际上闻一多先生当初的一句话"戴着脚镣跳舞"也已说出这条思路的失败,而比闻一多更差一些的诗人,到其晚年也完全地从新诗诗人蜕变为旧诗诗人。戴望舒似乎对此是有所省察的,他在追求诗歌的音乐性时曾一度引鉴了古典诗歌,如《雨巷》,这首诗流传至今却不是因了其中古格律的倾向,毋宁说他得到了音乐性,而这比古典诗的音律是一个更大的范畴,之后,他的另一首《雨巷》之后的代表作《述怀》却是极度散文化的,其警识就表现在这种脱离上。

对于历史上的公案不需纠缠过长,在昌耀先生的诗集里,1956年的《鹰·雪·牧人》是令人想到唐诗里"大雪满弓刀"一句的,然整体诗里,这是仅存的一例,似乎他有意无意地离开了这种尝试，失败与成功的差别，似乎就取决于这种远离，"死去的诗人／你是房舍或木椅／真正的诗人端坐顷刻／又要远往他乡"①。

对待古典语言，我以为有一种物质的看待，也有一种精神的看待，前者是字面上的，将古语视为一个词法和文法上完整的系统，趋近于它，而后者，则是远离于其系统性，肢解和拆散这座七宝楼台的，这种看待所重的就是这种"不成片段"，因为那个整体是存在于诗人自己的精神本位里的。细读并长考昌耀先生的诗作，显豁的一点是他的诗作是白话文自由诗体的语言构造，他在诗中给人的那种古语特征的印象，只要足够地注意去看，便会发现另一个同样显豁的事实是：他使用的是古典语言系统里的词汇：字或单词，而从字到词法和语法，以及在古典诗歌语言里的规则所构成的严密系统，则已肢解、扬弃或砸碎。如果说这也是对古典语言的吸收，那就远远是过于宽泛，不严格亦不成立的，单指词和字而言，则又有哪一个字不是象形的、中国的而无论古今的？

我们可以进一步考察一下，所谓古语在昌耀诗歌里所直截了当和主导性地起到的作用：它的功能。对古典的吸收和继承是一个过于迂阔的说法，而迂阔的说法，我们不能称之为好说法。我以三个步骤来表述这个好说法。

---

① 黄灿然：《某种预兆·倾诉》。

其一,昌耀大量使用险僻陌生的词汇,其作用在于使整个语流或语境中产生一种不断挑亮人们眼睛的奇突功能,给人以层峦跌宕的新颖之感,这不能称之为对古语词的迷醉,相反,他所需要的艺术效果却是首要的,当眼睛为这些险字、僻字所挑亮时,我们不由得会洞见那种太阳原型施之于土地原型时,那种原子放射和颗粒状的闪光,当这种语言运用落成了诸般形象时,我们也可以看到那处于垂直蒸晒中,遍布在土地诸般形象里的精神力态,这些语词所构成的高光部分,正是这种精神力量获得表现所需要的,它是隶属于精神本相的特定的表象。而且这样的词汇里也包括大量现代的、科学的、抽象的语词,如"紫外光",如"直升机",如"热病",如"晚期肺气肿"。这种采纳与其说是古语的继承和吸收,倒不如说是直源于诗人自己的精神与艺术需要。反之,如果这种采纳不能起到上述功能作用,便弃之不取,请看这首诗:

劳动者
无梦的睡眠是美好的。
富有好梦的劳动者的睡眠不亦同样美好?

但从睡眠中醒来了的劳动者自己更美好。

走向土地与牛的那个早起的劳动者更美好。①

其二,我们必须考虑到 image 这个词的语义,它可以译作意象,也可译作语象。进一步可以分解为"语"和"象"这两个意义单位,也就是说,语言符号与它所指称的物体、实存的形象之间有着名与实的、固有的、天然的关系,例如"卡日曲"这个符号与铜色河这个象的关系。二十世纪现代语言学的观点是:这个符号之所以可以有其含义,并不取决于语与象、名与实的这种对应,也就是说,它并不因为那里有一棵树的形象,而用"树"这个符号去称呼它,语言符号的确指含义是因为有其他语符的存在,在这一系列符号的差异、共同存在而比较出来,获得其意义的,一个词之所以有意义是因为有其他词。这个观点是有启发和有发现的,其意义不容低估,但必须谨慎而不能硬套的是,这个观点产生于使用拼音文字的文化圈里,而汉语是一种象形文字,语与象的这种名实对应,仍然是有相当牢固的依据的——从这里,如果说起一个物件,一个物象,便必然要用这个词,只要它是这个东西,便无论这个词古或不古。更进一步地说,汉字不仅有意,有言,有声,而且有象,它是一个形声言意都发生作用的集合体,那么这种象形,在汉诗里也就当然要发挥它的视觉效果上的功用。而越成熟的汉诗诗人,在发挥字形视象上的能力也

---

① 昌耀:《昌耀抒情诗集》,青海人民出版社 1986 年版,第 12 页。

就越高，从而越加远离单纯表意的语言，使形声言意四个因素得以调动，例如在《寻找黄河正源卡日曲：铜色河》[①]一诗里昌耀写道：

铜色河边有美如铜色的肃穆

就是运用了"卡日曲—铜色河"中的铜色这种视觉效果。由于汉诗在文字的象形因素上的开掘历史久远，所以，在运用字形视象上已经形成了一种文化积淀，从而使文字词汇自身也拥有着特殊的表现力和蕴含，往往构成美文中不可忽视的因素，扩大诗的含义、暗示，具有特殊的光泽，我们在这首诗里可以看到这样一条注："各雅各姿：山名。藏语原义为雄壮美丽的山。"这条注恰恰也就表现了昌耀对于语言形声言意因素中文化积淀的那种美文成分的注意。关于这一点，袁行霈教授在《中国诗歌艺术研究》中说：

中国古典诗歌的语言，经过无数诗人的提炼、加工和创造拥有众多的诗意盎然的词语。这些词语除了原来的意义外，还带着使之诗化的各种感情和韵味。这种种感情和韵味，我称之为情韵义。词语的情韵是由于这些词语在

[①] 昌耀：《昌耀抒情诗集》，青海人民出版社1986年版，第163页。

诗中多次运用而附着上去的……一见到这类词语，就会联想起一连串有关的诗句。这些诗句连同它们各自的感情和韵味一起浮现出来，使词语的意义变得丰富起来。①

进行讨论至此，我又必须回到这样一个问题上去，接受文化积淀下来的美文因素，在这种过程里，必须注意到在本节开头所说的对古语的两种不同态度，即物质地看待的态度和精神地看待的态度，因为接受和吸收词语中的文化积淀，乃有可能将诗人重又吸入到古典语言系统中去，并为那个具有几千年历史的、博大精深的系统所拘泥。这种现象听起来不可思议，但翻开新诗刊物一看，却比比皆是。尤其我们需要注意的是古典语言经过古代文人诗人的陶冶，形成了一种文人传统的文字，这个文字被充分地玩味和摆弄过，带有着诸多的文人气息，为文字所谈的中国人也不知有多少，实际上，鲁迅先生的《孔乙己》里的那种酸腐气不仅存在于这个人物身上，而且也渗透于文字本身。所以在五四新文化运动中，诸般激烈的言论，都极力讽刺旧文字、旧文体，而实质上，阐扬的是对于文字、语言的精神看待的态度。这是另一篇文章，而在此，我们需特别注意到昌耀先生对文字、语言的精神看待，他在《两个雪山人》里写道"一架吐蕃文书／两个雪山人背影"，由此使我们看到了"富具青藏高原的雄浑苍莽

---

① 袁行霈：《中国诗歌艺术研究》，北京大学出版社1987年版，第9页。

与刚劲",他的语言取法于青藏高原的异域诸象,取法于大自然土地原型,取法于烈日蒸晒下他的心灵,这些成分要远远地大过于文人传统的气息,从这个根本上说,他的古语特征其实是更远离于古典文字的,在根性上是"一架吐蕃文书",这是他用古词而破系统的精神看待所决定的,他的语言是本土的,而绝不是文人的,我认为这里既含有地域色彩又大于地域色彩。看他的《去格尔木之路》那种清新活泼对文人气息的荡涤何其痛快,何其甘美:

火车从沙海的长桥长驰而去。
路是新的,鸽子在我的卧铺下咕噜噜唤着。
旅客们总是关切地问询:"她下蛋了吗?"①

在进一步阐述这个问题之前,我先将语言问题的第三个层次说完:昌耀的诗作之运用古语,那种源于他诗歌精神的直接着手点,与他精神与主干构造相适应的方法是,他把语言作为雕塑造型的手段。

此前我们曾阐释了他的主导心象:太阳原型和土地原型,二者由直角蒸晒状态及空间时间的广大跨度形成他吸附诸种感触的结构主干,通过这两根主轴展现其悲剧的、英雄的精神世界。因

---

① 昌耀:《昌耀抒情诗集》,青海人民出版社1986年版,第167页。

此这种核心状态里的精神，如前所述，可能将由于蒸晒（接近本体时所受到的命运对生命的威慑）而崩析为迷乱的原子，而不能构成为基础为原型、不成规模；并且广布于土地上的众生、诸神与万象，由于各居其位，互无关联，也可能由于本身的涣散而不能成为一个谱系，一个总观，一块面积，也就是说它可能只是一片独自闪烁的光点，停留在粗糙感性的层次里。因而，也就不成为一个诗歌世界。我们可以看到美国大诗人庞德，实际上就沦丧于这种命运的境地里，他的诗章，除去《比萨诗章》较为完整之外，其余的都处于光点涣漫的状态里。庞德是美国诗歌里的一个开矿者，庞德的诗章是那矿里没有成形的粗糙滚石，似乎有待于米开朗琪罗的大手来将之完成，因此，庞德曾说："但丁写下的是神曲，我写下的是《迷曲》。"——撮要而言，昌耀的诗歌也不是不面临着这两种失败。这样，在语言上，他运用古语就不是没有深层动力的了。他直接将古奥物象与古词吸入他生息博荡的自由诗文体之中，不断地形成金石般的兔起鹘落。奇突的质感，使这些拨亮人们眼睛的言语将诗行的锐感一再锤打，锻为构造上的高光部分，在音乐性上，这种言语颗粒的金石将节奏切割为急促、峭刻、声沉响厚的单位，使随意性很强的，哦赫长呼的自由体喟叹与太息变得铿锵，这当然又不是一种缺少前后呼应的孤立手段，它与《听候召唤：赶路》里"黄金虎皮"一节中"啊，雄性攻击！啊，利器！啊，锐角……"这样的以词为单位的短句式及大幅度的闪跳综合，与发掘新意象和调度形声言意的深层综合起来，——而细致看进去，他的古语特征，实是得自于这样独特的综合语群，而不是沿用。——在这些过程中，我们总可以在尘雾式、野驰式的舒展跌宕中，看到金石矗立的质感，这是一个浓缩的、凝聚的取向，而不是稀释的、涣散的取向，其文有姿，是为雕塑感，使他的诗歌世界成功成为一个坚实的整体。

对于这种阐释，我尤要指出，我们进行阐释的走向，可能仍然与创作的走向是相反的，虽然我尽力从心象的生动描绘和精神引起语言发生的有机脉络上进行阐释，并注入一种美文的努力，但阐释仍是阐释，也就是说我们是从分析开始，并把握诗作中的痕迹而达臻成品的浑然，这是一个从"有"到"无"的过程。因此，在我描述语言运用到雕塑造型的生姿盎然的整体时，应指出，对应在昌耀先生那一极、创造的那一极，这种运用是直捷的、本能的、灵感吹息的。在昌耀的诗集里，我们还可以看到他的"十年繁养、十年生聚"的过程：他早期诗作大部分都有着从初稿到删定、誊正、重写的劳动过程，一些重要的组诗或长诗的写作也往往是逾月或逾年的，而从直觉、本能、灵感的境地，到成品再重现为初始的浑然，这里有着劳动的生聚。我们终会对诗歌产生这样的体会：诗作本身的成就，得自于写作这诗的创造能力，一系列作品的最大意义也许就不在于它们为这种创造能力的养蕴作了外具的介壳，诗人其实都在成功之中经历了唯有自己知道的失败，这是他为创造力所做的牺牲。

这就是为什么我要不惮详尽地去阐释诗歌成品的部分，从这些重新观察的局部里,如果能得以烛见那创造力,这就是阐释的目的。

你,旅行者
沿途立起凿刀
以无名雕塑家西部导报的爱火
——照亮摩崖被你重铸造的神祇。
在荒城之夜你又精心喂养自己的篝灯了。

(《听候召唤:赶路》)

5

木刻者用疏密的线条,表出那原画来

——鲁迅

在第四节里,孑遗了一个问题,也就是当我们重观昌耀先生对语言的精神看待时,我们引论了"一架吐蕃文书"后面的本土精神,一种与传统文人的文化精神相反的精神。在此我们重回昌耀诗歌精神的申扬上来。

在1985年繁荣的文化讨论里,对于传统文化的批判引发了东西文化冲撞说。此后的另一种界分从历史上区分了传统文化形态与现代文化形态,这是重建儒文化说、东西文化说之后的又一重有益的界分。然意犹未尽的是，这些界分更多的是将本土精神与儒、与东方、与传统划为一类，而本土精神与儒的、传统的、文人的文化则具有完全不同的蕴涵。这个问题其实并没有被足够地正视，例如在小说中的"寻根文学"和诗中的史诗意图，都遇到了倒退复古和迷恋传统的指责。这种指责将历史与传统、与过去混淆了，范畴的混淆也就是内涵的混淆。——我们也许并不是在主要地涉及文化论争，而是在阐释文学，具体地说，就是昌耀的诗。然这种撇清问题似乎无法真正地将问题撇清：因为一个大诗人自然要在本文化中据有他的位置，他既是时代的因素又是某种文化氛围的总结，其实每一个诗人又何尝不是如此？只是程度的深浅不同，且这种深浅又并不是一成不变的。诗人可以是商品社会里最渺小的商品。① 因为他说的是心声，正是这个心声或迟或早总要触及那个氛围。在初步阐扬之后，继来的阐扬便会面对着昌耀的吐蕃文书和两个雪山人，当诗歌中那些贴近地面本土的形象出现时，未见得不会有人将之视为半蛇半人的怪物，因为确实在神话里，生长于土地的"最初的人是半蛇状的；他像植

---

① 特里·伊格尔顿:《二十世纪西方文学理论》，陕西师范大学出版社 1986 年版，第 25 页。译者伍晓明的译文为："艺术像任何其他东西一样正在变成商品，而浪漫主义艺术家不过是一个渺小的商品生产者；尽管他夸张地自称为人类的'代表'，自称在为民族的声音发言并且表达永恒的真理，但在一个并不愿意付给予负言者较高工资的社会里，他却日益生存于社会的边缘。"

物那样从地面生长出来"①。昌耀在一首诗里写过"我们身披蟒纹服"②——他的诗歌世界,要么得以领略,要么却被混淆。这样便形成了在这个范围内来阐释他本土精神的必要之势。

文化经常有两种含义在互为混淆,一个是生命所获得的精神觉醒,它使一个血群振奋而起,成为有风格的种族,而所谓文化的危机和迎受挑战,则是由于跃动在某种文化里的精神活火凝固为物、为格式、为教条,习语所说的"根性"意义上的文化,是指这个层面:精神活火、觉醒精神。而另一种含义上的"文化"是指地域性的习俗、知识或那种"学而时习之"的东西,它是这个觉醒精神的外壳或凝结物,例如教育和教化是对于觉醒精神的残迹,它的"有"所进行的集团式训练和模仿。教育也是一种仪式,只不过它是一种文明的仪式,一次逻辑的割礼,此门必要之恶。——这里就可以说生命及生命历程是更为基本的,它的活动是为文化。也许正是在这个范围内,我们可以提出这个吊诡的问题:生命与文化哪一个更基本?这个问题的基础理论,那种本体的探讨是另一个更广阔范围内的事情,只这里所最为直接的引申而言,儒文化是生命活动的一条途径,这也就意味着那种将文化是精神和生命之因的"文化决定论"倒一个次序,文化之死并不注定生命之死,否则就将文化与生命这种命运的、人文的东西变成了逻辑的、自然遗传的东西。

---

① 利奇:《列维-斯特劳斯》,三联书店1985年版,第75页。
② 昌耀:《立在河流》,《十月》1988年第1期。

所以，从这里我们可以看到昌耀诗歌里的本土精神，这是一种对于本土生命的关注，这就是他那种"古语特征"其实是远离传统文化和古典文人传统文字的内因所在，发生于昌耀诗作里的现象，不能以儒文化重建论的那种兼具复古与文士派头的构架来容纳和阐释，也不是东方文化与西方文化对撞的格局来理解，如果说这是传统文化形态为现代文化所批判，那么便不能简单地将本土生命这个复杂的存在归入传统（这种归入的逻辑是传统文化的持有者、统治者的文化已将被统治者奴化，因而奴隶是要归入传统的），而必须在本土生命与传统文化之间加以区分，由此我们乃可以辨识出《两个雪山人》里那个似曾相识的豹皮武士和青铜之思的绿度母，以及那个心灵震动的旧臣不可以用过去时态来读解，而在于它们是蕴有创造力的本土生命。而对于这种生命的关注，则只要仍然生存在薄薄地壳的生物圈内就必要猜测，迄今它仍然是一个谜，一个伟大隐喻，一个本体，世世代代的人们用他们的斧子斫伐了诸般的语言碎片，我们正站立其上，哲学以冥思斫伐着本体，科学以数字斫伐着本体，诗歌以其创造力斫伐着本体，行动以其非理性的沸腾斫伐着本体，所有这一切都是生命的象征，这个生命比我们曾以为的要渊广得多。而"道"则是一种思辨的斫伐，其结果可能是当我们迫近其地已是空气稀薄，"道"这个稀薄的膜介，已经是足以使迫近者分不清它究竟是思辨还是"非常道"的那个东西了。——这就是大和尚的悲剧，而其他的斫伐者亦有各自的悲剧，诗歌在本质上是悲剧精神的，然而悲剧的主人公们仍然奋力运斤，划呀，划呀，父亲们！昌耀在自己的诗中写下了那个威慑本体的主要化身：

在善恶的角力中
爱的繁衍与生殖
比死亡的戕残更古老
更勇武百倍。①

在昌耀的诗作里，我感觉到他确实具有那种古典的元素，这种感觉我相信是相当显著的，因而它不是抽象的而是具体可感的。在长考中我时常产生这样的印象：他的诗是相当直截了当的，一块一块的形象和大原型在构造上是粗放地堆垒在那里的，使我清楚地看到它的图形是青藏高原上那插挂着旗幡和随便一件随生之物的垒石堆，从构造上它是那种垒石艺术，这是一种适于旷野的诗歌构造。似乎从其中拿下一块石头不觉得它会崩坍，然它的雕塑感又使得不能去拿之感很强烈，似乎过路的人们在上面又可以加上石头，正如我在此进行着阐释著作时，也就是那个过路人持石走向那里，但你要摆好。这样的诗在方法上该怎么去说它呢？它是兼具着随意性与雕刻质地的诗，这种美学上的说法似乎在更为古典的言论里才能找到，这就是"摹仿"。

---

① 昌耀：《昌耀抒情诗集》，青海人民出版社1986年版，第30页。

也许乘坐现代电梯的人对这两个字会哑然失笑，然而这个古老的词汇也许离那个伟大隐喻要比我们都近一些，那个年代的艺术家做的是一种痛快、直截的糙活儿，他开矿、他伐木檀檀、他做一只大瓷碗，这些于他都是神圣的，虽然他也恐惧，他也吭唷吭唷，他也可能水平低下，但那股生命寄存在他体内的创造力，却是以我们想象不到的质朴施注的，他的力气放在哪里就真的全都放在那儿了。而我们在日子上可能不那么苦了，我们的创造力的举动却可能要苦得多，在我们与伟大隐喻之间有长长的路，这段距离乃使命运加于其间。请看那些富于天才的浪漫主义诗人是多么地短命，"这是一个长长的名单……哦，王子们，当我想起你们的宿命，常不禁双泪长流"[①]。这也是那个年代的艺术家所不曾遇见的，起码，我们不能想当然地将他嘲笑。在"摹仿"这个朴实的字眼里，蕴含和堆垒了那么多神采奕奕的成分：迷狂、神的吹息、灵感、火光、理式和盾状的大海。这里具有随意性和雕塑感的重要成分。

然而，在昌耀的诗里，也有着人们所说的"现代性"。然而我又必须在这里重提第四节里引出的观点："诗本身的成就，得自于写作这诗的创造能力，一系列作品的最大意义也许就在于它们为这种创造能力作了外具的介壳……这是他为创造力所做的牺牲。"那么，仅有牺牲是不够的，也就是说这种创造力本身也就

---

① 海子：《诗学：一份提纲》未刊稿。

成为彰显的一部分,这种创造力本身也应得以诗化,否则那个塑造就是不完美的造型,当关注生命和整体生命这个威慑的本体,并将生命和本体彰显出来的创造力,也正是最值得诗化的,这种主体的巨匠式劳动之力,莫不是诗中的诗?它不就是诗作的家乡吗?在这首诗和那首诗,在诗之中的空白里,在字里行间,它没有休息,它就是那要表出的原画,它就是雕塑所在的大寺,是巨作《创世记》所依的西斯廷穹顶,是敦煌,是米开朗琪罗四年的劳动使他双眼不能平视、肢体变形,你看那"创造亚当"的图景里,上帝伸向亚当的手指,以及亚当懒洋洋的身体中那英武的潜能,那是什么呵?不就是它吗?甚至那古人所说的言外之意、象外之象,为什么就不说到这上呢?从这里我看到昌耀的《听候召唤:赶路》和《创造力》,我是把它当作诗化创造力的诗来看的:

太阳说:我召唤你。
而你的第一声回答懒洋洋、漫不经心。
此后你听清了那个诱惑的词,于是……
你一扫全部怠倦而有了用之不竭的飞扬神采。

(《听候召唤:赶路》)

我想,这种感触也许不是虚妄的吧:上帝最好的创作品是他在头天里的劳动,第六天他所精选的亚当和夏娃以及他们在人间所生养的千千万万个亚当夏娃也是他最好的创作品,而他们会死,那神一定有着莫大的痛苦……而谁创造了神?——我听说的"现代性"指的是这样一点:古典的作品给我们看的是成品,而现代的作品则将塑造成品的创造力也给我们看,古典的伟大诗歌、伟大戏剧和伟大音乐是笼罩性的,而现代的巨型制作则把创造时的状态本身也彰显在诗和其他艺术里,使我们看到创造力自身的矿苗。——如果试图从教本上所说的什么时空倒错、交叉、反语等等去寻找现代性,那就错了,那是规则、是技术,而并没有看到现代性在创造层面上的表现。

6

真正的艺术家是不轻视任何东西的。

——加缪

昌耀诗歌的主要问题经过五节描绘,已尽我所能,倘有新的发现,当是其他无私地运用自己判断力的人们所为,倘有新的发展,则是昌耀先生自己的努力。我认为,昌耀的诗歌,于我们的年代,于我国的新诗乃是一份中国诗人英雄和悲剧诗歌的证言。这在《听候召唤:赶路》里已明确地写下。我认为昌耀的特点,是他不止于仅仅就事论事地膜拜自己的苦难,而是一位将经历转化为创造力的诗人,他并不是个人主义地舔舐自己的伤口,同样他也不只是膜拜英雄主义而不将自身置于其间,他也不是炫耀这悲剧,如果这样,则一位诗人便只是陶醉于悲剧所带来的快感,而不是与造化了诗人的土地共命运,当一个诗人陶醉于悲剧的快感时,命运便成为可炫耀的资本。昌耀没有局限于一事一物本身,从而我们阅读他的作品,往往感到也必须在一个与他相应的高度上去领略他的创造品,高车的英雄气质,以及被烈日蒸晒下的悲剧,都作为一个精神振奋的过程,而这是源于生命的创造力的焕发,培养与壮大,使作品从原初的触发点塑造为一件成品,"艺术是源于内在心境力和内在精神力的、活泼的运动;我们将之称为振奋。所有从艰难或微弱中萌生出来并成长为强劲、高大的东西,都是通过振奋才长大的。"①——这种精神的振奋,并不是使什么对象成为高大全的,而是所有艺术所应具备的,诗人得以从此超出对自我的膜拜。同时在这个扩大自我而与本体发生接触的过程中,也会产生另一种超越的"自失",即以至大无外的永恒本体来吞没个人人生,"超越要求发端于人对无意义的反抗,但自失说只是断定表面看来无意义的宇宙秩序具有某种神圣的目的性,而对此目的或意义本身的内容却无所说"②。——因而在昌耀诗歌中,我们可以看到《听候召唤:赶路》中出现了赶

---

① 谢林:《论造型艺术与自然的关系》,见《美术译丛》,1987年第3期,第64页。
② 陈维纲:《马丁·布伯和〈我与你〉》,见《我与你》,三联书店1986年版,第10~11页。

路者自身的形象（见第四节"络腮胡须"），便不是无足轻重的了，它意味着这种超越不是"自失"的，而是个体生命积极投入其间的，它既不是自我迷恋的，又是一种有人的振奋。这一点在昌耀诗作中必须加以识别，因为任何趋于本体的超越努力，都带有宗教的气质，然也容易沦为一种教会式的偶像崇拜，因为它使生命个体自失，变成一个只是"它、它、还是它"的世界，这正是取消了生命活动造成的。这样，我们看到，在昌耀诗歌中赶路者的自身形象，就特别有着意义了，这乃使得他的诗具有威慑的"它"，也有着赶路的"我"，在广大的土地原型与太阳原型中，赶路者自身的活动也得到了肯定，在庄重肃穆的雕塑中，也有着创造力自身的呈现，它有着活力，而不沦为自我迷恋，它有着庄重，而不是膜拜，它为烈日蒸晒，而冲决血路，它讴歌广大土地，而与之息息相通，我们乃可以由此解释昌耀的语言为庄语，有雕刻感，并振奋而不沉迷，它将游走于土地的炽烈转化为阳光下的造型："美的愉快是热情的、被动的、遍布的，崇高的愉快是冷静的、威慑的、尖锐的。"[①]——我们可以看到语言将炽烈的本体领略落成为冷静的，这是语言上的一种成功，然不是一个冷冰冰的落成，一个失去了遍布与热烈的世界，同时也洗去了文人式的中庸之道而保持了生机益然的动态。

[①] 桑塔耶那：《美感》，中国社会科学出版社1985年版。

但你听：空山男女的足音杂沓而来。

青春之烈焰比闪光的佛焰苞远为华丽。①

在这种于对抗中超越并造型的诗歌中，我们可以看到昌耀诗歌世界里英雄和悲剧色彩的独特之处，在这里，我们可以看到诗歌发展的精神动力怎样逐步驱策着语言赶路。

在阅读并阐释昌耀诗歌的过程中，我本之于他的作品所进行的申说，是我之心作，然而这个世界上用心的人亦不少，这就是说，如果昌耀的诗歌引起应有的重视，也就会引起不同的心作和意见；换言之，今后围绕这个问题将出现另外的诗学观照。我们亦必然要对近十年来人们所采用的批评和理论尺度进行一番考察，由于我们又不能仅仅将这十年来的诗歌观点做孤立的观察，所以这也涉及中国新诗运动总的线索：我认为七十年诗歌应作一体现。这也就意味着：建设中国新诗诗学的一些原则；昌耀诗歌，以及与他的诗作在大的方面有共同取向的诗群——近年来人们称之为西部诗歌——在我国诗歌中的价值，以及它对诗歌发展的意义。

这也就是说，《西藏文学》举办"太阳城诗会"，难道只是具有"西部"范围内的意义吗？如果，在它所推出的诗作里，有着更大的蕴含，它便不单是为"西部"诗歌张目，而且应当在中

---

① 见《十月》1988年第1期。

国新诗的范围内加以考虑。而目前这种考虑还是带有视域性盲点的，对于"西部诗歌"还缺少足够的研究，或者说，只在"西部"的意义上去看待它。这本身就是一种原则上的迷茫，甚至把"西部诗歌"当作特殊风采的一支这样的修补也无济于事，因为"西部诗歌"的诗歌创作和诗歌意识的取向，若发轫出来，将是有普遍意义的，它不唯不应限于只是西部的，而且应当是中国新诗建设中一项共同的考虑。

影响着中国新诗发展的一点，其实是相当简明的，这就是中国新诗和运动是连在一起的，这就是人们常说"中国新诗运动"的意思。翻开1919年前后中国新诗诞生之际的史料一看，新诗的作品不能说达到了很高的艺术水准，它还缺乏自己的成品和特征。然而新诗却不是以出现了一些艺术特征和诗歌意识较为成熟的作品那段时期，如三四十年代为开端的，而恰恰是从缺少自己质量的那批作品一开始出现就成立了的。那么，这就是说，不是新诗使自己成为开端，而是由于它隶属于白话文运动而成为伟大的开端。也就是说，新诗由一个伟大的文化运动（也是救亡运动）作为标志而立极。在这里"新诗"是定语、次要成分，而"运动"是主语、主要成分。这正是中国新诗的特殊构造。在这里，这个特殊构造更详尽的具体、特殊性还不能在本文里展开。我们只能指出三点来明其特殊之处：一是新诗确立自身形态时，面临着古典文美学传统和国际诗歌的影响和较量，横向移植和批判的继承在新诗中始终是重大的作用力，表现之一便是多次对欧化问题和向古诗、民歌学习的问题进行局部争论。陈梦家在《新月诗集·序》里说:"新诗一方面在古典文美学传统之水上行舟,一方面在国外诗歌大洋来风上鼓帆。"——这一句话在新诗七十年来一直是说明问题的,它构成了新诗发展及史观的主要图景。二是新诗的歌诗为世而作、时而发的特征。这一点是相当明显而作用力相当大的,然而也往往得不到像样的认识:这一点迄今是被看成诗与生活的关系,并用来作为诗歌的现实主义的中国例子,主潮的证明。但这种解释只是宽泛地(满足于说新诗与生活有关)分说诗与生活关系的规律,又不把这看作是新诗自身艺术问题,它在生活对诗有影响上谈了很多,而这在新诗特殊构造内意味着什么则根本不谈,因此,它也蒙蔽了"现实主义论者"这样一个概念偷换,从而扭曲了问题的实质:新诗在中国与时世、现实、生活的关系,被偷换成新诗的现实主义文类问题。诗与现实有关,而不是只与现实主义有关,我们不能把这个问题与源自西方的"现实主义"范围混淆,新诗无须被装进"现实主义"的套子变成一个套中人,才与现实相关。我要指出,这一新诗与时世生活、现实运动的切近,乃是由于新诗这个使用白话文语言的胎儿,本身是两手空空的,他要成长则只能源于诗人在这块土地上的感兴,它对于古今中外诗歌的蓄含、借鉴、继承和批判,这个能力也根本地与人与生活的即时触发相连。在那个文化与救亡的变革时期,生活乃成为语言变革的动力,"中国若想有活文学，必须用白话，必须用国语，必须做国语的文学"[①]，在当时，活文学与白话，白话与活现实就是这么提出的。这样我们便从新诗自身的角度而不是现实生活的角度阐释了新诗合为世而发、时而作的特征。三是当新诗（如陈梦家所述）处于大风大水的风口浪尖上，它很容易使人们产生这样一个印象：处于风口浪尖上的新诗是最敏感的，是先锋，是号角，是文学的前队杀手，我们称之为新诗的"先锋"形象。它就不得不在很大程度上用在不在风口浪尖上，是不是引人注目地敏感，有没有热潮来判断新诗。而且这种标准也实际上成为不单是教科书里常用的主导原则，而且是一种有力的心理期待，一种社会心态。

从这三个特点的简要描述中，我们实在可以看出，中国新诗运动这种以运动为主位的特殊构造，乃是新诗建设中持之以恒的主导观念的基础，而新诗正是在这样的氛围中进行的，它大大有助于运动，每搞新诗必搞运动的取向，而且在新诗问题上，屡屡提出了"欧化之弊与向古诗民歌学习"的问题，以及"现实主义和现代主义"的问题。诗必求新，且风水交加，那么"现代主义"的问题和诗的"现代化"也就成为当然之势。从而，在中国新诗运动中屡次出现立意为以诗为主语、主要成分，运动为定语、次要成分的现象，就是不为奇怪的了。

这里，我们回到了最近的年代，也就是1979—1989新诗的

[①] 胡适：《建设的文学革命论》，见《文学运动史料选》第一册，上海教育出版社1979年版，第71页。

十年。这十年尚未到尽头,但已指日可待,这十年,出现了三个带有诗潮性质的流派或阶段,这是不论怎么评价都不能否定的事实:朦胧诗、现代史诗和第三代人。在三次诗潮里,各流派的龃龉(如"第三代人"——这是一个狭义集团,包括四川的非非主义、莽汉主义和南京的《他们》,这是很重要的一个名实之辩,因为迄今"第三代人"这个词是被胡乱运用的,从而造成了将不同宗旨的作品混为一谈的、不能容许的错乱,表现出持论者的怠惰和草率)——对于朦胧诗人的攻击,不应妨碍这样一个明显的共同点:都反对文学服务于其他的工具论,从而强调艺术性,要求以艺术规律判断诗,这就是广义上的纯诗倾向,不论纯诗这个口号是否提出,实质上它都是存在的。而这个取向也大都以现代主义或后现代主义的标志出现,而在"现实主义"与"现代主义"的诗论中,大部分人都是选择了"现代主义"的。

我无意去低估近十年新诗的成就,需要指出的乃是,当然要确切区分"新诗"和"运动",诗确切地说并不以新旧之分加以区别和评价,它只是一个长存与否范围内的事,而运动却当然有新旧、以前的和目前的区别,而混淆两者乃会使新诗为一种不适用于艺术的进化论所笼罩,同时大大地强化"运动"为主位的倾向。这尤其表现在"第三代人"的一些使双枪的理论家那里,在《关东文学》开辟的"第三代人诗会"那里,一篇诗评言称"第三代人"所说的"第二代人"不是真正的现代派,其诗也不是真正的现代诗,而真正的现代派及现代诗是在他所开列的名单队伍里。①这篇诗评将中国新诗史简化为一个现代派诗歌生成史以验证自己的说法,如果说文章本身是一个孤立的现象,但在近十年新诗取向上却不是凭空而来的。问题就在于这篇文章将"谁是真正现代派"当作一架标准卡尺来衡量新诗,而这个长尺是为不少人所使用的,以致凡这个卡尺所卡不中的诗作及观点便被想当然地忽略掉,这种想法当然乃是出于卡尺所造成的迟钝,除去他眼前的,便什么也感觉不到,例如北京"新诗走向研讨会"上的一种观点"新的主潮,既不是现实主义,也不是现代主义,而可能是新的古典主义",便被认为"从发言的状况看,这种意见还只是一种朦胧的想法,缺乏清晰的论证和描绘"。②——我必须指出,无论使用怎样的语言的名,其实,这些说法都含有将中国当代新诗的创造折换为"谁是真正现代派"的问题,这是一条狭隘思路,其思维特征是线性的思维。要么是"现实主义"或"现代主义"的线性对称,要么是"古典"与"现代"的线性对称,这种线性思维造成的狭隘思路,其弊害就在于从理论上宁可看到中国新诗是怎么不舍于持论者所抓住的西方现代主义理论或后现代主义理论,而不肯看到中国新诗由它的创作者所"一个形象、一个形象"式的构成的原样。这就很奇怪了,一方面要将自己的诗作和诗观说得无以复加,一方面又不将它看作是源于本土创造力的自创。陈梦家所描述的新诗处于的大风大水是何等开阔,而

---

① 朱凌波:《第三代诗概观》,《关东文学》1987年第6期。
② 钱光培:《研讨中国新诗的走向》,《诗刊》1987年第12期。

奇怪的是，它却总在结果上形成狭隘思路，大风大水顿成夹击之势。而思维的线性、思路的狭隘是致命的，因为是你的思维写下了你的诗和诗学。也许，对于我这种"思维写诗"的观点进行驳论的人会欣然地说：马拉美早已说过"不是我写词，而是词写我"——你连这点现代文论的常识都没有吗？——那么好，《圣经》上说："太初有言，"这个"言"要远远地早于任何一位生于当今之世的现代人的，"言"从上古至今，如果说是它写我的话，那么我们何以拒绝词中所含有的古典般的力量？从这里是得不出任何"现代派"结论的，或许，把问题推进下去，我们只能回到诗人的思维、创造力上来。

在这里，我想可以引述一段与此有关的话："'古代—中古'这两个时期，由于加上了另一个我们称之为'现代'的时期，乃首次将历史的图景，赋予了一种进化的看法。一旦这图像被完全不同的人类选用之后，这图像便很快转换成了一种直线进化的概念，任由个别的历史家、思想家或艺术家的胃口来选用，他们可自行对'古代—中古—现代'这一三期的结构，作任何解释，自由得很。"①——那么，在艺术上，这种线性思维，正好以它绦虫般的姿态满足了每一种妄自尊大的现代人将自己那一节说得无以复加的自恋。

"不朽的制陶时代，不朽的黏土造人"——读到昌耀这样的

---

① 斯宾格勒：《西方陆沉记》，第15页。

诗句时，我不知以现代派自命的诗人当作何想？实质上，那种线性思维的狭隘思路是不适于昌耀诗歌的，也不适于认识"西部诗歌"，其实，它也不适用于中国新诗。这就是说，我们在新诗七十年的门槛上，将对二十世纪最后二十三年的新诗产生自己的抉择，因为目前我们就是新诗的承担者，它将假道于我们而流向下一个世纪，我们是否将无所作为？起码这种线性思维的狭隘思路是不适于我们的竞技理想的。这种由于思想旷工而产生的线性思维，其表现之一是将近年来出现的"后现代主义的萌芽"，称为"中国现代诗趋于哲学框架的成熟""第三次体验""最后一次体验"，[①]"后现代"成为一个比现代更现代的代名词，然这纯属于线性的谬误。如果根据常识对"后现代主义"的语义加以认明，它只意味着"现代主义之后"，就像"后期印象派"等于"印象派之后"，"拉斐尔前派"只等于拉斐尔之前的一个画派那样，和印象派没什么关系，也不比拉斐尔更可喜，从而也就是说，并不更现代。整个西方后现代主义艺术，实质上是二十世纪初思维特性较强的现代主义和五六十年代行动现代主义之后的一个低谷，一个空歇期。

因此，我们将扬弃这条狭隘思路。关于翌日，人们做出了种种的描绘，但其中都带有着狭隘思路的痕迹，而我愿在此提出以"世世代代合唱的伟大诗歌共时体"这个观念来取代诗史和诗

---

① 徐敬亚：《生命：第三次体验》，《诗歌报》1986年10月21日。

学旷观上的旧有思路。事实上，正像当今之世的所有艺术都应当创新，新诗这个艺术也不例外一样，新诗也以它的成品来置身于世代的诗歌之中，新诗这种自创行为，从不是在真空中进行的，它与所有前在诗歌构成了超越还是被笼罩的关系，它不仅是在现代诗歌谱系里受到考验的，而且也是在世世代代的诗歌中凤凰再生。

在为刘志华《朝圣者的季节》所写的诗论里，我曾谈到了西方现代诗歌的分析倾向；如果我们仔细地回想一下现代艺术史，整个西方文学是在哪里有着最高成就的呢？——我们当然必须把陀思妥耶夫斯基、卡夫卡、乔伊斯放在艾略特之前，这就是说，对现代主义文学做出了最大贡献的是西方的大型散文作品，而不是诗歌。相反，在古典时代，最伟大的文学作品却是诗歌。——换言之，小说与诗歌的不同就在于，小说更多地依赖于它天然的叙事质地，而诗歌则需要将这些质地经由赋形塑造为成品，它是一尊造型，而不是一段叙事。二十世纪以来，西方现代主义对神性等级构造和基督教日新精神的质疑与绝对深层心理的裂隙和潜在阴影的注意（如萨特和弗洛伊德所常使用的心象），构成了内心世界的极度分裂，而这是有利于散文而不利于诗歌造型的。我的朋友、诗人海子总结说：二十世纪诗歌达到伟大造型的努力都是失败的。这在分析倾向上可以找到相应的说明。

然而，世界艺术向来是以一种同时共在的双向运动来进行自己的历史运动的，这就是：对原始艺术的混合构造进行分解而形成的唯艺术取向和在各独立艺术的交织中形成综合性结构的艺术取向。其实这种基本运动的归宿，在于形成成品，而成品则将个体生命所感到的、含有原型的粗糙感性，经赋形才能的创造铸造为艺术和精神的整体，在分解运动中所得出的新的元素本是素材，举动这些新的因素而不是一举而动地使它们成为一个整体，可以说是实验，而不是成品。我们是不可能将艺术的双重构造的基本运动肢解开来的，因此，"真正的艺术家是不轻视任何东西的"，我们必须在"世世代代合唱的伟大诗歌共时体"里，去认识当今之世的诗歌，这也就意味着精神创造力所铸造的成品应在怎样的程度上被召唤着。这虽不是什么新的古典主义，但它确实也重视古典般的造型力量。

昌耀诗歌和"西部诗歌"对中国新诗进程所做出的贡献，如果在这个范围内予以认真的考虑，将会是不能忽视的。

尾声

有些代人同下一代人紧密相连；也有些代人和下一代人之间的鸿沟广阔得难以超越。

——菲茨杰拉德

读诗笔记一则

为了了解海子，我觉得有两件事情是需要做的。一、读和反复读他的诗，尽可能地都读，最好是手写的诗稿，在字迹和诗行排列上的某些痕迹是可以注意的。二、用一定时间，模仿他的语言习惯来写一些诗，这是了解他创作活动的一种"生活体验"。有时候，仿作可以乱真，因为在体验上吻合了。

在这个基础上，我大致可以捕捉到这么几点：

① 海子的诗歌语言是散文式的，这减轻了他的考虑负担。

② 海子的语言构成取决于句子和句子之间在敏感强度上的和弦。也就是说：只要是敏感、灵敏的，就都放在一起，它是以灵敏度来排列的，这样避免了文意的限制，而且由于富于刺激，不断挑亮人的眼睛，本来较少音乐感、散文短句片段的语言，由于是都很敏感的，所以又富于和弦的流动以及诗的整体性。而过渡、交代和叙述的部分差不多都拿掉，这样有利于灵感的记录。手的速度和心灵的速度差不多快。

③ 海子的创作不是以句子为单位的，而是以语境或语流为单位的，也就是说从创作和阅读上，它们组织得蓬松，尽可能放松句与句之间的连续，所以他的描绘可以专注于形象的细部，生态很活，沉浸其中，只要每个局部都活，通过阅读，各个局部就一

齐映入诗感，反而完整。他的语言写作意识其实是很简单的，不吃力，有渗透力。

④ 这样他就可以专注于精神体验，而语言是第二义的，这和注意语言为第一义的诗人有很大不同。

⑤ 他把一切都放入自然（大自然）的具象中去，情感泡在自然形象之中。而且他把许多东西和人体的各个部分对应汇通起来，如手，如嘴唇、脚和鞋子，这样是有助于亲近感的——喜欢产生于切近，如身体可以触摸，如怀孕，如野花的手，野花像心，黄昏有面容，梁赞如屋顶，和平和情欲是一座村庄，等等。

⑥ 他的语言感觉得益于把象形文字复归到原形来看，如拆字，如初识字那样，这样他可以看到字形，而还原了字义，把字体的形象感从字义中解脱出来，加以重新观察，为它们重新赋予意义——命名。

⑦ 这只是语言技巧上的一些特点，当然还有其他综合因素。不在这里说了。

⑧ 他的诗里头有一层深的东西，就是很多诗本身似乎是关于诗的诗，他不仅写了许多对象，而且也透着对诗的感觉，诗写诗自己。这在《汉俳》《诗人叶赛宁（组诗）》《盲目》里很明显，他诗歌的构成元素也就包含在里头了，如《汉俳》中"劳动-采石场"的意识，"诗歌皇帝"的要素，"风吹"也是灵感的一种形态的描绘，而不只是写"风"，可以看出他认为诗要有什么因素才是诗，怎么写诗，等等。

这是他不同于其他人的一部分原因。而其他诗人由于自己的特殊诗感,也其实有自己的写诗落成方法,而海子无疑是找到了自己的那一种。

如果他运气好的话,作为中国新诗的一位大诗人,是会得到公认的,而不仅限于知交的默契之中。

1988年2月

冲击极限

——我心中的海子

那一天海面上大火熊熊,诸神沉痛,
默念太阳神之子的名。

海子的死讯像一捆镰刀射上了我的肝胆,脑海在浮起,轻得令我不能相信,噩耗和灯笼发出细小的声音在把我征服。在一切的悬浮里,我只记得西川说:"冲击极限是怎么回事,小查已经叫我看见了。"——

这些天我坐在海子存放遗稿的旧木箱边,翻看他存下的两札家信,这只旧木箱是他15岁上北京大学时从安徽安庆农村带来的。在他毕业之后,他所收到的近百封家信里,都请他寄些钱回家,垫付种子、化肥钱和资助三个弟弟的学费。从信上看得出,他常以五六十元为单位寄回家去,也有的时候他不回信,那是他没有钱了。他曾经给母亲写信说:"妈妈,今年我要发大财了,我写的好多东西就要发表了,都给咱们家……"今年他寄回家里的三百多元钱,添上了一件黑白电视机,是他母亲用扁担从城里挑回家的。这些年,他的二弟一直没有配上眼镜。

就这样,小查在他七年的创作史上,留下了几万行诗。完整的有近三百首抒情诗，三部长诗《土地》《弥赛亚》《遗址》，一幕诗剧《太阳》和一部幻想、仪式剧《弑》，一个中篇小说和几篇诗学论文，若干短篇小说。其余的是大量未及展开的长诗断章和札记，一部待修改的《太阳·断头篇》。这些断章是有内在完整性的。——从1986年起，除授课和访友的时间外，他的写作从晚七时至早七时，如此循环往复。他在写作的速度和压力中创造，也有时是等待创造力爆炸前的纯然劳动。

他死后我才读到了他最后的一部巨制三幕三十场话剧《弑》。他创造了一个完全是红色的空间，在一片红色之中沸动着幻象似的歌舞，在悲剧命运笼罩的台词里时时响起鼓、法号、振荡器猛烈的雷鸣，人物之间的冲突格斗不形成情节，而显出了与冥冥命运的对撞，这一切在舞台的血红空间里以危险的速度进行，好像在血海里人们目击着一个精神在冲击极限。这里没有光，充满了火，所以压强几近不能忍受，而这时还能看见速度，实在是令人惊叹。

这时，小查的生命力就炫目地凸现在舞台上，它甚至抹杀了人物而使之化为一派强光。——"我走到了人类的尽头"。

我听到了他高度集中的创造力一连串的炸响，我听到我脑海的哭声。我听到小查在通宵的写作后，从桌上抬起头来凝望窗外旭日又东升时所发出的声音：

今天，我再也不会否认

我是一个完全的人，我是一个完全幸福的人

4月7日，在北大五四文学社年轻诗友们联合举行的海子纪念朗诵会上，有些人流下了眼泪，在这句诗最后翱翔于空中的时候。诗友们当中有不少能忆诵他的诗，他们收集着发表过海子诗作的刊物，一些几乎散佚的海子诗稿经他们的手得以保存。

这一切都不会泯灭，也不会被消灭，不论什么主义、什么评价都不过隶属于这样的诗歌。朗诵是以无名方式进行的，一个个无名的人进行着无名的大纪念。

小查创作的宏大构思及他所完成的作品轮廓及实地，显示了他将完形的、格式塔式的诗歌赋形能力与内心洞开、深层阴影与生命构造二者集大成的努力和雄心，他在他的诗学论文里吐露的都是"一举而动"的致力。他的创作走的是一条为人所罕取的途径：以一流浪漫主义短命天才的激情直取尼采、凡·高置于原始力量垂直打中过的处境，突入史诗（印度称为"大诗"，他又称为"背景诗歌"的）——在《太阳·断头篇》里他说："我考虑真正的史诗"。为此他不辍地研究史诗和文人史诗的各种文体，收集他家乡的故事、传说以提炼大诗所需的事件"本事"，他结合了伟大生命的传记及范畴史以为构造因素，锤炼了从谣曲、咒语到箴言、律令的多种诗歌语体的写作经验。他的这些准备，不唯是准备，也是他的贡献。而他的途径之不为人所易取，也在于它是危险的：激情的方式与宏大构思之间酝酿着根本的悲剧，也

酝酿着"冲击极限"的宿运。据我所知，凡卓著的悲剧之能成立，就在于它没有解救之道。

但我没有想到它会爆发得这么早。小查的悲剧不在于他不行了，而在于他在创作上只有独自挺进。所以他是中国新诗的一位诗歌烈士。他后期的诗也许并不亲切，因为"背景诗歌"之为背景是远的，他这些诗需要以旷观之眼为佐读。他尽其所能，诗中每有一种与素见的由近及远的眼力相异的，从纵深看过来的眼力，除去字面所述之外，敏感到这种鱼龙潜跃也即是审美。先不要说赞同或反对吧，因为这世界上还存在着不属于表态之列的价值：认识价值，而许多新艺术之初都未必易认同而又分明是可认识的。

海子的诗不是一种终结、一种挽歌，而带有一种朝霞艺术的性质。这也合成了创作对他的庞大压力。而且他也负担着生存的重量，去年11月我去看他，他已经吃了四天方便面，到了11月，他还没有想起把夏天搭的地铺重新支起来，在生活上他基本是不谙世事的，除去书店之外，他生活的常识很少，他是个傻弟弟，干过傻事一桩。他居然能够知道昌平全县哪一家誊印社便宜，他和西川合印的《麦地之瓮》就是他找的誊印社，这真是只有一门心思。那回去看他，我和妻子就留下住了四天，给他做些饭菜吃，小查坚决不要放味精，我说："那怎么能鲜呢？"他说："我们乡下来人说吃味精要烂肠子。"

朋友们，可不敢小看这个人哪！

一个人便是他自己所成就的，海子之有成是因了他自己的天才和努力，因为他以他的诗和他的死牢牢地主宰了他自己。对他的死有各种说法，我只想说，至少在这一点上我必得忍痛赞同他：这个人还能愿把握他自己，虽然他的死，如果他活着的话，我是绝不赞同的。我无法想象的是，一个矮身量、红脸膛儿、头发蓬乱的农家弟弟卧入死神的那一刹那，那是不可讨论的，因为大门已经关上。

　　一个诗人在永生之前要死两次而不是一次，第二次的死发生在第一次死后的活人中间。但我知道他必得永生，天下的诗友们在来函来电中都说到了同一句话："海子安息吧！"这是人中圣灵的招魂，也是一句誓言。

　　今天，我眼前仍浮着幻象：烈火之车碾压上来，阳光下这之后是无边的黑暗。海子生前的一个诗观是："不要感伤"。我只有向冥冥中为他祈祷："在远去他乡的途程，这条死路总该平安。"

　　安息吧，万道晨曦从天而降。他诗歌的矿石虽有不少在露天存放，但他的精神业已完整——一个人不仅是去写，还要和所写一样生活。

　　今天，他诗歌为人喜爱的程度使他像叶赛宁，他整体的纯洁像雪莱，他之为诗歌烈士有如兰波。我知道他喜爱之一是莎士比亚，我记得并为他念一段莎士比亚的话，以作我悲痛纪念的结束：

亚历山大来了

亚历山大死了

亚历山大化成灰了

是谁把我们做成玻璃酒瓶儿上的塞子

再用它塞住我们流淌的生命?!

      1989.4.12日凌晨长吊

我考虑真正的史诗

（海子《土地》代序）

海子（1964—1989），安徽省安庆市北郊农家子弟，本名查海生。1979年至1983年就读于北京大学法律系，1989年3月26日殉诗，年25岁。一个得永生的中国诗人。

我以悲痛的心情为海子的长诗《土地》作序。不是悲哀而是悲痛。今天他不再能够说话，因而我已载负了他昨日的行囊，他的灵魂更在这序文之上。今天那光天化日之下有无边的黑暗，但由于他的永远存在，我在这里所说的也必能通达于他，为他所倾听。在这个世界上我不是只有一个灵魂，因为生者的悲痛是大的。

海子从1984年起写下了不朽名篇《亚洲铜》和《阿尔的太阳》，之后进入了五年天才的创作生涯：近三百首抒情诗是具有鲜明风格和质量的，堪称对中国新诗的贡献。他最着力的则是名为《太阳》的一部全书。在他辞世前将全部遗稿交我处理的遗书中，他列入了全部长诗篇目，总名为《太阳》，其中生前完成了七部：

诗剧《太阳》

诗剧《太阳·断头篇》

诗剧《太阳·但是水，水》

长诗《太阳·土地篇》

第一合唱剧《太阳·弥赛亚》

仪式和祭祀剧《太阳·弑》

诗体小说《太阳·你是父亲的好女儿》

这些作品虽然在文体上是不完全一致的，但在内在逻辑、诗性和精神上是完整的，构成了主干，我和西川（海子生前好友，诗人）称之为"《太阳》七部书"。在七部书周围，还有一批断章、未定稿、残叶及构思札记和字句提示眉目，轮廓较为清晰的有《太阳·大札撒》和《太阳·沙漠篇》。虽然这些围绕部分完全有待长期的钩沉整理，但七部书业已构成一万行上下的巨制。海子生前称之为"大诗"——这是印度人对史诗的称谓——以区别于他的抒情诗即"纯诗"。在海子看来，它们的诗性是完全不同的，属于不同的"法"。他在仅存的三篇日记中说："抒情就是血。抒情，质言之，就是一种自发的举动，它是人的消极能力：你随时准备歌唱，也就是说，像一枚金币，一面是人另一面是诗人，不如说你主要是个人，完成你人生的动作，这动作一面映在清澈的歌唱的泉水中——诗。（抒情）诗是被动的，是消极的……与其说它是水，不如说它是水中的鱼；与其说它是阳光，不如说它是阳光下的影子。"——而史诗的诗性则是与此不同的，代表了人的创造力的积极方面，本身是行动性的，他称为"一举而动"，他之写作《太阳》全书，都是如他所说："我考虑真正的史诗"。

海子的"大诗"创作以西方古代史诗为背景而逐渐向《摩诃婆罗多》《罗摩衍那》式的东方古代史诗背景变换，印度大史诗不同于西方史诗的体系性统摄，而更多的是百科全书式的繁复总和与不断丰富，但他没有放弃西方史诗的构造、造型力。《太阳》全书的结构设计是吸收了希伯来《圣经》的经验的，但全程次序又完全不同。例如《弑》有《列王纪》的印迹，而处于《太阳》的末端，《弥赛亚》有《雅歌》与《耶利米哀歌》的印迹而较为居前，带有曙光性质和更为盛大。史诗背景和结构次序的变化，当然都是海子自身创造力内在需要所决定的深度变化，并不是混同于经典的。歌德曾谈到不要单凭自己的伟大的创造发明，而要采用现成的题材构成一个活的整体，他的《浮士德》也带有《约伯纪》的痕迹，但并不失为一个创举。

海子的想象和取材空间分布在东至太平洋以敦煌为中心，西至两河流域以金字塔为中心，北至大草原南至印度次大陆以神话线索"鲲（南）鹏（北）之变"贯穿的广阔地域。他在这个广大的自然地貌上建立和整理了他自己的象征和原型谱，用以熔贯他想象的空间，承载他的诗句，下抵生命的自然力根基，又将他真切的痛苦和孤独，自身的能量和内心焚烧的"火"元素弥漫其间。

这一广大统摄的特点，使他有别于典型的欧洲浪漫主义诗人，他将他们称为"太阳神之子"，表明了他是从生命形态而不是从文学类型，从共时性而不是从编年史，从系统而不是从线性地看浪漫主义诗人的。于是海子的创作总观表明为这样一个决断：他从太阳神之子的雄厚激情而直取凡·高、尼采式的处于内心激烈搏战，与原始力量本能力量、潜在精神相垂直的核心境地，并根本地，由此成长为史诗诗人，突入壮丽的史诗背景。——这就是海子创作的基本感奋的轴心，是他"考虑真正的史诗"的实有形态，这条道路他称为"赤道"，在这种诗歌取向上，他是独自挺进的，是先行者和创始人。这对他和诗歌家族意味着一条将格式塔式的完形能力与内心对抗、潜层深渊中的现代主义主题合拢的道路。——但这条道路之所以人迹罕至，在于它本身不但充满了危险，而且潜伏着毁灭性：它必然意味着激情方式与宏大构思之间的根本冲突，任何宏大构思都需要笨重的素质和"艺术"与"技艺"还混合一体的天然条件或人类精神环境，而海子的诗歌理想则不唯是猛进的，而且是孤独的，这是又一次世界诗史上本已少见的冲击极限。歌德之后这种伟大竞技中凡走上"赤道"或接近"赤道"的诗人都具有显著的才华而归于短命或迷狂，如兰波，如荷尔德林，如克兰。

然而，这就是海子，他力行了他的诗歌理想，打开了一种罕见的可能，写下了《太阳》七部书，而不只是仅具构想而已。这不能不说是他充沛的才华所致。他绝不是以死亡提高了自己作品的人。当他炸裂时他的诗作已成为一派朝霞。

1985年的《太阳·但是水，水》，是他感性最为充沛，具有母性滋润力或荣格所称阿尼玛女神潜质的作品，已为很多诗人所称道。另一部处于七部书巅峰状态的是1988年的三幕三十场话剧《弑》，那是一个血红而黑暗的恐怖空间，今天在他死后读到时，有如进入了血海而看人世。他写的是二十世纪末中国的宿命：人物全部有如幻觉，与命运而不只是相互格斗，最后无一例外地死去或迷狂，道白中充满了鼓、法号和振荡器的雷鸣，他本人思维和想象的速度已扩展为和死亡、闪电同等的速度，一如1987年的《太阳》自成烈火。——在西川和我读毕他所有遗作后，认为《太阳》七部书里最完整、最有涵括力的一部，便是这里我为之作序的《土地》即《太阳·土地篇》，这是他七部书的顶峰——顶峰是独立完整的，由对称性及和谐构造的。

这可以从下面两个因素非常直观地见出：一是《土地》依大自然十二月份的四季轮回而对应于万灵内心的冲突演化，这意味着作品进入诗歌的节奏和律动。从佐证上可以看一下《浮士德》，整个诗章处于"夜—日—夜"的一个完整节奏中，从而体现了精神活动在命运中的完整性获得了造型。海子在日记中谈及此类问题说："当前，中国现代诗歌，对意象的关注，损害甚至危及了她的语言要求。……新的美学和新语言新诗的诞生不仅取决于感性的再造，还取决于意象与咏唱的合一。"这可以表明他对节奏的深度认识。关键在于节奏、律动这些造型因素，不是后人常认为的技巧、手法等无机物——从这种观点上是看不到《土地》诗歌节奏与四季轮回的根蒂关系的——而是诗歌起源和作品发生时，人类所具有的、与岁月互通有无与万物互相解思时造型能力自身的脉搏，换言之，它不是乐谱，对音乐事后记录的无机物，而就是音乐。印度大诗中对大自然景色荣谢的敏感和复沓咏颂到处皆是，体现了大自然与诗歌节拍在那些诗人心中的天然联系，甚至在细微的日本俳句里也写道："人的年轮呵：春夏和秋冬。"《土地》中这一显而易见的四季节奏，表明了它作为海子七部书中最完整的成品的一个标志和侧面。——二是《土地》中不同行数的诗体切合于不同的内涵冲腾，或这种文体就是内涵的自身生长。例如独行句的判断语气之用于真理的陈述，双行句的平行张弛之用于戛然而止的悲痛，三行句和六行句的民谣风格之用于抒情，十行句的纷繁之用于体现内心轰动的爆炸力上，以及四行句和八行句的推进感之用于雄辩、言志和宣喻。——据我所知，歌德在《浮士德》中就令举世诗人叹为观止地运用了十四世纪至他那个世纪几乎所有欧洲诗体而使之各得其所。《土地》也就是海子提炼和运用所有诗体最全面的驾驭和展示。

这样，《土地》十二章的意象组合及文意就与鲜明奇突的字面凝聚起来的大自然气息、氛围和情境相关，一些乍看在以句子为单位的范围里难于联系文意和视觉的地方，是落实在以章节为单位的范围上的，这也就是语言的深度，例如第二章（2月，冬春之交）的狮豹搏斗、王子与老人的对话，雪莱和天空的对话中内含的冬春交替的气息与内心交战的氛围，第四章（4月，春）里内心挣扎及春荒氛围在众多意象下的透露，第五章（5月，春夏之交）万物生长的丛貌所体现的"原始力"的蓬勃暴涨，第十一章（11月，秋冬之交）妇人的悲惨故事所体现的晚秋肃杀及世纪末处境、命运感，第十二章（12月，冬）的隆冬盛大的总结性氛围与强力意志的坚定感——这些都若合符节地造成了全诗的整体、深层的运行。海子在这首诗里运用绚烂奇想形成了对文字底蕴的吸引，使"虚"的一面充满了爆发力，这种深度语言是雄厚的，让深处说话和有声，这对诗歌艺术也是有具体贡献的。

1987年8月写成了《土地》的海子是幸福的，在这一年的一首抒情诗里他写道，"幸福说：'瞧，这个诗人／他比我本人还要幸福'"。

他在《土地》里完成了一个大型的象征体系：由生动的灵兽和诗歌神谱组成。他引入了繁复的美和幻象的巨大想象力，从而形成了他对诗歌疆域的扩展，他挑战性地向包括我在内的人们表明，诗歌绝不是只有新诗七十年来的那个样子。——当然，他的大诗创作直到今天还是孤独的存在，毕竟写抒情诗的诗人在诗感和诗歌心象上是和他非常不同的。他的确是在"赤道"上独自挺进，而为他激情的猛进所加剧、成百倍加剧的内在压力也是相当残忍的，况且他这些年来一直是通宵地、连续地写作，他微薄的工资也时常要寄回穷困的家里去，用于垫付种子、化肥款子和帮助三个弟弟上学的学费，在他死后留存的家信里我看到他的弟弟至今没有配上一副眼镜。

创造，创造，这完全是宏观世界上方巨大世界和现象，在那里，时间是相对论的，在五年时间里海子的创作在掠着非常的心理时间的跨度，同时也被无情地劫夺。一本描述巨大世界的科学著作里说："光在那里为大质量客体的引力所弯曲。"——1988年是海子加速冲击极限的一年，他写完了一幕诗歌《太阳》，写完了第一合唱剧《太阳·弥赛亚》，写完了话剧《太阳·弑》和诗体小说《太阳·你是父亲的好女儿》，还有《沙漠》《大札撒》的初步草稿，准备写《弑》之后的三联剧，写第二合唱剧。他最后一批抒情诗很多都是短诗而有大手笔的名篇。在1987年11月14日的日记中他写道："燃烧仿佛中心，青春的祭奠，燃烧指向一切，拥抱一切，他又放弃一切，劫夺一切。生活也越来越像劫夺和战斗像'烈'。随着生命之火、青春之火越烧越旺，内在的生命越来越旺盛，也越来越盲目。因此燃烧也就是黑暗——甚至是黑暗的中心，地狱的中心。"

今天，已经是他暴烈死去的忌月之日，西川和我誊抄了他的诗稿，我们三个朋友只剩下了两个，这种友谊是从1983年初开始的。我们无法想象的永远是这个瘦小的、红脸膛儿、迈着农民式钝重步伐的朋友和弟弟临死前的一刹那心情，用诗人陈东东的诗说："打钟，打钟，你从中心突围、突围，然后又决然地回到了中心。但烈火之车已经开来,在这之后,阳光下是一片无边的黑暗。"用他自己的诗说:"我看见了天堂的黑暗,那是一万年抱在一起。"

海子生前的最后几年住在昌平,他的生活概括地说是一个赤子不谙世事的傻日子,他却唯独能够知道在昌平哪一家誊印社最便宜,可以花最少的钱打印诗集。这就是他的一门心思。

卢梭过了十二年天才生活之后死于大脑浮肿,荷尔德林过了六年天才生活之后脑子坏了,成了一个坐在门前看老木匠做木椅的白痴。海子死前出现了幻听、思维混乱、头痛的症状,这也是脑痉挛。他把所有的诗稿请人誊抄和自己整理后,放在从家乡带来的旧木箱里就去了。

他是一位诗歌烈士。我拒绝接受他的死,虽然这是事实。他是一位中国诗人,一位有世界眼光的中国诗人,他再生于祖国的河岸必会看到他的诗歌被人念诵,今天我要在这里说:海子是不朽的。

最后,由于诗歌目前的处境,西川和我只能从《太阳》七部书里整出《土地》用于出版,这若不是诗人、广大义捐朋友(他们所捐的2030元钱赈济了海子的贫苦之家)、北京大学五四文学社年轻诗友的帮助,也是不可能的。在此我们要特别向提供了诗集出版机会的诗人阎月君同志,向高贵执义、决定出版海子诗集的出版人士表示最虔诚、最无比的感谢和敬意。让我在序文末引用《圣经》上的话说,并献给海子及所有关注他的诗歌的人们，以表明他们是怎样的人，怎样有着纯洁心情的人，这也是他们的话：

我感谢，是的，因为你的美意本是如此。你将这些事向聪明精熟的人就藏起来，向赤子们就显出来。凡为我的道，接待一个像这赤子的，就是接待我。

1989 年 4 月 26 日海子忌月之日

海子生涯

（1964—1989）

我写这篇短论，完全是由海子诗歌的重要性决定的。密茨凯维支在十九世纪的巴黎讲述斯拉夫文学时，谈到拜伦对东欧诗人的启迪时说："他是第一个人向我们表明，人不仅要写，还要像自己写的那样去生活。"这用以陈说海子诗歌与海子的关系时，也同样贴切。海子的重要性特别表现在：海子不是一个事件，而是一种悲剧，正如酒和粮食的关系一样，这种悲剧把事件造化为精华；海子不唯是一种悲剧，也是一派精神氛围，凡与他研讨或争论过的人，都会记忆犹新地想起这种氛围的浓密难辨、猛烈集中、质量庞大和咄咄逼人，凡读过他作品序列的人会感到若理解这种氛围所需要的思维运转速度和时间。今天，海子辞世之后，我们来认识他，依稀会意识到一个变化：他的声音、咏唱变成了乐谱，然而这种精神氛围依然腾蠹在他的骨灰上，正如维特根斯坦所说："但精神将蒙绕着灰土"。所以——在这个世界上，许多事件——大的和比较大的，可称为大的过去之后，海子暨海子诗歌会如磐石凸露，一直到他的基础。这并不需要太多地"弄个水落石出"，水落石出是一个大自然的过程。用圣诉说，海子是得永生的人，以凡人的话说，海子的诗进入了可研究的行列。

海子在七年中尤其是1984—1989年的五年中，写下了200余首高水平的抒情诗和七部长诗，他将这些长诗归入《太阳》，全书没有写完，而七部成品有主干性，可称为《太阳》七部书，他的生和死都与《太阳》七部书有关。在这一点上，他的生涯等于亚瑟王传奇中最辉煌的取圣杯的年轻骑士：这个年轻人专为获取圣杯而骤现，唯他青春的手可拿下圣杯，圣杯在手便骤然死去，一生便告完结。——海子在抒情诗领域里向二十世纪挑战性地独擎浪漫主义战旗，可以验证上述拟喻的成立：被他人称为太阳神之子的这类诗人，都共有短命天才、抒情诗中有鲜明自传性带来的雄厚底蕴，向史诗形态作恃力而为、雄心壮志的挑战，绝命诗篇中惊才卓越的断章性质等特点。在海子《太阳》七部书中以话剧体裁写成的《太阳·弑》，可验证是他长诗创作中的最后一部。具体地说，《弑》是一部仪式剧或命运悲剧文体的成品，舞台是全部血红的空间，间或揳入漆黑的空间，宛如生命四周宿命的秘穴。在这个空间里活动的人物恍如幻象置身于血海内部，对话中不时响起鼓、钹、法号和振荡器的雷鸣。这个空间的精神压力具有恐怖效果，二十世纪另一个极端例子是阿尔贝·加缪，使用过全黑色剧场设计，从色调上说，血红比黑更黑暗，因为它处于压力和爆炸力的临界点上。然而，海子在这等压力中写下的人物道白却有着猛烈奔驰的速度。这种危险的速度，也是太阳神之子的诗歌中的特征。《弑》写于1988年7月至11月。

下面我要说的便是《太阳》七部书的内在悲剧，这不唯是海子生与死的关键，也是他诗歌的独创、成就和贡献。

《太阳》七部书的想象空间十分浩大，可以概括为东至太平洋沿岸，西至两河流域，分别以敦煌和金字塔为两极中心；北至蒙古大草原，南至印度次大陆，其中是以神话线索"鲲（南）鹏（北）之变"贯穿的。这个史诗图景的提炼程度相当有魅力，令人感到数学之美的简赅。海子在这个图景上建立了支撑想象力和素材范围的原型谱，或者说象征体系的主轮廓（但不等于"象征主义"），这典型地反映在《太阳·土地篇》（以《土地》为名散发过）里。在铸造了这些圆柱后，他在结构上借鉴了《圣经》的经验，包括伟大的主体史诗诗人如但丁和歌德、莎士比亚的经验。这些工作的进展到1987年完成的《土地》写作，都还比较顺利。往后悲剧性大致从三个方面向《太阳》合流。

海子史诗构图的范围内产生过世界最伟大的史诗，如果说这是一个泛亚细亚范围，那么事实是他必须受众多原始史诗的较量。从希腊和希伯来传统看，产生了结构最严整的体系性神话和史诗，其特点是光明、日神传统的原始力量战胜了更为野蛮、莽撞的黑暗、酒神传统的原始力量。这就是海子择定"太阳"和"太阳王"主神形象的原因：他不是沿袭古代太阳神崇拜，更主要的是，他要以"太阳王"这个火辣辣的形象来笼罩光明与黑暗的力量，使它们同等地呈现，他要建设的史诗结构因此有神魔合一的实质。这不同于体系型主神神话和史诗，涉及一神教和多神教曾指向的根本问题，这是他移向对印度大诗《摩诃婆罗多》及《罗摩衍那》经验的内在根源。那里，不断繁复的百科全书型史诗形态，提供了不同于体系性史诗、神话形态的可能。然而这和他另一种诗歌理想——把完形的、格式塔式造型赋予潜在精神、深渊本能和内心分裂主题——形成了根本冲突，他因而处于凡·高、尼采、荷尔德林式的精神境地：原始力量核心和垂直蒸晒。印度古书里存在着一个可怕的（也可能是美好的）形象：吠陀神。他杂而一，以一个身子为一切又有一切身，互相混同又混乱。这可能是一种解决之道又可能是一种瓦解。——海子的诗歌道路在完成史诗构想——"我考虑真正的史诗"的情况下，决然走上了一条"赤道"：从浪漫主义诗人自传和激情的因素直取凡·高、尼采、荷尔德林的境地而突入背景诗歌——史诗。冲力的急流不是可以带来动态的规整吗？用数学的话说：两点之间的最短距离是直线。在这种情况下，海子用生命的痛苦、浑浊的境界取缔了玄学的、形而上的境界作独自挺进，西川说这是"冲击极限"。

海子的长诗大部分以诗剧方式写成，这里就有着多种声音、多重化身的因素，体现了前述悲剧矛盾的存在。从悲剧知识上说，史诗指向睿智、指向启辟鸿蒙、指向大宇宙循环，而悲剧指向宿命、指向毁灭、指向天启宗教，故在诗剧和史诗间，海子以诗剧写史诗是他壮烈矛盾的必然产物。正如激情方式和宏大构思有必然冲突一样。在他扬弃了玄学的境界的深处，他说了"元素"：一种普洛提诺式的变幻无常的物质与莱布尼茨式的没有窗户的、短暂的单子合成的实体，然而它又是"使生长"的基因，含有使天体爆发出来的推动力。也就是说，海子的生命充满了激情，自我和生命之间不存在认识关系。

这就是1989年3月26日的轰然爆炸的根源。

《相对论》中有一句多么诗意的，关于巨大世界原理的描述："光在大质量客体处弯曲。"

海子写下了《太阳》七部书，推动他的"元素"让他在超密态负载中挺进了这么远，贡献了七部书中含有的金子般的真如之想，诗歌的可能与可行，也有限度的现身——长久以来，它是与世界匿而不见的。海子的诗之于他的生和死，在时间峻笑着荡涤了那些次要的成分和猜度、臆造之后，定然凸露出来，他也就生了。最后，我想引述诗人陈东东的一句话：

"他不仅对现在、将来，而且对过去都将产生重大的影响。"——是的，根由之一是，海子有他特定的成就，而不是从一般知识上带来了诗歌史上各种作品的共时存在，正如在山巅上万物尽收眼底一样。

1989.5.13

第七辑

致张玞

1

玞玞：

我心爱的。

时至今日，我坐下来写信，仿佛置身在黄昏的星和黄昏的路之间。它们所网住的，不只是失意者的爱，而是一个处在幸福中的人，他的全部心情。

多么好啊，当月光路带着一个幻想游向海深处的时候，你也正踩着波涛，追逐着闪光的胶体，渐渐在夜色中变成一团白色，闪着只有我可以看见的有香的光泽。我希望我得到的爱是醇厚的，而且醇厚地爱着我，它不是一种始终的清醒，而是一种闪烁在苦与乐的海洋中间的，永不分别。

日复一日地，我离不开你了。我有时候很想"滥用"一下友谊和情爱，运用到不合理的地步，以证实一下自己到底在别人心中是多大分量；到了死后，人们会需要我，但仅仅如此吗？长久以来，我满足于做一个车站，奔波的朋友们如飞驰的列车，能在这里喷吐着白烟，休息到开车时间到了。远方的车站，也许会被忘记的，但至少它曾经给予人们以平安、时间，没有挤掉什么而使尘杂的人生更拥挤。盖斯凯尔夫人①写过一段很有意思的话:"一般人见到有才能的人总是满口赞扬,碰到一个明白事理的人,虽然也感觉可贵,口里却一字不提。"——当我年轻(至今也很年轻)的时候,一定是被两种愿望所折磨着的,我希望能做个平静的人,能够恬静地度过一生,可是希望自己也能因此对人有用,而且得到信赖,而不是一种可有可无的无为,一种可忆可忘的无足轻重。平静的人,多半是被无为和无足轻重所湮没了的,在自己爱人的眼中甚或都不能有本来面貌:他被爱,是被当成某个样子来爱的,就像《跳来跳去的女人》②里奥尔迦和戴莫夫一样。你曾见到我"慷慨陈词"的时候,那是一个不甘被无为和无足轻重湮没掉的我。我有时倾向于梦想:"人类也需要梦想者,这种人醉心于一种事业的大公无私的发展,因而不能注意自身的物质利益。"为的是能够朴素、执着、善良地做人,又不混迹在无为者之中。

也许是我为自己挑选了一种并不能担当的生活,也许是每个特殊的追求都因离开常识的判断而不被理解,总而言之我时常感受到"误解的理解",夜晚和孤独感纠缠不去,把我挤兑到第三点上去,就像你所说的。这次去广州及北戴河,我是为了一种成

---

① 伊丽莎白·盖斯凯尔(Elizabeth Gaskell,1810—1865),英国小说家,生前与勃朗特姐妹、乔治·艾略特等齐名,也深受狄更斯的赏识。
② 俄国十九世纪著名作家契诃夫于1892年创作的短篇小说,讲了一个在平凡劳动中完成着不平凡事业的人物在死后才被发现和得到承认的故事,奥尔迦和戴莫夫是其主人公。

人的友谊，一种不可推却的友情，一种独立建立生活圈子、在社会上建立自己的社会关系和生活方式，我应该有我的朋友，我的交际方向和范围，我的生活、事业的侧重，因为我的生活是不能由别人来代替的。结果没有去普陀疗养地，我母亲写信来抱怨我的翅膀硬了，她请舟山地委派人去接我，而我没有去，结果劳而无功，她又嫌我不懂事，影响不好。第二封信说她能理解我，可说什么这是受同学的牵制，是因为想和年轻人玩，——始终以一种家长式的看法来解释问题，似乎别人不能有成人的生活。地委何必去劳动？这种待遇本来就不需要。诸如此类的事情很多，"像白面书生""像个女孩儿""太软弱""公子"之类的评价很多次说出，在不同人的嘴里，连续的刺激，几乎形成了一种背景，有时候背景是决定人的形象的。

我想获得一种纯洁又厚重的爱，想完成我的事业，这样，在一生中，也可以借此摆脱平庸和那种背景。当你终于走近我，当我紧紧抱住你，第一次吻你的时候，我就下决心不让你离开我了。你在100号[①]唱"假如我嫁了一个比你还强的，那就会刺痛你的心"这支歌的时候，我想说的是，不会有了，我就是那最强的。

因为你能爱我，——这比理解更高更深重——所以我看到了一种孤独又幸福的希望，说这希望是孤独的，因为它只是我才会

[①] 北京大学三教一楼的教室，当时骆一禾与张玞一起参与办一个展览，100号是小组工作地点。

有的,说它是幸福的,它把我引向被爱,引向一个"大家",引向一个被证实有价值的"自我",所以我离不开你了。

以前我对你说得多,现在我想听你说,因为我依恋你,甚至有时候,我也很生自己气,觉得这么依恋下去,会显得软弱,显得不男子气,像个"女孩儿",像个白面书生,结果混同于别人强加给我的背景,而失去你的爱,显得不能用自主来支配依恋。可是我甚至是冒着这样误解的可能而忍不住地依恋你,思念你。当我们吵架之后,我一个人觉得说不出的孤寂,很想得到你一个手势,一次叹息,哪怕你生气地背对着我,但不会离去呢!感情是惯于用最强烈的表现的,它不考虑是否合身份、性别。

我孤独,因为我曾依赖于一个杏仁及巧克力的家庭(它有别的好,但不是一切都好)而生长,因为我梦想得离奇:我要做一个诗人,一个代表性的大诗人,——但又不是这样,我希望让我的情感进入中国人的思维历史中去,像王维,像李商隐,像李白。也因此而变得激进、焦躁,不合众数,易于苦闷,易于沉默,也易于由此而产生太强烈的依恋。当我吻你的时候,感到的不全是肉体的魅力,而是感觉到有一个肯精心帮助我,扩大我的生活,深知我的缺陷也不厌倦的女人,爱我这个古怪又有些力不胜任的男人。一种实在的支撑感在我心里回旋。以前我看《翠堤春晓》①,圆舞曲之王施特劳斯,在他爱人的责备和激励下,写出

---

① 《翠堤春晓》(The Great Waltz, 1938)是关于奥地利作曲家约翰·施特劳斯的音乐传记片,获第11届奥斯卡最佳摄影奖。

了美妙而悸动的曲子，我不能理解，但是现在我体会着那种实在的支撑感，觉得有些明白了，我爱你。

  我想画下我的爱人
  她的眼睛是晴空的颜色
  她永远看着我
  永远看着
  绝不会忽然掉过头去

  不要以为我写给你诗，就是一种浪费和一种造作，我像个孩子，做一件事的时候，是全神贯注的，无心旁想，年轻人的心情，是这样的。也不要以为我的诗现在不是所有人都能懂而产生不安，当我们在屋顶上谈起"绿石子的河流"时，我确信，随着人们审美能力的提高和精确灵敏，这一切都是会被理解的，被爱的，人们不能永远停留在粗疏明白的叫喊和士兵的口令上。读诗的人本来不多，凡读诗的就是让人的精华注入自己心中的人，不能苟且，何况当一个作家可以不写诗，但绝不能不具诗情。——呵，我的爱人，我这是给自己打气呢，并没有说你不懂的意思。我愿意诚恳地改变自己，平静中必须有容量，而这正像在花钱时不能只想着黄金一样。我要把自己变得坚毅深沉些，这比较近乎我的习性，当然也要会玩，会做菜。
  我很想对你说：再好好想想，假如真的我不能吸引你，让你生活中要舍弃很多爱好，那你就离开我。可是我也想过到那时会怎么样呢？我会再一次努力，追随着你，想办法得回你的爱，和别的求爱的人挤在一起，被热情和可怕的顽固燃烧着，那也许是一次结果为灰烬的燃烧，结果可能并不是年轻时青春所留下、所产生、所永在的那种银色花箔和泉水的飞升喷射，抖闪和飘扬，但我也要盲目地燃烧下去。所以再那么说就是故意制造事端了。而一切都会被很好处理的。你别感到我是在贬低你，是不放心你。甚至在以前，我说你会有一个加强班的求爱者时，也不是在嫉妒，而是有斗嘴的意思，可是有时候我也弄假成真，自己也逗出真格的来了。你是和谐的，也许你并不是最美的，也不能说你比谁都漂亮，但是我觉得你的每个线条，每卷硬硬的头发，额头，挺洋气的嘴唇，让人想看的下巴，都带着我爱的表情，活的。……爱我吧，跟着我吧，带着我吧，我们永远不分离。也许我的生活从总体上看起来会是很不错的。也许在经历上你会遇到麻烦，但你在情感上却保持着活力，烦恼，噘嘴，晶莹地转动眼睛，开朗地笑起来，有点老气地出神，很快很好地写东西，转着脑袋看笔记，堵住耳朵叫"不听不听不听"，去买一支发卡，快活而又详细地讲那些细小的事情：那不是废话，是的，我们的心脏正是在这些细小的事情所织成的多彩气氛中，找到敏感的诗情和寻求真正人生的起点，有意义的。从向红哭鼻子到去吉林，我可以想见她那个给她讲"七把叉"的弟弟，从你妹妹想去外地念书，我想得见一颗动荡的心有些疲倦但实际上仍想找到好生活的青春的向往……

玞玞,我们都去过海边了,当炫目的太阳在沙地上激起一片白光,湿漉漉的海沙在波浪退去的时候显出石英晶面,当我们散发着咸味,并排伏在气筏上,用没什么内容但空茫地漾满了舒适的目光相望,在礁石上谈论月光路,汽车灯和"他们的打牌……不,在数七"的时候,当我们漂在水里,你把胳臂划断了,而这又带着无意快适的夸张的时候,我们是幸福的,别人想不到的,我们也不自觉地……"这一对给太阳晒得黑黝黝的情人……忘记了鱼,忘记了鱼线,也忘记了船长。他们忘记了死亡,也忘记了战争。平静的深蓝色海水和清澈的淡蓝色天空仿佛一个大圆圈,他们就躺在这圆圈的中心。太阳好像只照在他们两个人身上。"瓦莱里在《海滨墓园》①里写的是:"啊,为了我自己,为我所独有,靠近我的心,靠近诗情的源头,介乎空无所有和纯粹的行动,我等待回声,来自内在的宏丽。"这仿佛是游向月光路尽头去的、人生的幻想。

大海,大海啊永远在重新开始!
多好的酬劳啊,经过一番深思
终得以放眼远眺神明的宁静。

---

① 保尔·瓦莱里(Paul Valery,1871—1945),法国象征派诗人,一生的巅峰之作就是《海滨墓园》,写诗人在海滨墓园沉思有关存在与幻灭、生与死的问题,得出了生命的意义在于把握现在、面对未来的结论。

别笑我是个幻想家,别笑我这样写,别觉得诗都是不真的,只有在升华中我们才能理解深邃,才能发现一切是多么得来不易!一切又是用怎样的心血浇成的,让我回味吧,谁能说现有的比幻想的更真诚?我们爱着,付出着,为什么日常的谈笑,不曾显出它自身的无力?在平易随和之外,我们回味起那些涩味生硬的季节,不也感到我们多么地不容易吗?

我的好玞玞,我亲爱的!黄昏时候的思念是一种很怪的、撩人的心情呢。你喜欢黄昏吗?

吻你!在心里想念你!

永远爱你的

一禾

1983.8.20

2

玞玞:

终于,我们相见了。那车子骑得多么愉快呵!

不少的回忆,终于在一个辛酸的杏子上找到自己的句号,我能够知道你心的波动,那些谈起爱情时的辛酸……我们男子可能坚强些也迟钝些，所以遇到自己心爱的女人，可能就感到风平浪静，像看到一大片黎明后的海滩一样，海正从远处缓缓流来。

我总要挑起事业、社交、压力和感情的担子的，从过去到现在，我觉得是变得健康多了，我也总会彻底锻造出来的。这就是我，我怀着一个大大的奢望：如果有下辈子，也让玞玞爱上我。

人们常常怀着一个希望而办事并将它成就。也许下一辈子我真的不能和你在一块儿了，但我常怀着这样一个灼烧着我的火星。来世对我们是很重要的。也许今世所遭到的一切，而我们未能自觉地秉正处理，下辈子就将遭天谴……所以我打算用一个我们的现在，我们所创建的共同经历所鼎承的未来，来压倒我的过去，努力生活。是的，我是你的确证，但你也同样将在我们私人的心史中留下对己的确证，所以我得堂堂男子般的生活。说句实在话，我对你是不公平的，也是留下抱憾的丈夫，但现在我不自卑了，因为我们到底走到一起了。

你闪烁着，终将走远……在一个世界沦入黑洞的时候，也许我们被仓皇而急切地渡过忘川的人流无声地冲开，连再见都来不及说一声。……所以我要说：我爱你，我爱你……以至无穷，因为说不完或说不出的时候我会很难受的。不过我相信，假如那飘着绿色五月的坚硬洁白的河流，那鱼王和欢笑般神奇的你明亮晶莹的眼睛，你的话梅和小面包，那纯净有力的母亲般的春天和春天般的母亲会一起重新自那苍茫中流来的时候，我一定能看见你在那河上的，我也一定要奋力向你游去。

这就是车子滑下三环路，滑下电车拐过的那个坡道，我骑车子在前面，而你在路灯下慢慢骑来的时候，我说不出来的那种热辣辣又堵塞的东西。我是钝化了，当着人的面前，我会装作无动于衷了，我甚至为自己一句真心激动的话感到后悔，但是看你写到自己，写到你哭了，写到那种复杂难辨的滋味时，我晚上激动得睡不好觉了……我呆呆地看着你的信，仿佛一个地球就在手上。

你明白了吗？我爱你……你好……从这些再也连缀不起来的字句里，我感到心在膨胀起来，就像我们白天黑夜在岸上看见海浪涌来时的那种神一样的大深远与大欣悦。

玞儿，你不是神，但你是在这个世界上挽起我的手和我同行的一个有着褐色头发和日渐消瘦脸庞的、我的女孩子……想到没有下辈子了，我就心里滚沸起来，烫到只觉得冷地渴望。

爱你至死的

一禾

1983.9.15

3

玞玞：

你没不高兴吧？我觉得下午你那么走了，我心里头好像不落实。

我反正不管别人怎么说,见不着你就觉得很难过。所以不管怎么样都和你相爱。做你的好丈夫。你太好了,我决不同意让别人议论你。这不一样:在外人看来,好像她们提的一两个问题是提问在没有倾向的白板上,但实际上,我对你怀着很深的、生死与共的感情,这种感情是有着鲜明色彩的心板,一个问题,往往是对我感情色彩的疑问,是一种侮辱。我觉得这种爱情,别人是不大能体会的。不过由于我有这样的感情,我也觉得心地开阔了许多,所以也不会怪罪人,玦玦,在信上吻吻我吧。

为了你和我们的爱情,我敬爱每一个人,何况我们的父母都还是很开通的,虽然有时候会出于好心而给我们以谕诫,好像我们都在冒险一样。

有多少好日子还在我们中间跳动着呢!

我渴望着幸福,但是又带着愉快的恒心。你能在信纸上轻盈地跳个舞吗?——在你读完书之后。你能的!我的小爱人,小妈妈,小兔子,小百灵鸟什么都会。

我们将到那些岛上去……
梦沉沉地在松下,我们也许会听到
爱情的话,神明的话,辽远的话。

我要加上：这就是我和你的话。

你知道我近来为什么喜欢写河吗？我读过的两句诗：

河是一个很有力又很纯洁的母亲。
河是全个自然的母亲。

这活像是你，我的大河，我的小河，我的头发浓厚，嘴唇柔软，心地丰富广阔的小河流。

也许，在晚间，在那薄薄的黄昏，你会悄悄感到一种磨人的感情，幸福的痛苦是明亮的、真实的痛苦，其实它和别的痛苦没什么两样，只不过别的痛苦必须解脱而且要麻醉心灵；而这种痛苦时隐时现，无以解脱却使人像大自然一样真实澄澈。我常常在校读的时候，突然觉得不能自已，很想坐下来，坐在我的床上，轻轻碰着你的手，你的头发，但是当这痛苦微微地过去，我又骑车来到街上，会感到想愉快地吹口哨，朝着骑摩托的警察挤眼睛奚落一下，平心静气地在路口等着绿灯开亮。你说怪吗？有两次我晚上觉得你就在我边上，合上晶莹的眼，微微蜷着双腿，被子没盖着你的光脚，睡得那么好，像是对我说：嘘……小爸爸，你别动！我就一动也不动，直到突然眼见到窗帘，光着的身子也觉出被子那棉质的布纹为止。

那时候过去，我就想起你写信的时候，拿着笔灵活地、努力地写的神态，有时候你会歪歪头，有时候你还会没词儿呢……我觉得神明没有弄错，把我们结在了一起。

我们彼此应该早就认识，我们既然认识了，相爱了，就像自然一样舒展，美丽如阳光，真实如秀木，安静地听从我们彼此心律的召唤：相见、分开、再相见——永不分离地听从我们爱情的心声来召唤我们约会的节奏。

叮，咚——叮，咚——叮——咚。

祝你这周学习好，看看你读了多少书啦？你一共寄给我了十七封信，还有一张纸条。那我肯定比不过你啦！我就查查你读书的数目吧！

你读我的论文，我很高兴你完全懂了，而且问题提得很是地方。特别是对论文 I3 的看法。神话特质我并没有展开谈，而是只谈了一个例子，以说明这个问题，并不是用严密的逻辑推论，来论导这个问题，是用了一个省力的方法。I3 的关于意志与情感的问题，却是比较出色的，国内还不多见。对 II 的看法也准确，我觉得仅仅谈了北岛诗歌中以人道主义原则批判现行社会思维及现行社会不完善的一面。在我力图阐明一种批评析读的方法及意象分析法的实用例释时，就难免顾此失彼了。而且你打了三角的句子，正是我写得眉飞色舞的句子。看来你挺善于分析的，这种"六经注我"而非"我注六经"的写法，你也肯定会赞同的，凭你的头脑加上多读些书，是会有成果的，而你一定得有信心，别看着别人自己忙着就行，我觉得你写东西结构感好，这对于去探讨有好处。

你别有任何心急的地方,我现在就不太心急了,因为有你这个活泼可爱的好伴儿。当然急还是得急,不过我们不会失去,我们学习的时间也少失去些更好。

想你呵!吻你美丽丰满的手臂!

爱你的、你的"情人"(按柏拉图的称呼)

一禾

1983.10.3

4

玞玞:

我亲爱的小手套,收到你的信,我高兴极了。又加写一张信纸给你,不是奖励,只说明我的心情太高兴了。

我会好好疏导自己的,现在情欲倒还好排遣,只是心里的思念缠在树上,树也会枯干的。我常常想你,等想到你是那么爱我,我就不那么郁结了,毕竟我们幸福是大于一切感觉嘛!所以你别急。昨天晚上梦见你一次,织了一只指头那么大的手套,套在我右手中指上,然后我就扭动那憨厚的中指,你就笑了,先是伏在我膝上,然后仰起脸来,笑吟吟地,用你的巧手朝我凸起的下身打来,我又甜蜜又护痛地哎了一声,醒了。心里很醉很甜,不由得把头缩向被子里，好好地、乖乖地睡觉了。

我的小小虚荣家，还怕自己不美吗？你很漂亮，更主要是美，漂亮给人突出感，美给人和谐感。你很自然，也会害羞，和谐像一团气氛围绕着你。你也会任性，会很厉害地估计一个人，会用话掩饰你的病，你爱我，抚慰我，可不是只说我好话，你是用最好的一切来接受我的，你有时候还会虚荣呢！……总之，你是自然的，也很美。让人看了舒心，觉得心、相如一，不受蒙骗的脸，好看的、女孩童似的眼睛（别老皱着眉毛看人哪！），爽朗得让人愉快地叹口气的笑容，诚恳的额头，你都有，健美的身材你有的，女孩子气的举动和灵活、温存你也有。还有一种不知表现在什么地方，如同气息似的，若有若无，在无心中自有的，会让男孩子心里一动的性感，你一样都不缺。而我尤其喜爱一个整个的你。

你别逗我写你啦，再写下去我就要起性欲了。已经春情荡漾了，那就再写点儿吧。你动情的那一次，身子突然那样一动，不是撩人心腑的吗？我不写了。你的美刚看上去爽朗、开放，有点粗糙之美，和你处了这么久，我可真爱你啊！你可别以为我是硬要说好话，要是说你的美丽可爱，我可以躺在你身边，咱们看着星星，躺在大床上，偶尔我用腿碰碰你，说上好多个夜晚，讲你的故事，你的可以说出口的和说不出口的，纯净又有弹性的故事……

我正在抄克罗齐美学的体会，白天很累，晚上得打点儿精神。

小宇已给你写信,他说:"女孩子都那么谨慎"——说你,正话乎,反语乎?——口气还快活,我捅了他一拳:"嘿,有门儿没有!"他笑了笑,有点不好意思,咕噜着"星期天到我家看看……"之类的话,没说出个所以然来。星期五如能见面,我们再谈。

吻你。亲你美丽的脚!

你的小爱人、小爸爸

一禾

1983.11.16 夜

5

玞玞:

我亲爱的女孩。

我就叫你 Bonny(波妮)吧,在信上可以写了。我以前曾经有过这么一小段笔记:

天渐渐黑了,那些飘着秸秆味的路隐入夜色,又伸延了夜色。大地变得难于分辨,只有风告诉我大地是实在的。我上了屋顶,在这种黑暗里,我甚至感觉到不愿意添加什么,那样做是多余的。她坐在离我不远的地方,挥手赶着蚊子,她现在很少和我说话,眼睛总是看着别的地方……这里边有好多我不熟悉的东西,我总觉出一些像夜色一样莫名的东西,你会觉得它很深,可到底有多深你不知道,而且你不感到深不可测的紧张,她在这儿像个美丽的农村人。

很想跟她说话,可是有一种粗糙的东西在锯我的胸口,我终于什么都没说,坐在有粗沙子和硬草垫的屋顶上。我坐在星星中间,沉默地数着黑黑的、光滑的夜……不知为什么,乡村的土地让我觉得不好受,是那种很厚实的、有劲儿的不好受,这儿没多少花,有的是玉米地和远处的海湾。我想唱什么呢?—— Oh, the west wind crossed those islands. I felt my feeling but I couldn't sing a song. For she was lying on the ocean...(呵……西风穿过那些岛子,我已感到了我的情感,但我不能唱响一支歌子,因为她正躺在海洋上……)

这就是"Oh, my Bonny lies above the ocean"所说的那种情绪吧。你是我的波妮,我的躺在海洋上的快乐的女孩。

不要生我的气,那在海边的日子,有很多很多时候是很高兴的,可有时候呵,Bonny,你懂吗?人慢慢地长大,就是在这种感觉中长大的,说不上任何苦恼,可是明显地你能感觉到自己一点点在大起来，心里有个什么东西在扩展开来。幸好我们不是任何时候都觉到自己成长的、那种增生的具体的步骤，就像长个儿是不会被想到一样，否则，人一定是很难过的。惶惑？……很难说的。

My dear Bonny.

对自己会干错事的预感，对自己空虚无聊的感觉，对自己的实际能力有不稳定的估计，惶惑和丝丝怅惘……不满足，这些都是青春在闪出夺目的光彩时，天空中那初期的一片白色；你会很成熟的，会觉得忽然间就成熟了，就像个好女子那么自然大方地生活下去，这是你做姑娘的最灿烂的日子。我不能及得你，你在这时候会变，会变得无与伦比，——在我看来。我近一段很想见你，天天在一起，我想看你，而且觉得我要赶不上你了，作为一个人，一个生命。

我们是该认真地谈谈了，像一对相爱至深的情人一样聊聊这会儿我们看见的、觉到的一切。我渴望你用晶莹的眼睛看看我，靠着我。你20岁的时候，感觉是什么样的？现在也许有点儿像，而且，你再看看我写的那首《岁月》，也许能领会到这种流逝感和成长的蓬勃自信感，淡淡地空无思绪交织的情感。

我爱你！也许你是需要我的。Bonny.

1983.11.30

6

玞玞：

新年过得很好，我还想骑车带你回家，还想到学校去，在同学家外面看见你扎花。还想在影院灯亮起来的时候听见你的叫声，回过头来，意外地看到你的笑容和连指手套。

我们尽力想得到的，都在这些无意的瞬间得到了，而且给予了。

人们可以用各种的方式谈起"事业"和"自由"，而谈到幸福时却同样带着点沉醉和惆怅，你的眼睛会乌黑得像春天解冻的小河。幸福对人是多么吝啬、多么珍贵的东西，以至只有用一种感情才能触到它。而且，它永远带着海水的味，走到哪里，我都想见形容，闻到海的气息，知道你在我的心上。

一周年了，我不由得在半睡眠里想到了原始人唱着森林、黑夜和洞熊故事的情景。

"回家吧"，原始人在恐惧沉重而持续的压力中唱道。他们靠着石洞歌唱的时候，心开始融化，滴在火堆上和陶罐盛着的雪水里。他们的女人蜷曲在黑暗里，眼神像母鹿一样温柔，她们觉察出她们的男人心里头热乎乎的一种欲望，她们从火堆里认出了那热流，于是就温存地看着火焰枝形的舞蹈，慢慢进入了一种深深的情思中。

幸福是人性的内容，它瓦解人既有的观念，又重组了人体，使它成熟起来，格外地灵动起来；不懂得幸福是不幸的，而我是真正幸福的，"我怎能舍得你，我怎能忘记你……"

一周年了，我爱你，你使我永不得安宁了，亲爱的果树林。

让我狂热地吻吻你，在你名字上。你是我要的那个女孩子，虽然你也有你的偏执，但是我是要你这个女孩子的。连你在我身上勾起的情欲，也是完全男性的。它是我一人所独有的，只属于一个女孩子的，而她就是你。至于其他的：爱情、幸福、建设感、自信心……也都更无须赘言了，它们是如此巨大，使我永不能忘，如果这次失去，我也就失去了对这些的感受能力，而你是这么爱我，我从不感到丧失了生命力。

一周年了，玦玦。

爱你的

一禾

1984.1.3

7

我亲爱的小波妮：

晚上了，时间又是我自己的了，只有在这静悄悄地属于自己的时间里，我才肯给你写信，这是我们两个聊天的时候，我要坐在床上，拥着被子，想念着你，和你对话。

这几天在看《存在主义哲学》①，看《红与黑》②，看《麦田里的守望者》。司汤达描述的笔触是带有早期的拙朴色彩的，但是这种色彩和于连、德·瑞那夫人那种细致的情感变化混合在一块是别有风味的。对塞林格③我感到困惑，他曾被作为1983年诺贝尔文学奖的候选人，但是他要比戈尔丁④差一些，是不能比较的。而拉美一个评论权威认为戈尔丁是不符合要求的，这个塞林格怎么有这么大名气呢？我们也很少评戈尔丁的东西，所以也说不清怎么回事。

这几天我感觉有些乏，一直提不起精神去写小说，现在脑子里有一种创作《夸父追日》的情绪和一些必要的段落；还想写一个女孩子的性格悲剧，小说名字就叫《人们都叫我咪咪》⑤。

那本《存在主义哲学》看得我好吃力，现在还没看完海德格

---

① 商务印书馆1963年版，贺麟主编。
② 《红与黑》是法国作家司汤达（1783—1842）的现实主义代表作。
③ 杰罗姆·大卫·塞林格（Jerome David Salinger, 1919—2010），美国作家，1951年发表的《麦田里的守望者》被认为是二十世纪美国文学的经典之一，受到美国学生的疯狂追捧。
④ 英国小说家，诗人威廉·戈尔丁（William Golding）是1983年诺贝尔文学奖的最后获得者。骆一禾前面的信中提到过他的小说《蝇王》。
⑤ 与意大利作曲家普契尼的歌剧《波希米亚人》中著名的女高音唱段同名。

尔[①]，但是，这些论文写的虽难，却是让人动脑筋的难。让人有兴趣读，你到时续借一些日子。

现在我明白了幸福的感觉，要牺牲幸福是比牺牲自由更灼人的，虽然没有自由就不会有幸福。

小黎来了一封信，她真友好，而且文学描绘力很好的，如果她以后长大了，一定能写小说的。她寄了一张画片：一只鹰停在彩虹前面。当然，她还文白间杂地要掉掉文言，看上去很好玩。她说："谢谢一禾，暗暗为玦感到幸福。为玦认识你，我认识玦感到幸运。"——而我呢，心里会心花怒放地说："玦玦真是我的爱人，特别有识人善断的天才，让我不胜荣幸之至。"望你这个小可爱儿有很多好朋友，像那个可爱的金苹果姑娘。

果树林，我昨天只梦见了你一下，穿了条网球裙，光着脚，在果树林里蹦蹦跳跳的，然后跪在树下，一双膝盖圆滚滚的，张着大眼睛，我翻着本书，偶然冲你一笑，你打了球就来看我。

祝你玩得高兴，考试优秀。我想，唐诗那篇文章，如果是写一篇大文章，那样的结构很合适，小文章就略显重了点。而且老师画钩的地方也仅仅是评诗的地方，说明她没能接受赖以判断问题的理论。题目出得模糊，不去管它。专心考好文学史和西方文论，凡结业课都用些心思，只要学到了就肯定考得出来，我考试也是"良"居多，那时不打百分，成绩也常常是勉强得良，仅仅

[①] 马丁·海德格尔（Martin Heidegger，1889—1976）是德国哲学家，二十世纪存在主义哲学的创始人和主要代表。

是心里喜欢的课考得好。

今天早上八点钟醒来以前,我梦见你和我争论一个问题,我刚说一点,你就完整地说出了后面几点。这是什么兆头呢?又抱西瓜又捡芝麻的运动员,小妈妈作家和女学究。

我觉得你非常狡猾,用个专指女孩子的同义词叫"黠慧",——直到现在,我还不知道一丁点儿一月八号你要说的普通但我想知道的话是什么,一年了,你还保持着一种千变万化的女性的魅力,而我是多么爱你,每次想起你说话时,被自己逗得咯咯笑的样子,我还都情不自禁地想抚摸你。

《世界电影》1983年第6期上,我看到的两个剧本都很好:《两个人的车站》①和《道路》,后边是费里尼②的杰作,真是让人透不过气来,太压抑了,可是太动人了。《两个人的车站》里那个很活泼也很肉感的女服务员薇拉很可爱。——玦玦,有一件事情请你谅解我,我剪了一些破本子,或折了他们烧火,结果把夹在里面的一张你的照片绞破了一点。

你的身子给我留下了很深的印象,有时候我一人独自回味,还可以感到抱住你时的那种幸福的滋味。不过玦玦,你一定努力读书,我爱幸福但我更爱你。到我27岁的时候,可能住房、经济、声望和各方面的能力都会如意些,我愿意多带给你些什么,

---

① 苏联电影导演梁赞诺夫的作品。
② 费德里科·费里尼(Federico Fellini, 1920—1993),意大利电影大师。

因为只有我自己的躯体和智慧能利用。Ezra Pound[①]说:"一切都是虚无,除去爱的质量。"而我要把我最浓厚的质量,通过爱传递给你,让你幸福而充实地度过一生,你会有各种感觉和骚动,不满足,但是绝不是贫乏的。所以时间对我来说也是必要的。

你知道吗？当看见你穿着游泳衣,在沙滩上稚拙地走过烫人的沙子,丰满的大腿和脚底被烫时的步态,我是多么爱你,跟在你身后,我爱慕地打量着你的背影。我的目光是和别人欣赏你的目光不一样的,他们的会消失,当你消失的时候,而我的却不会因你隐进更衣淋浴的室内而消失,我一直看着前面那海平面,用只有爱人才有的生命力、肉感和灵魂的祈颂,怀想着你,我不能不感到你对我是多么地真实,真实的消失绝不会产生玩笑,——当我有时候不该那么认真的时候,请你谅解我,我这么想,而不一定都想得合适。但是每一天离开海边的日子越远,关于那海边日子的想念就越明晰起来,也包括那些朋友们。而他们是不会像我这么记忆的。

为你深爱着的才是你真的遗产
你深挚地爱着的谁也剥夺不去。

（Pound）

[①] 埃兹拉·庞德,美国诗人。

这时候，我一直爱读的拜伦①的诗《雅典的少女》，那种朴实又青春气息的气氛，又在台灯光里幽幽放射清香："你是我的生命／我爱你"。

我很想和谁谈谈你，和我自己一件事一件事地谈论你，真好啊……

祝你高高兴兴，考试顺利，身体健康！

爱你的 吻你的

一禾

1984.1.4 夜

8

玳玳：

这两天过得还好吧？我上午去换了一张月票，这比一个月花九块钱买车票节省得多了。现在我才发现，人有很多可以挥霍的地方应该挥霍，也有很多可以节省的地方应该节省。

到五月份，我就可以穿上你买给我的牛仔裤，穿上那件夹

---

① 乔治·戈登·拜伦（George Gordon Byron, 1788—1824）是英国十九世纪初期伟大的浪漫主义诗人。

克,骑着车奔走于西城区与崇文区①之间了,骑车走过的路,都是北京最漂亮的马路,月坛北街、长安街、前三门。路上有太阳、松树和少女。

但我最大的希望就是希望你能有比较多的时间和我离得很近,我是说那种心理上的接近,我们在一起的时间是少了,那种安详如上帝与我们同在的感觉太少了,这是我的过错,也许男性的语言总是有缺陷的。

把你的手没有怨艾地合于我的手上,闭上眼睛,那交叉的手指套告诉我们什么呢?

深山里头,黄曲柳可能已给坡地一点绿色了,红色的履带式拖拉机在斜坡上翻着草皮,像穿工装裤的小伙子一样卖力地干活。

而后,一个夏天,雨水过了以后,地面湿了一层,你穿着短袖运动衣白网球裤,在核桃树下和向红打羽毛球。

享受这一切吧。

确实,这一段日子,我们像是在苦熬,我病了,你病了,要献血,而且还得缓过手头的钱来,这一切是会在春天开始发热以后改变的。然后,你该舒心享受,聪明地读书,使生活不成为书斋而精力也不是挥霍。

这是我所想的。

---

① 崇文区为北京市已撤销辖区,现为东城区。

吻你，拥抱你！

永远爱你的
一禾
1984.4.3

9

我亲爱的 Bonny：

我只爱她，我感觉到在我的心里
她那洁白胸脯的天蓝色光芒。

这是那本《法国现代诗选》里一个叫雅姆的人写的。不管怎么样吧，所有那些最美好的女子形象，都让我想起你，也许我太爱幻想了，可是有了你，我怎么能不幻想呢？甚至，我会觉得你成了所有最好的书里的最动人的女主人公，引起我的各种各样的感情。

总而言之，你对我来说，是非常甜蜜的，又带着很重的、不应该在这个世界上看见的情绪。我相信你是个了不起的女孩子，我相信你的梦、你的直觉和你说的话。就好像河面上升起了大雾一样，更让我相信河是美丽的。

不知为什么，自从有了你以后，我的欢乐更欢乐了，我的痛苦也更痛苦了，总有一个时刻让我感觉到有一根尖刺在扎我，在旋转，成了我的中心，就像洁白胸脯上的蓝光：纯净、娇嫩，而且有那么一点总像是快要失去的感伤。你啊，好像我是从别人那里把你偷来的一样。

谁知道呢？也许我已经把我自己的语汇掏空了，我不能向你表述出我爱情的万分之一，甚至陶宁都比我幸运，她还可以写出诗来，让她最好的女朋友——让你——读懂，她还可以听到我的爱人不会对我说的话。我也"嫉妒"她了。

但是我尽管没她幸运，却比她幸福。

我常常要在信上抱怨你，可是不知为什么，写到后来我总是很骄傲的，终于就变成了不再抱怨的调子。也许是我心里很为你骄傲，可是又不能向人家说，只好借抱怨而夸耀了吧。

真的，有时候我很想写封信给一个根本不存在的地方，一个从来乌有的人，谈谈我的小爱人，她怎么苛刻我，怎么改造我——我心里很复杂，因为饱尝着她的爱，有些虽然是她自以为是的做法，可是她像个信心十足的小女孩摆弄积木——那就是她的世界——又怎么能让人不爱她呢？我只是希望她不要见外，不要说"没有共同爱好""请原谅"之类的话，把我看成是她的，因为我想，我做得不好，但总不希望我是个让她感到客人式的外人吧。

女人会借骂丈夫，对别人夸耀他；可是男人也会怕自己是个外人而强迫命令他的她："别把我当外人，不然我就不喜欢你了。"——多么古怪！

别人会笑话我的，你答应我，不对外人讲这回事好吗？你最懂得我了。我有时候想写信给关佩，告诉她一声，我跟你像孩子一样光着身子睡在一起过，有时候想对旺子露一句：玦玦的腰可细了——可是我是绝不会说的，这种幸福和秘密燃烧在心里，满溢得我像喝醉了一样，这东西可真让我受不了啦，我想当着大家的面，盯着你看。我觉得心里头有一股火焰，想从眼里射出来，热切地烧红你的脸，让你蒙起脸来，羞羞地笑。

近来我给你的信少了，可是爱情却像初恋时一样。我也很心烦，也许总在初恋式的激情里就永远也变不成大哥哥，就总想像个小弟弟似的伏在你胸前。我简直苦恼了，什么时候才能真像个大哥哥，让你早点当上个撒娇、任性、弄得人人欢笑的、爱玩不操心的小妹妹呢？

吻你，拥抱你。

永远爱你的
一禾
1984.6.10

10

亲爱的玖玖：

晚上回来写几个字给你。我没有别的意思，不是贬义的。而是和自己唯一的亲人、没有什么比你更亲的了，说一说心里话。

我们将事无巨细地长久地看到对方的一切，在你的性格里有勇敢、进取、勤劳和浪漫的优点，同时也有一点，你也有比较强的肝气，在我们结为夫妻之后，我们彼此将相处最密，你的肝气我也看得会是最多的。你的情绪波动也只是与它有关，作为一个能主宰自己的人。这是我们要能够理解的，因为我们都会产生情绪波动，所以要注意，尤其在逆境中的时候。

这并不是说你给我气受，而只是指情绪波动是有影响的，作为一个有良知的男子，我是珍视你一切素质的，你的情绪波动我也理解并向着你，但我也和一切男孩子一样，更喜欢富于智慧和较多朝气的女性。

我也不是要求你改变你的性格，哪怕是肝气的部分。不，我不主张和以为能改变自己的人儿的性格的些许之处，实际上我们只有了解自己，有更多的同情心怀在自己身上，而不是改。

由于婚前事务和牵涉，你要经历一些情绪的波动，近来你的声音里无奈和对我躁的成分，我想是因为这一时期的上述缘故，但这一段是会过去的。你也说起过"我绝不改变"的话，这种肝气盛的话，不该意味着把这一段的烦扰在肝里积下去。以后日子里我也可能会出现你不在时吃饭马虎或买菜做事不到家的情况，是需要你现在不积下肝气的，那么我们就能愉快地改进这种情况。具体事情引起的指责到后来是会使事情牵涉成一堆的，那样我们就在心理上不能看见事情了。

我们是一个年轻的家庭，年轻的妻子和年轻的丈夫，年轻的妈妈和年轻的爸爸——这种父性和母性也存在于我们两人之间，而不只是孩子的，例如我们存在着互相抚慰和鼓励。——在这里我指的是年轻所带来的天然的好处，像光滑的皮肤一样总是好的，多年来我们得益于它，我们要和睦相处，也就是年轻下去。

事情并不像 O 和 AB 血型那样，我们的血里有共同的东西，不然我们不会相爱，在西安我也不会老有感动得想哭的激动了。我体会你的能力超出了一切不同的客观界限，这种联系是超过了命运的，我爱你，爱和诗都不是它们自己自足自满的，我在一切里都推行了它们，并从我们的一切里得到了它们，这是我的奋斗，正如你买美容品、洗得上桑拿浴和我为自己买两棵青菜及肉蛋维持健康一样是我的奋斗。

我是深深懂得的，这世界有着令我忧伤和悲愤之处，所以我不能停止奋斗，对其他的我认为肯定都是次要的，一个男子若是能奋斗和希望自己的话，也就得到了乐趣，这是我的无上之处和不被了解之处，使我与别人的生态不同了。这样我奔向你，亲爱的，也是逃向你，你温暖的腹地和你蓬勃的心，我和你一样珍爱它，因为除此我就流离失所了。

拥抱我，并容许我在你换衣服的时候总靠在你身边，这是人生的态度，我说的不是某件事情。我觉得我很难说出诸如此类的话，所以也可能你知道得不充分。我常常是在"不知道"里做了一个堂堂男子，只要是，花时间使人"知道"是我不肯的。

因为爱你只有一生的时间，奋斗而走在主要的天国或回家的主要街道上，也只有一生的时间。我活了，我能带到最后的就是心情愉快，这无论如何都属于"你爱我"——尽管爱是复杂的，但从全程看一个人必须得到它而不是得不到，这是我最迷恋的。我要你爱我，爱得更你我。

立了家，我要在家里等着你。我爱你。无论如何你是我的心上人。我们好了多少年！为了这个提到前面的一些要求，我就写了字；为了这个我常常由衷地感到人活着可以相信许多孤独是不足道的，孤独是无可告诉和抱怨的。

这是说我自己。而哑铃、跑步、吃饭……都是我乐于做好的。我只属于你，一定尽力！

另外说一件事，排气扇我来安，第一次费点事我们也可以安好。是锻炼不是因别的。

但我是真的恐惧在医院做婚前检查，那股药水和病人的呼吸的气味实在是不对我的情绪，没办法，还是得去。真没有积极性。

热爱你的
一禾
1988.9.29

致潞潞

1①

潞潞:

近好。

....

至于你开玩笑说,西川、海子和我以后竞争起来,次序就不好排了,我是当真听的,你可以把我放在最后,就不要动来动去的了,虽然我年长于他们,并且在开始导引了一段,但我明白"后生可畏",一旦有成,对于他们来说,我应当谦虚谨慎,不然是会破坏友谊的,而这种倨傲,完全是一种错误,它破坏的是比先后更为重要的东西。所以平时如果有发诗的机会,我总要为海子和西川争取到同等的机会。所以我们三人的友谊在北京是很著名的。而《山西文学》一再体现了这点,所以我特别感谢老兄。——在《诗歌报》那次版面上的简介,出自我个人的手笔,一再被删改,本来我在三个人名下,都说到在《山西文学》发诗的,总之是由衷地要这么写。后来还闹了几个错误,例如把

---

① 此信有删节。

西川和海子各记长了一岁，把海子《水的传说》诗集稿本错写成《亚洲铜》，以及把西川的籍贯从"江苏徐州"错写成"山东徐州"——为此受到二位的明确"抗议"——总之，虽然已是六年的朋友，但我对许多细节都没有弄清楚。

其实事情就是这样，所有青年诗人都在搏斗人生上花去了很大精力，而不能专注在创作上，这是一个巨大的损耗，比如在我们三个中境遇最好的西川，也仍然是境况不佳的，这种浪费是极为可恶的，但凡还不麻木的话，这大概是一个共同感受。

这些年，其实写诗有成的诗人，也差不多都出现了，这种局面在今后的十几年内大概都不会有，这就是众人"在场"，于今后乐观的唯一一点就是：更高的诗歌成就在优秀诗人的互相激发间产生的可能性。这也并非搞等级制度，而是说，在这种局面里，诗歌的创作意识，发生质变，艺术判断和鉴赏比较入情入理，也就是在这里产生的。这也是诗歌所需要的。

而这一切都卡在出版的细瓶口上，刊物不能尽责，新诗的发展情况，在公开刊物上倒不如在稿本上反映得清楚。何况诗是一种心声，又是最渺小的商品，许多主持者的编诗，不能说是相称的，而且程度也太甚，公正是难于坚持的——我们的诗学理论又很不发达，——例如剽窃和赝品就几乎得不到鉴别，——所以说不清和不愿说的太多，有利于苟且而不利于创造，也许我们无法从最高审美层次上说诗，但如果一些起码的意识都不具备，则可能创造性的作品放在面前都不认得。——随着文化环境的变迁，被贻误的诗人过若干年再被钩沉发现的可能性是极小的：一般说来，在一个出版畅达（数以百计的印刷品），出版粗率，诗歌意识不完备，加上功利主义主流和商品文化社会的特性，遗忘的速度就快，连传到未来的可能性和条件都不留下，又谈什么永恒的品鉴力？例如海子的状况不改善，而我们一旦不在人世，他是完全湮没的。又如，我最近为昌耀写诗评，遍查1956—1987年的评论资料，竟然发现我的评论是头一篇较为系统地评价昌耀诗歌的文章，这样一位重要诗人在三十二年（1979—1988也有近十年）的时间跨度内，是这么一个情况，确实令人感到新诗其实是在被大量地玩，而没有什么"事业"可谈。

这种情况又造成新的轮回：大量的互相攻讦以保持自己的声响——劣质而剧烈的竞争——精力的消耗，急就章式的艺术态度，艺术问题的不深入和不及、不愿探讨，庞杂贪婪的需要，由于缺乏基础性的，起码的学术习惯而造成的集体无意识……由此类推，可以说是一个恶性循环，当我们把问题集中起来一看，发现：太糟糕了。

因此，这样的情况又大致是必然要发生的，由于上述混乱，所以诗歌完全取决于诗歌编辑的个人素质，他的良心和才干，而实际上，这种寄托的数量过大，指望过高，也就很容易失望，和给朋友出难题，一旦不周，就容易产生怨怼，——其实，他又何尝不肯尽心，他兜住的已经很多，但需要的层次更多，"不满意"是有不少从此产生的。例如你所碰到的情况。这样，一旦劳损过甚，像我们这样的人也吃不了兜着走。撒手而去，结果更坏，只能重新陷入泥潭之中。

这一点必须自己明白，而且我觉得，你也应该对可以说的朋友说明白，许多事情由于别人绝不会代你说，自己又凭人格和意志力忍过了，终于只能积结下来，变成恶性循环的一份儿，所谓"不了了之"其实是"内损耗"的主要成因。于人于己都是极为有害的。

我这么说，一是因为我们可谓知交，二是因为我的感受也深。自1986年4月筹备《十月的诗》以来，我主要由于发自内心的感受，觉得两件事是我作为一个身受其弊的人——诗人——需要去改变的（在很小的范围之内，因为个人在社会上是渺小的）：一是诗歌出版大大赶不上新诗进展的情况，二是亟须为有才能的（不管他的艺术旨趣怎样不同）青年诗人提供较多的机会，这些无名者比其他人更缺少机会，而"把道路多留给青年人"的意识其实很差（人性使然）。这样，对外、对诗坛的一些势力虽无不恭，但绝对招怨，对内、对《十月》，则妨碍了一些人的老关系和为自己找出路，甚至，在一个派系很多的情况下，"正义"是"异党"的一种标志，现在，仅就北京而言，也得罪了一些人，一旦我的稿子落到他们手中，就如石沉大海，而《十月》之内的党争，演化到了在评职称的情况下，有人揭发我——上班少，"纪律散漫"，以及一些莫须有的罪名——导致不但编辑职称不给，而且连"助编"也不给的情况。也就是说我等于不及一个工作一年的大学生——虽然我本人是得过全国性优秀编辑奖,并且诗和西南地区小说的情况都大为提高了水平的。这种情况无非是要使我长期穷困,并且作为"异党"离开《十月》,因为事情的程度不是一般的压低,而是完全不给。

积怨和无形之阵,这些是我们不会想到的,甚至想象也想象不出的,我虽然早已知道,但根本上是没法阻止它发生的。从你说起的大略情形看,——诸如"不扶植本省诗人"及怨怼的无形,——我想,演化下去是于你极有害的,所以适当地把可以说的话说清楚,大约也是必要的。

很明显,纯粹由于物质生计,我要打持久战是代价高昂的,"资本家和地主与工人、劳动者之间的对抗,永远是有利于资本家和地主的",这大概是一个平易的常识,"资本家没有劳动者,要比劳动者没有资本家活得更为长久"。但就诗歌而言,可以说我的事情只做了一半,可以说,例如,陈东东的诗,你的诗是必然要发的,海子的诗不发第二回,他的困顿就更为严苛,这些都是需要时间的,而且我也只有再看一二年,到1990年初,大约是否可以抗战到底就可分晓了。我想时间不一定需要某个人,可每个人都需要时间,人生是这样紧而窄,所以它需要意志。正如除此之外,还要有别的。

一般地说,在事情并不到决然之际,还是要防患于未然,尽管你发怒也罢,起誓也罢,疾患还是要进入你的安宁。

这也是我特别想跟你说的,那天自然不谈这个,因为不容易见面的。就写写信说起罢。佛教里有四谛,主要的是"苦谛",与此有关的两个甘苦之言是"缘生"观念和"集谛"观念,也就是说,苦还要生苦,集合成更大的苦,而且到什么程度、什么样子是无形中变化的,单一不成因果的,缘生和集成起来便三人成虎,对于一般比较不以为意的人,尤其对于诗人,从不锱铢计较,但某一天会发觉陷入了彀中,早些意识到可能是必要和不得不防的。

所以,杰出的队列中,艺术家往往没有好运。这不奇怪。

自然,这些你就不必对其他友人说了,大家都很累,何况这些也都是个人生存的问题,兴许车到山前必有路的。

抄几首海子的诗,也许你看过,也许没有。看他的诗是好事。
…………

骆一禾
1988.4.11

2①

潞潞:

你好。

收到兄的来信,我感到钦佩不止,同时也使我感到惭愧。似

---

① 此信有删节。

乎我没有能很系统地考虑一些问题,有些话就肤廓不切。有一个东西的变化,就是你来信中说的"过去曾经滋养我的东西",我是想过,但一晃就晃过去了,但这也许是重要的,可我一直也没提到,所以你来信在谈到变革时,特别说了这一点,是我忽略了的。不知对你有点儿参考价值没有,但作为好朋友,我想就这个来说说我自己经历的过程。

今年4月24日,海子来玩,我们重叙往日,海子说他以前的诗作大都没有留下,我于是拿出过去抄的七本诗和六本写的诗,回顾一下当时的情况,我们有同感的是,当时读得比较多的浪漫主义诗歌,至今还是我们的营养,对他影响比较深的是雪莱,而对我影响深的是莱蒙托夫、拜伦和济慈。所以在北大,后来也有人评论说我是一个跨阶段的人物,从浪漫主义到现代主义,指的是我1983年以前的诗。而重读我的旧诗作,在1979年至1981年,幼稚不堪,而开始写出比较像样子的诗歌,还是在1982年之后,这里面,浪漫主义的短命天才们,当然是我的启蒙老师。

另外,大约现在人不会信,我读唐诗是从1976年开始的,那时候,基本都是靠手抄,至今留有一本200页的手抄本,到了今天,还可以看出我对自己评价的一个依据:我的诗一开始就和朦胧诗有不同的起点。李白对我的影响很大。

除去浪漫主义诗人和唐诗,我尤其可以感到,朦胧诗对于我是有间接影响的,因为我们年轻的时候,都基本靠青春的醒悟和性灵写作,倘若读,则主要是读朦胧诗。但它的作用,对于我是以浪漫主义诗人、唐诗和性灵为底色去接触它的，开始就有意地去判别它，所以对朦胧诗，我曾发出过豪言壮语"彼辈可取而代之"，这是项羽看到秦皇兵马过江东时所说的一句话。1982年我开始谈到"朦胧诗和五十年代的诗歌一样，是我们所要对待的传统之一"。

但若是掩盖朦胧诗对于那个年代写诗的青年的影响，也是不正确的，直至1983年，我才认清了北岛创作中的完整线索和他的方式，完成了我对北岛诗歌主干的解读，至今关于北岛的评论，大都没有超出我1983年写的《太阳城——北岛诗作与我的诗歌批评》的范围，那是一篇四万字的毕业论文。也就是说，到了1983年4月，我才彻底从朦胧诗里脱胎出来，完成我对自己风格和道路的确认，而北岛是朦胧诗方式的典范和最具深度的一个诗人，至今他的意象组合方式和批判精神，还是有活力的，他的变化也最少。张承志读完《五人诗选》后，认为还是北岛的诗在五人中最好。另外张承志喜欢昌耀的诗。海子则是对昌耀和杨炼的感受比较深，又从那里脱胎并突破出来的。西川由于接触英文，道路又和我们两个人不同。

海子的比较，也多用朦胧诗方式、语言和今天的诗做分别。

我这么说起过去，也是说明这么一个问题，在我的变革过程中，朦胧诗时期是一个主要的考虑对象。"过去滋养我的养分"，在诗歌技术和意识上，这一部分的优缺点也都有它的影响。1983年时，我在和海子、西川的结识中，也谈到，要发展自己的风格，与朦胧诗拉开距离。

1984、1985两年，我基本没有怎么发表作品，这是我的沉思时期，能不能变革是最主要的，而发表是次要的。这两年对于在朦胧诗时期开始发表作品，但又不是朦胧诗人的诗人来说是一个渡河时期，要么淹没，要么有另外的命运，要么有一个总的成型，有新的质地。

问题也还是在于"做到"，而不是1986年那样一种情绪的敌对，在艺术和思想上做到新的写作层面。但这个意识，不是普遍很清楚的，或者，有一大批在朦胧诗时期写作的诗人认为自己有相当的优势，并且因此看不到，这个优势在一两年内就荡然无存，或者，有的诗人由于自己有和朦胧诗人不同的起点及取向，所以认为想当然是和他们不同的，他们只要保持自己这些不同点就行了，因此，在渡河以后，他们是朦胧诗的改进型，或者说，他们成了一些孤零零的特点的骨头——最后，一种朦胧诗的反面的诗人，在情绪上是"他们要的我们都不要"。这样三类诗人，在今天的诗歌成就上，都不是已成为新生诗人的对手。

大概由于我自己曾经是如别人所说的"跨阶段的人物，这种人物是承上启下，完成了自己的使命，并且具有两个世界的双重性"，所以我自己对渡河后的结果特别有体会，1985年的现代史诗，1986年的第三代人，在我看来都有必然性，而且也都提前1～2年说过了，我对很多北京的诗人朋友都说过：还要再拉开距离，完成自己的大构思。但真正如此的人只有海子和西川。西川我在前面说过，他的诗歌道路的起点，我们是不能列入上述情况的，他几乎和朦胧诗的关系不大，所以1986年"现代诗群体大展"上的"西川体"，是他一个人独创的新起点，和其他人不一样。在这种情况下，海子的坚持就更为卓绝，他和西川的不同在于，他也是从一定的朦胧诗氛围中变出来的，只是他一开始就注意了杨炼的史诗和昌耀，而不像我一开始逐渐接触过所有朦胧诗人的作品，而注意到北岛和昌耀比较深的层面，——这样，我还可以说有过比较而为依据坚持独立，但海子是全凭本色的。

我感到必须在整个诗歌布局的高度上，坚持做一个独立诗人，而跨阶段的诗人，往往是一个时期的最后一批人，下一个时期的第一批建树者也是第一批倒下的人，这是必然的。

1984—1985年的渡河时期，首先没顶的是一些自恃有优势而不肯和大家平等的人，其中有不少是我1982—1983年的朋友，至今我并不为他们的没顶感到幸灾乐祸，因为这是很惨痛的，来信渐少，然后就不干了，而都是很有才分的朋友。这些人之后是有某些因素优点的诗人和改进型诗人，这里我的朋友最多，他们渡过了河，形销骨立地坚守着，告别了过去，然而在新生的后生面前他们还是太瘦弱了，守了一段之后也渐渐沉下去，最后是情绪上反朦胧诗但实际上做不到的诗人，1986年9—11月是大批出现的，但他们甚至还不如第二种诗人，只不到一年光景就完全垮掉了，但他们认识不到这点……

我不由得感到，他们结束了他们的旅程。我没有见过朦胧诗人：北岛（1984年见了一面），江河（今年2月见了一面）……其他没有正面接触过。但渡河中的第二类诗人，都是正式谈过的，而且有交情，他们的旅程，使我感到极大的悲哀——因为我也是1982—1983年他们当中的一个，但他们也许想得太少，也许不够，总之这使我很感沉重。

——也就是说，朦胧诗时期的方式和特定的内涵，其实又有着一种梦魇的性质，在"渡河"中，它充分地表现了对于青年诗人们的制约。在变革之中，它作为"过去的滋养"之一，在今天成了阻止很多人看得更远的因素。就我个人而言，我觉得这是非常残酷的。

如果我们不把"多元""不同""不好比较"当作遁词来维护固守的困境，如果我们又不把"处于前列"当作一种排座次和荣誉，而是真正地当作我们自己艺术和人生精进的一种外在的标志（而不是根源），那么我觉得我就直接面对了这种残酷性，我想问题也就在于，我是不是不以我自己的理解为自己的解释，而宁可去认真地正视下一代人所使用的标准，谦逊地看待他们的作品，公正地承认他们好的作品和长处，并且与他们进行面对面的交流，如果有较量也在他们所愿意较量的地方，看一看自己到底还有哪些既使用他们的标准也仍然可以屹立的东西，胜过他们的东西和没有料到的东西，这样才可以说有哪些是下一代也没有看到的东西。

遗憾的是，但丁在《神曲》里说（借维吉尔之口），当时维吉尔走到了《炼狱篇》和《天堂篇》的交接处,下一步引导但丁的是贝亚德了,维吉尔说,"孩子,我已经让你看到了时间和空间的火焰,其余的我什么都看不见了。"——这是一种歌王的遗憾;而最遗憾的是,许多与我同时期的诗人还没有看到这一步就已经看不见了。

骆一禾
1988.5.15

致伊甸

伊甸：

你好。从心理上，我算到老伊将着急了。因为我"按下不表"的时间确乎是有些长。你来信说十天内给你的长诗《献给爱情的十个花圈》以回答，并准备吐血。实际上，你这么限期让我判断你的"代表作"，是欲让我吐血也！

两组诗都收到了，对于后来的一组，我觉得在运语造句上要秾厚斑斓些，但总体上却不及长诗那样开阔富含。你所说的"超现实主义"，我觉得它要求于人的乃有两个超越作为核心内涵，一是在意象变形及意象组合的表现性上，这与二，有着一种末与本的关联。海德格尔说过一句话："主义乃是排他的"，也就是说一种特定的思维中，由于自身的构造和系统，它所框定的对象必有遗漏，于是这遗漏掉的作为已知外的未知，包含着真理与诗意，它不能以既有的体系、主义和思维观点去认识、把握和统摄，就需要"超"而予以新的观察和体验，也就是说这时，一种手法和一种形式的运作，具有其他运作不能把握的"质"或内涵。超现实主义也是这样，有它自己的为它所有而其他不能有的内涵、原型或艺术用语所称的"本事"。

因此，说到底，超现实主义有它的本愿、真、原型、内涵等，而不只是一种特殊的形变，一种手法的变形，它是人类超越自身思维局限，一种新世界观的产物，它之所见是见其他所不能见，达到这种眼界和世界观的"真"，而变形、形变的诡异，即意象上的功夫，我们所说的第一点，实际是第二义的。问题需要倒过来看或纠正了看，因为本真是习不能见的，或是特殊世界的深层，因此它的表象便也是特殊而异常的，"名可名，非常名，道可道，非常道"，在说这个本原，这个真，这个原型时，也就有了非常的表象和呈现，因此这"变形"是"真"而不是形变，也就是说，无须用"真"的变形去掩盖真的形态，不是用一种歧异的意象去说它，而是直接以这个真的本身形态去说它。

超现实主义出现在西方世界观从十九世纪到二十世纪的转型时期，也正是由于上述原因，其手法形式的新颖，不是表象变形加诸旧有原型、本事的结果，而是原型、本事自身的新生和诗化的结果。

在《柔软的钟表》里，变形的造诣当然是够有力的，然而在发现新原型，作为世界观（审美本身就是一种世界观）新生的发掘上，却还不够，因而也就和其他说法也能把握的原型相近，换一种说法是不够的。《柔软的钟表》将诗意的基础建立在一种表象变形上，如大街断裂如鳄鱼，牛首人身、黑皮鞋与白皮鞋引起的"白狮子"的视象感，等等，反而对于时空与内心世界的、引起了形变——或"非常道"的真——的动能，失去了认识和诗化，停留在表象的结果上，反与起源隔膜了。例如在《投信》一首里,那种神秘的力量倒是应该把握的,或如《四面八方有眼睛看着我》倒是写得好的。又如《荒唐的大桥》,它的荒唐的力量为何,而不是它因为有"荒唐"而躲闪这一形变,是更应把握的。

西方一幅油画《柔软的钟表》,乃呈示了从古典理性到情感本体的世界观的巨大变化的图景;由于个体生命会死,所以理性许诺的坚固构造便有瓦砾,与其说永恒占满了空间,不如说生命与时流逝,古典绘画里固定的三维空间,为生命的一连串流动所代替(请看毕加索的《三个吉他手》),那些变形的、异常粗大健壮的人体,不是空间里的形象,而是在时间里运动的形象,而在占有空间的物体易朽必死的情况下,实质是什么,都是柔软的钟表而已。这里,原型本身是全新的,而不是旧空间观念中固体的变形,变形及背后的世界观性的动力都得到了表现。生命乃一时间的生物。——我觉得,需要把握住这种原型的动力,这种造成"形变"的力量得以直接的表现,形变这一结果才获得了它的地位和诗意。

你的长诗《献给爱情的十个花圈》,我觉得比《柔软的钟表》为好,它较为深入,虽然对于这种深入的表现不及《柔软的钟表》斑斓。这首诗你花力气再弄一下是值得的。主要有几点,请你做部分的调整。

第一,第九、第十个花圈里对于上帝和最后审判所说的话,我以为是不行的,一下子把诗拉浅了。这么说并非因为我是个教

徒,而是基于这样的认识:

爱情是源于生命自身的能力,它不凭借什么外物,如门第、资历、才能、长相等等,而自我们生命体内萌生燃起,这种能力在没有具体对象之前就有了,因而谈不上为外物决定,它是反决定论的,它所体验的美也不同于外在的漂亮等,它之所来所去都有一种神秘,在爱情中的那种保存了自身的真实又全部接受了另一生命的共振、整一,它身心合一的境界,也是神秘的,生命的神秘和爱情的合一,是带有上帝性的。"上帝"用不那么神学意味的人类语言说来,就是思维与存在的合一,形与神的合一,形而上与形而下的合一,意识与潜意识的合一。如果剔除了上帝性,它就不是一种最后的情感,也就没有爱情与花圈的合一。印度一篇小说叫《胜利花环》,说的是一条黑蛇咬死了捕蛇青年,恋他的少女也把蛇如花环样盘绕在自己颈上而死。这种"胜利花环"似的原型、文学图案,同样在你的长诗里也有,因此拿去上帝性,你的诗也就失去了根源。

第二,在"献给与众不同的性格的花圈"里,你列举了用帽子擦臭脚、打灯泡、睡大觉等种种的与众不同,但其实,它是一种性格的诸种不同表现,你的长诗在此处突然变得表面化了,为与众不同的社会行为所限,同时,也变得狭隘了,为表现不同的一种性格所限,而不是足够深入和广阔地为各种与众不同的性格所歌唱。惠特曼说:"我是所有男人和女人的诗人。"而你的长诗,因此所限,乃是一种男人的诗歌,这种所限也减损了你在爱情与花圈之间极致的合一感，从而与第一个问题汇合起来，成为一种片面的构造。

第三，在第二个或第三个花圈里，你写到一对情人从尸体中走过，尸体的肛门里散发的臭气飘动。第一是，这种氛围将世界简化了，变成了二极对立的格局，于爱情与花圈的无往不在的性质有所减损。第二是，连同着擦臭脚、打灯泡等，它结成了一种对于"丑学"的歪曲。

"丑学"源于这样一点：当古典西方将 Aesthetic 这门"感性学"视为"美学"时，美就等于感性，美有多大，感性就有多大，这样，当美隔绝了其他感性时，它本身的封闭也就在排他之中僵硬，一种矫饰的美就弥漫开来，在一些劣等的浪漫主义诗人手中，成为一种假尸。西方的"丑学"，从奈瓦尔、波德莱尔、罗丹那里，要做的乃是去除矫美而富含感性，因此"丑学"的核心内涵是"恢复感性的多元取向"，这样，我们就不难理解和体会罗丹的老妇像和"思"等美丽人像的并存，波德莱尔将腐烂的尸体写出，同时也写了《美丽的多罗泰》。在中国，丑学被土造了，它的核心内涵从丑学的"感性的多元取向"，变为"以丑为美或为丑而丑"，也就是我所称的"示丑"倾向。"矫美"固然可以发酸，示丑也可以由此得臭。因此在学术上，要明确美学与丑学的核心内涵，在诗作里，和一时风行的"示丑"倾向必须有彻底的区分。

《献给爱情的十个花圈》这三处，希望你能注意修改。这当然不等于将反上帝转为有上帝,将什么改成什么的简单字面变化,因为真正的局部调整都牵涉整体的微妙变动,以及,考虑全诗的文气律动和节奏,你自己采取什么样的具体语句,也当然是你举措的。长诗修改后可再寄来。我这里安排它的时间是比较充裕的,因为四面三百三十五行的容量,使诗作的排列周期要长一些,你可从容写定。

总之,在短期内我所能尽力而谈的——就这两组诗——就是这些了,你日后若是欲令我"吐血",也莫过于此辣手了。

下星期三上午,我如约等你,稿子到时面交,我本是要去文学院看你的,但诸事交加,一直没有时间。至于你说耽误我的时间,就见外了,若是有时间自然不吝的,若是老伊觉得"谅你也谈不出什么来,所以无须久谈",那么倒是我耽搁你的时间了。一笑。

骆一禾

1987.5.5

致袁安

1

袁安：

你好。

你的诗我一定办好，做专页介绍，但需一定时日以俟版面。

这就关系到"在沙漠里种菜"的问题。也许到时你已不写诗了。我不反对不写诗，而是反对在沙漠里种菜。也就是说，写诗非要沙漠里种菜，只能毁掉一大批诗人，并且使他们只能在形式上维护诗人形象，以至不能写诗。

因为如布莱希特所说：烤鹅对伽利略的天文学有益。诗和意志是在心中的，并体现为一个天才可以活到底而完成他的渊广事业。那些连自己都不愿费力养活的人，最终是由别人零星地喂着的。

我想，你的德语可以用来挣钱自立。在北京，一个外语人才做公司秘书可以值六百至一千元每个月。我没有那么多精力扔在专职上，但今年通过写文字和讲课、抄稿编书也可挣到业余的四千元，可以养活我们两口子，买衣服、添置东西，这很好。伽利略是重要的。

当然，我坚持靠自己的手活着，心里如济慈所说"亮星，我愿像你一样坚持!"——这是我的信仰。这样我用不着去追随任何一个东西,也绝不至于弄到靠不了自己的程度。

好吧,先写到这儿。我很记挂你,但今天也和以往一样,还有一些书和文稿要完成预定计划。我每天坚持读一定页码的书。有时候,我乐于想到,我读书之后所写下的东西大都够我再买新书而有一些可做他用的钱了,这是我认为正当的。

祝以后我到广州时,能和你吃一顿流花湖餐厅的鱼头美味,你请客;你来京时,我也可以摆一桌菜请你,我的做菜水平还是可以见朋友的。以前我到广州时和林贤治师吃过一顿鱼头,见到他代我致表问候,我会另日去信给他。

一禾

1989.3.20

2[①]

袁安:

你好。

怎么说呢?——即使在我停顿的时候,我仍然感到我在继续,这就是朋友对我最重要的意义。这得以使我不是只有一个灵魂。

---

① 此信有删节。

这也就是我接到你的来信后最大的感觉。当我听说你和我被编在了同一本诗选里时，我顿有如释重负之感，也是因为如此，这是我的生存意识。

海子的死我不想再谈了，不过你寄来的剪样我得修正一点，因为提供这种说法的人肯定不是我的朋友，报上说海子感到写完《太阳》之后"难以为继"，这是一个阴险的说法，我觉得"不能写作"和"难以为继"是很不同的说法。后者不是事实。

总之你是相当理解海子的。如果他再活，我是坚决反对他的自杀的，或者说，你相当理解我心中的海子。

有过"天才生活"的人，大都死于脑子；卢梭过了十二年天才生活，死于大脑浮肿，荷尔德林的天才生活大约是六年，写下了很多颂诗性的作品，最后近于白痴，他们都有一个骤然凸起的黄金时期，前后都平常，最后都出在脑病上。海子的天才生活是五年，从1984年写下名篇《亚洲铜》和《阿尔的太阳》算起，写了约有二百多万字的诗文手稿，这是很惊人的，其中主要是七部总题为《太阳》的大型作品和五百首抒情诗（有二百多首是极上乘的）。最后，他遗书里说过他出现了思维混乱、头痛、幻听、耳鸣的征兆，伴有间或的吐血和肺烂了的幻觉。这是脑力使用过度以后脑损伤的症候，可以说是脑痉挛吧。

这也就是我说的"不能创作"，这是更有命运因素，而不是他无力上升的"难以为继"。——你知道，这后一说法隐含着"他用死来提高他的诗，而他的诗……"这类的说法。

北京诗坛这个多产小霸权主义者的地方，关于海子最多的流行说法都是这一类。因而也就时而出现我在整治某些诗人团体的说法。——最使我疲倦的就是这类关于海子的说法。因为我无法给末流诗人讲述海子，这个高度是不具有这个高度的人所不能获得的高度。

这个高度是具有青春，心志清澄的人都能具有和认识的。

海子是个生命力很强，热爱生命的人，但他没有释放能量的环境，非常直观地说，他的屋子里非常干净，一向如此，他挂了一张西藏女童的照片，我很喜欢，名之为《含着舌头淳笑的"赤子"》，还有一块五彩缤纷的大花布挂在墙上。他所感到的压力使他从来不敢再挂抽象派大师的绘画。只有一张凡·高的《向日葵》，他很喜欢而没有舍得摘掉。然后，他屋子里有一股非常浓郁的印度香的气味，我曾警告过他"不要多点这种迷香"。

他在一本杂志里夹了几张外国电影女星的照片，热爱伟大的嘉宝。

在《伟大的嘉宝》里有一句话说：伟大的美和伟大的常识是不能并存的。

另外，写长诗的人和写短诗的人，在整个精神状态上是非常不一样的。今天所多的是后者，他们常说海子的长诗没有短诗好，这是一种非常外行的话。海子曾经说（在一则日记里）："抒情，质言之，就是一种自发的举动，它是人的消极能力——你随时准备歌唱。也就是说，像一枚金币，一面是人，另一面是诗人，不如说你主要是人，完成你人生的动作，这动作一面映在清澈的歌唱的泉水中……与其说它是水，不如说它是水中的鱼；与其说它是阳光，不如说它是阳光下的影子。"——如果能够清楚地看到这段清楚的话，当不会误解他贬低抒情诗，而可以看到长诗和短诗是不能用同一把尺子度量的，长诗之于诗人和短诗之于诗人要求着完全不同的精神质地。只是写长诗的人在本世纪是少数现象，是恐龙，因而它是孤单的，而且长诗对作者具有毁灭性，如果你没有环境地活着的话。

当然，另外还有一点，海子的长诗创作含有激情方式和宏大构思之间的冲突，这肯定是悲剧冲突。据我所知，悲剧之能够成立，在于它无可解脱。如果将他的创作方式放到众神谱系里去，就很直观而清晰了。

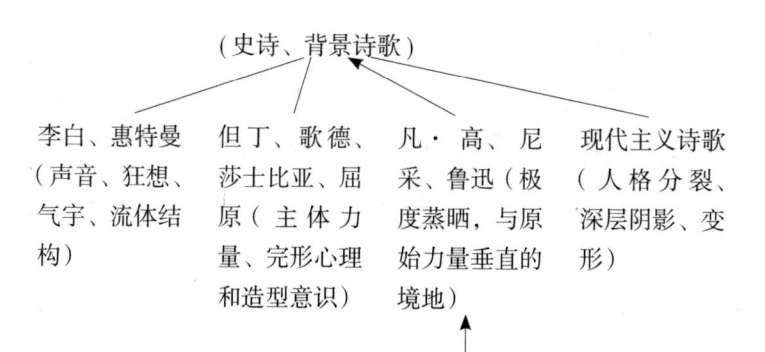

（史诗、背景诗歌）

李白、惠特曼（声音、狂想、气宇、流体结构）　　但丁、歌德、莎士比亚、屈原（主体力量、完形心理和造型意识）　　凡·高、尼采、鲁迅（极度蒸晒，与原始力量垂直的境地）　　现代主义诗歌（人格分裂、深层阴影、变形）

短命天才（浪漫主义王子）（雪莱、兰波、某种程度的荷尔德林、叶赛宁、马洛、济慈……克兰）

海子是从中部这条激情的道路突入史诗型作品的诗人。他的独创性和悲剧也就在这上了。这就是他诗中所说的"赤道"。这种诗歌取向人迹罕至，如果我们的前人也是会思想的，他们必也知道这是个充满了旋涡——火的旋涡的道路。而海子走了，是愚蠢而灿烂的（灿烂多半和这种愚蠢有关）。

他1984年就写过："阳光打在地上，阳光/打在地上。"

他写成了《太阳》全书中的七部，我称为《太阳》七部书，这只能归于他的勇气和过人的才华，没有这种才华的人早就返回或夭折了。

他与荷尔德林的不同在于，荷尔德林是颂歌诗人，而且怀有一种虔敬，而海子是雄心勃勃的史诗竞技者。

加之，他时常要用微薄的工资救济穷困的家庭。——卧轨时，他只剩下两毛钱，胃里好几天只吃了两只橘子。

把这些现象合起来，他的一生可以还原为怎样一种环境呢？欧阳江河这次来北京说：没有环境的环境。

所以，我之难过也就如斯了，我之不惮指责某些北京诗人集团，也就如斯了，北京有许多土霸王。我也没力气再和你谈这些人了。

然后，我反对死亡。

近段我没有写什么东西，前天喝酒大醉了一次，胆汁都吐了出来。淤积的某种心理也随后有所化解。还是在三月中旬以前写完了一首二千七百行的长诗《世界的血》，整理了这些年写的一百二十多首抒情诗，像写经卷一样抄好放了起来，然后写了两篇评传长文《波德莱尔》和《密茨凯维支》，一篇诗学论文《火光》。还折腾了一本算命的书，我想在沙漠上还可以有一种间或为之的活法：骑着银圆和大烟土过沙漠，虽然那样极为不雅而且是要吊胆的。

我的婚姻极为美满，一切都好。只不过要花相当的时间读书——安排好读书时间，这不太难，只要不和妻子过早地弄出个小把戏来，还是可以优哉游哉的。古人有一句大将风度的话如今颇令我解颐，因它太像一句隐语，便是"运筹帷幄"，当然这话儿童不宜，故我暂不制造那个小兔崽子，免得他如窃听器大小时便习得了掩口胡胡而笑的恶样。……

这自然是戏言一篇，养生之道，用意都在个"活"字，诚所谓"太初有生"。

尊父已去，还望节哀，今年是个收人的日子，不免阴云缭绕，平添了许多笃实的隐衷。嗨呀！

祝
金安！

一禾
1989.4.28

致万夏

万夏：

你好。最终我从《空气、皮肤和水》中选了八首诗，总名为《汉字》，用在了1989年4期上，已付印。要之，语言意识和汉语气韵的悠长，在目前比《枭王》的反响更大。

海子的死，因我收到欧阳江河来电，合署了你与开愚的名字，共同吊唁了海子，我们最敬爱的四川朋友就是欧阳和你，开愚也是我的私交。故以为你已知道，我和西川忙于后事的纪念及募捐，也就没有给你先去信。

海子是在1989年3月26日——他生日之后两天，复活节前一天——于山海关—龙家营之间的三千米黄灯慢行道上卧轨自杀的。死后有各种说法：精神分裂及他遗书中所说"练气功走火入魔"等。但他最后的遗书（随身携带的）否定了前说："我的死与任何人无关，以前的遗书全部作废，我的遗稿全部交《十月》编辑部骆一禾处理。"字迹工整清楚，另外，他25日中午即到达山海关，26日下午5时半自杀，其间有一天零三小时时间，他未有动摇另虑，死志坚决，也可见其清明。另外他的全部诗稿，在我和西川收存时，发现已全部整理好，分了类，标记了日期和提示，誊抄完整，收在一个旧木箱里，可见也非混乱倒错及没有准备的。

由于列车慢行,他是从侧面钻入的。头和心完整,齐腰切为两段,碾过之后,货车(1205次)根本未发现。而钻车的刹那间,他戴的眼镜竟也能毫无磕损。

他说他生前有吐血迹象,幻听及思维混乱,头痛征兆。故他会感到这对他的宏大构思的创作是致命的。我和西川认为他是为诗而死的诗歌烈士。陈东东也作如是说。

我去山海关料理了他的后事。他死前换了一身干净衣服,胃里只吃了两只橘子,十分干净,身上只余二角钱,提包里带了《圣经》《康拉德小说选》《瓦尔登湖》和《孤筏重洋》(内有对太阳之王的记述,一本小说)。四本书都是他最喜爱的。

他死后,我和西川及是朋友的在京诗友联合搞了大型义捐,全部两千零三十元义捐款交给他的贫苦父母。在4月7日于北大举行了海子诗歌朗诵纪念会,有千余人参加,历时一小时又十五分。4月14日我在政法大学做了"我考虑真正的史诗——早逝的天才海子诗歌总观"讲演,历时两个半小时,反映也很好,约有三百余人参加。在大家关注下,《诗刊》《人民文学》《开拓文学》《北京青年报》要给海子发纪念诗歌专页。——他的遗稿,现已有了两本诗集可出版,他的抒情诗及一部主要长诗(也是最完整的一部)《土地》大约可以不日问世了。但还有一些诗未找到诗集,包括长诗《遗址》和《弥赛亚》及一些诗论。这样,我受他最后之托而为遗稿奔走的责任，在大家协助下，已有所减轻。出他的全集是一个长远之图。

另外有一些对海子不负责任的说法我们还要加以持久的批判。例如说他的诗不行，他抵不住后现代主义艺术，他是怯懦的，等等。

海子创作是以激情的方式去完成宏大构思，这里就有极大的压力和悲剧。另外他后来喝酒太凶，已近于酗酒，这在他要赈济家庭、生活清贫的情况下是很伤身体的。

总之和那些恶意的评价及说法，我和西川都要与之斗争到底。《幸存者》对小查是不公的，也很刻薄，去年11月海子讨论会，"幸存者"无一人说一句公允的话。我倒未过分谴责他们，只是说你们的讨论是一种攻讦，气量狭窄了，也不是客观的，后来对海子有挫伤。唐晓渡向我表示了他作为当时与会者的内疚，我说，这倒不是个人的事，不怪你个人。后多多委婉地通过王家新表示了他的内疚，也就是通过家新做解释。但这些都是事后，海子生前他们是短视的。

故现在"幸存者"里也有人说海子生前诗也未见得好，死了就和活着不一样了。也有人说我和西川是在借海子之死整治"幸存者"，这些都系无稽之谈，我没有见任何一个"幸存者"，募捐时我也要求全部都以诗友的个人身份捐款，而不受任何团体名目的捐款，总之未涉及任何团体之争。相反，倒是我托邹静之向"幸存者"通知噩耗时，他们当时忙于朗诵会表演而反应冷淡。故我们一切纪念活动都是以北京诗友义捐会或无名方式进行的，我们不借海子之死做什么名堂，同时也可见对他的纪念不是个别人的事，而是一个有良知者的共同纪念。

这些梗概及事实也就是这样，虽是撮要而言的。望兄，在若有纪念活动时，将海子的死况一事转告各友，有个翔实的交代。拜托你了。

我也说不长，因为我很悲痛，海子的死使我失去了一个弟弟，我不想多说了，只谈这些事实吧。

代问江河、开愚及诸友好。

祝你安好。

友 一禾
1989.4.15

致闫月君[①]

月君师姐：

因为找照片，誊抄和搜集，给关心者解说等事，海子的诗稿到现在才交到你的手上，我和西川做了慎重鉴别后，分别誊抄，整理了他的长诗《土地》和不同时期代表作的抒情诗选集。这两种抄本提供给你，其特点我和西川的两篇序里分别说了，供出版时选择其中一种，哪一种都可以的。附上海子的一张彩照，虽然是横向的，但在能找到的照片里，这张最能传神，他有一首诗献给兰波，名为"诗歌烈士"，这张照片表达了这种人格，就用它吧。

你曾提起出版社经费的紧张。这一点我深思之久，也是我行事中少见的。我们曾说起让出自己出版机会的事，尤其你也表明了这个态度，这让我很不安。如果我不说这种牺牲对生者是巨大的，恐怕并不真实，作为海子的朋友，我尤其不该在这上连累你，这样做也是出于最终的道义，在此地步之前，我就应该先设法走另外的途径，到了最后没法子，也不能轮到你，因为海子最后的嘱托人是我。我设法决定这样做。1. 在北京募得的两

---

① 此信有删节。

千零三十元已交他父母带回，而从全国诗人及爱好者那里募得的一千余元，作为大家的心意，交给出版社以尽绵薄。2.我来承担一部分海子诗歌集的认购，书到手后，我请全国各地诗人买一部分，俟书款收齐后，都交出版社，一应费用我都不收，尽数还给社里。当然，总印数大了，我也认不了太多，按一般诗集情况购一部分是可以的。3.你曾提到诗集要付一些稿酬，我的长诗《世界的血》如能用上，稿酬是分文不要的，社里节省下来；海子的诗集稿酬，经商量也不收了，省给社里。这样撙节下来，三项也大致能够解决海子诗集的经费，除他和我之外，也不再牵累大家更多。从各地来信看，海子的诗有不少爱好者，他的作品的读者比很多人都多。订数上来之后，请把情况告诉我，好从总印数上考虑。

海子是我们祖国给世界文学贡献的一位有世界眼光的诗人，他的诗歌质量之高，是不下于许多世界性诗人的，他的价值会随着时间而得到证明，但我所担心的是，他的诗集不能问世。也就是说声誉渐隆的重新发现——那要超过他目前获得的国内优秀诗人的声望——是以有机会传到未来为先决条件的，但如果连这个传到未来的机会也没有，就无可挽回了。然而文学是一座广大的公墓，其间林立着许多无名者的墓碑。在这个价值贬值、物价上涨的年代，他被埋没的可能是现实的可能。青海的诗人昌耀从1954年到1988年的三十四年间，竟没有一篇，也就是说三十四年间，一个民族的大诗人放在面前而无人认得，这就是我们当代文学和时代环境令人发指的一个例证。这种境况对海子的危害就更大，他死得太早，可以说，是世界上的短命天才中最年轻的一个。我们都缺少机会，因而认识是会很深的。

所以，如果他的诗集能够被接受，实在是一桩功业，我由于不知道诗集主持人的姓名，在序里未能写下，西川的序也是，希望你能代为填写上。因为想到海子被埋没，实在是令人不寒而栗，不能不说在侥幸中得大义之助，这义人的名必是大的。

另外，我收到了一些来信。让我感到心动的是，在诗坛之外，他的爱好者却很多，这些来信者多是不知其名，素不相识的，但对海子的诗却很熟悉，能征引或忆诵他的诗篇，而且熟悉程度比许多诗人要高很多。海子的读者群大概要超出我们许多人，即使在今天，他也深入了一些读者，他的许多短抒情诗具有叶赛宁那样为人喜爱的素质，这又是我感到欣慰之处。

总观地说，西方文明的进步表现在它的价值理性（宗教信仰和基督理想的世俗化：民主主义，人文人本主义）和工具理性（科学和技术）有着比较稳固的均衡、对称的发展。在中国进入新文化形态时，传统的价值理性有系统性的败落，价值的建设至今仍是举步维艰，所以诗歌的处境也是势所必然的。我和海子之写作长诗，对于价值理性建设的考虑也是其中之一，结构的力量在于它具有吸附能力，这可以从古代希腊有体系性神话、史诗及希伯来体系性神话的奠定对西方过程的影响，不断塑造和作为认识构架的例子得到证明。海子在长诗创作上留下的《太阳》七部书的作用和价值在今天是难以估量的，我可以说，这大概是他最主要的贡献和作为一个世界文学性的诗人最主要的方面。用"喜欢"是很难估量这一点的。在这方面，他的知音更少。我主要相信这么一点是存在的：在喜欢或不喜欢，是或非，肯定或否定之外，存在着未必能简单表态而且可以不赞成，但包含着非常态视野的领域，也就是说，人们和它有一种认识关系，而它具有文学中常说的认识价值。这在巴赫金的《论陀思妥耶夫斯基诗学问题》一书中已经阐发过了。这是我誊抄了《太阳》七部书之中《土地》的着眼点。当然，选择他的短诗也是相当好的，西川编选的《海子遗作》是可靠的。因为西川被公认是目前最有成熟文体，技巧基本上无懈可击的一个诗人。海子生前讨论技术、手艺的最称职的友人也就是西川，所以我请他编选了海子的抒情诗部分。

欧阳江河对海子的诗歌评价是：海子是中国诗人里有金子成分的少数几个人，是有天才之前的诗人，这在今天是非常少见的。陈东东则说：他仅能背诵的友人的两首诗，一首是柏桦的《琼斯敦》，一首就是海子的《打钟》，不知怎么，一下子就记住了；海子不但对现在和未来，而且对过去，都是有作用的诗人（这个说法本于艾略特的《传统与个人才能》，艾略特说：伟大的诗人使我们同时代人和传统互相接近）。而一个浙江的陌生人乃生说：海子死于不死。这些都可以客观地说明海子在他生前发表过的五十首诗歌中已奠定的地位。

今年在《世界文学》第3期上发表的海子诗论《我热爱的诗人——荷尔德林》，你若读了，是会喜欢和深入了解他的。

在他生前，我所推重的诗人里，第一位就是海子。这是北京诗人所周知的。因而在京也有一批人是不能容他的。我确实感到，在他短暂的一生中，我有幸是他的友人而不是仇人……

现在，海子不存在了，也永远打不倒了。他的火光不是挽歌式的，而是朝霞式的。我想，他的代价却是如此高昂，不能不说是悲痛的。

出版事宜如果确实极度困难，我的建议和承诺望你转告于上。

致

问候！

一禾

1989.5.11 凌晨

致陈东东

东东:

你好。

收到了你的来信及一百元。海子死后一直忙于他的后事直至4月10日,而10日之后,西川和我开始编他的遗诗,总计起来有一部巨制(以长诗、诗剧、话剧和小说形式合成)《太阳》和三百首抒情诗。因为他最后的遗书将手稿托付给我,我也义不容辞,但没有朋友帮助也是不行的,现在找到了两本诗集出版的机会,如不生变,可以解决主要的抒情佳作及(可能的话)《太阳·土地篇》。但出版《太阳》全书是目前仍未有可能的,留待以后长久致力吧。

《太阳》全书计有《太阳》(诗剧)、《太阳·断头篇》、《太阳·弥赛亚》(第一合唱剧)、《太阳·土地篇》、《太阳·弑》(话剧)是完成的,《太阳·大札撒》、《太阳·沙漠》、《太阳·吃和打》、《遗址》、《第二合唱》、《太阳·你是父亲的好女儿》(小说)等都是断章性、手札或几个字、提纲式的。越到后来,他的诗里越有一种拼命的速度,思维能力的运作本身那种紧张和迷狂也到了行将炸裂的程度,那种精神状态是冲击极限式的及疯狂的(不是从病理意义上说)。他死前极有条理,诗稿都整理了。其志坚决。

现在《人民文学》《诗刊》《开拓》《北京青年报》和《诗歌报》,定下了给他发纪念专页的事。我所能做的也就是编诗集、写点文字和在《十月》上争取发表他的话剧《太阳·弑》。

4月7日,西川和我在北大组织了海子诗歌纪念朗诵,14日我在政法大学讲演了海子的创作"我考虑真正的史诗",义捐活动的北京部分也是在这几天结束的,计两千零三十元交他父母了。此后极为疲乏,一直缓不上劲儿来,主要是精神折磨。现在关于他的死北京的诸多"诗人"有诸多说法,主要是那个什么"幸存者"的,一些说法用心颇歹毒。臭骂之后,我似乎有些"脱力"了,总未给你回信。总之海子死后,我只承认西川是北京的诗人,说了也觉踏实一些。

纪念朗诵上,你写的祭诗也朗诵了,此外都是海子的诗。

署名我、西川、老木的募捐单,是老木印的,现在他大概因和北岛搞政治签名一事而躲难去了,不知去向。单子寄出前,我正去山海关料理海子后事,一些细处未能细问,回来后,老木已寄出了。诗集筹款其实不能靠义捐解决,我算了一下,出版《太阳》大约要一万多元,而且在这年头,没有人肯接这个活儿出版,故是长远的事,筹款只是也只能是象征性的:这是诗人们艺术良知的共同纪念。所以,你在上海,西川和我就拜托你了,不拘多少,三块五块就行,生活困难的朋友,你代为劝阻一下,尽量不收,我也不熟,如王寅、陆忆敏添了人口可能手上紧一些就尽量不收或少收。主要是心意。海子的贡献是大的，而且代价太高昂，朋友们的纪念乃是一个本分。

你说到《倾向》这一期作为海子专号，我很赞同，也转告西川了。以前请老木寄出的稿子，因海子还家，他的新作我手上不多，临时代他凑上，所以不再用了，我们再从全部手稿里选一次另寄去。或为抒情诗，或者将《太阳·弥赛亚》（一千六百行），抄好副本后寄去，不知《弥赛亚》的篇幅《倾向》能否装下？也请你主断了。——那么，你寄来的一百元钱，我再寄回给你（另汇），因为你是西川，也是我的挚友，是我所崇敬的诗人，所以就不惮增加你的负担而收下你的捐款，但将它用在《倾向》专号上，（上海朋友所捐也留在你那儿用）我再凑些钱汇给你，以尽绵薄之力。听西川、老木说《倾向》也是朋友们自己凑款出的。愿它长久，也是为死去的海子。

至于纪念文章，我和西川尽力写得简赅短小些寄上，不超限数。你的《雨和诗》一作，我于五期《十月》付排，四期给两个在义捐中出了力而比较贫穷的朋友发诗。将你的诗拖长了时间，也请你原谅。

如握！

一禾

1989.4.21